dtv

Florian (32) schiebt eine gechillte Kugel in der Anzeigenabteilung einer Kölner Tageszeitung. Er hat eine chaotische Wohnung, ein noch nicht abbezahltes Motorrad, eine nervige Mutter, die ihn »Schätzchen« nennt, einen oberlehrerhaften Vermieter und zwei supergute Freunde, Gerd und Mats. Was fehlt? Klar: eine Frau. Seine ersten Flirtversuche mit der neuen Nachbarin Neele, einer langbeinigen Fitnesstrainerin, scheinen sogar Erfolg versprechend. Doch es gibt einige Hindernisse auf dem Weg zu Neeles Herz. Eines davon ist Lilly, Neeles fledermausohrige Hündin. Eine echte Herausforderung für Florian, denn eigentlich mag er keine Hunde, schon gar nicht, wenn sie seine heiß geliebte Maschine anpinkeln. Doch was tut man nicht alles für die Liebe ...

Katrin Einhorn, 1979 geboren, studierte Germanistik und Französisch und arbeitete als Lehrerin. Sie lebt mit ihrer Familie in Trier. Die Erfahrungen mit ihrer Hündin Maggie und ihrem alten blauen Mofa, das es bei Rückenwind auf satte 32 km/h brachte, inspirierten sie zum Schreiben ihres ersten Romans.

Katrin Einhorn

Liebesköter

Roman

Deutscher Taschenbuch Verlag

Ausführliche Informationen über unsere Autoren und Bücher finden Sie auf unserer Website www.dtv.de

MIX
Papier aus verantwortungsvollen Quellen
FSC® C019821

Originalausgabe 2014

Dieses Werk wurde vermittelt durch die
Literaturagentur Schmidt & Abrahams GbR, Speyer
Umschlagkonzept: Balk & Brumshagen
Umschlaggestaltung: Wildes Blut, Atelier für Gestaltung, Stephanie Weischer
unter Verwendung von Fotos von
plainpicture/mia takahara und Linda Blatzek (Hund)
Satz: Greiner & Reichel, Köln
Gesetzt aus der Sabon 9,3/12,2˙
Druck und Bindung: Druckerei C.H.Beck, Nördlingen
Gedruckt auf säurefreiem, chlorfrei gebleichtem Papier
Printed in Germany · ISBN 978-3-423-21499-5

Für Andreas

Kapitel 1

Da lag sie. Hüllenlos und ohne jede Scham bräunte sie sich im Kreise ihrer Kolleginnen. Verführerisch roch sie, leicht salzig, nach mehr. Eine Minute noch, vielleicht zwei, und ich würde sie vernaschen. Meine Bratwurst.

Eine weibliche Stimme riss mich aus meinen Träumen, und als die Worte zu meinem Großhirn durchdrangen, fiel mir vor lauter Schreck die Grillzange aus der Hand.

»Du willst was?«, rief ich entgeistert. Juliane hob die Augenbrauen.

»Hat dir Gerd denn nichts gesagt?«

»Mit dem Teufelszeug will ich nichts zu tun haben!«

»Wie bist du denn drauf?« Sie klang, als hätte ich mich soeben als Gegner des Weltfriedens geoutet.

»Sorry, aber das geht gegen meine Prinzipien.« Ich bückte mich nach der Grillzange und hoffte, dass sich das Thema damit erledigt hatte. Juliane wandte sich Richtung Terrasse.

»Ich frage mal Britta. Vielleicht hat die noch welchen gebunkert.«

Ich ließ sie ziehen und wischte mit einer Serviette auf meinem Schuh herum, der einen dicken Fettfleck abbekommen hatte. Eine schlechte Idee. Zu dem Fleck gesellten sich nun jede Menge blaue Papierfusseln. Egal. Nach dieser Killerfrage war der Grillnachmittag sowieso gelaufen. Mats und Gerd gaben wirklich ihr Bestes, um mich mit den merkwürdigsten Frauen zu verkuppeln – aber eine, die ausgerechnet auf Tofu stand, war bisher nicht dabei gewesen.

»Dauert es noch lange?« Mats quengelte wie ein hungriges Kleinkind.

»Ein paar Minuten. Wenn du schön brav wartest, kriegst du zum Nachtisch auch Gummibärchen«, sagte ich. Anstatt meinen Witz zu würdigen, legte mein Kumpel seine Stirn in tragische Falten. So sah er immer aus, wenn er eine neue Theorie dafür entwickelte, warum ich im Gegensatz zu ihm so wenig Erfolg bei Frauen hatte. »Punkt 147: Lahme Sprüche«, notierte er jetzt wahrscheinlich im Geiste für seine Feldstudie, während er sich in der Hollywoodschaukel zurücklehnte und seiner neuesten Eroberung Sandy widmete.

»Nochmals danke für deine Hilfe, Florian!«, rief Gerd von der Terrasse zu mir herüber. Ich nickte ihm zu.

»Na ja, mit deinen zwei linken Beinen hättest du heute wirklich nicht viel auf die Reihe gekriegt.« Wir grinsten uns an. Eigentlich war Gerd unser Gastgeber, aber außer einem Sitzplatz und dem Ausblick auf seine winterweißen Unterschenkel hatte er uns bisher nicht viel geboten. Matt hing er im Liegestuhl und ließ sich von seiner schwangeren Verlobten Britta einen Druckverband anlegen. Den dritten für heute. Ob er sich tatsächlich einen Bänderanriss oder bloß ein gekrümmtes Knöchelhärchen eingefangen hatte, würden wir nie erfahren, denn Mimosengerd neigte zur Übertreibung, wenn es um seinen Körper ging. Selbstverständlich hatte er sich gleich nach dem Sturz von der Bettkante in die Kölner Uniklinik fahren lassen. Und natürlich hatte ich seine Bitte, die Einkäufe für unsere Feier zu besorgen und den Part des Grillmeisters zu übernehmen, nicht abschlagen können.

Juliane hatte sich mittlerweile zu Gerd und Britta gesellt, beäugte die knöchelrettenden Notmaßnahmen und begann auf die beiden einzureden. Ich wusste ja, wonach sie fragte, und verdrehte die Augen. Wegen einer Tofu-Tussi hatte mich Gerd also darum gebeten, beim Einkauf an fleischloses Grillgut zu denken. Warum hatte er mir nicht gleich gesagt, dass er damit weder Kartoffelspalten noch Knoblauchbaguette meinte? Dann hätte ich meine Erwartungen von vornherein heruntergeschraubt und mich für das arrangierte Date nicht extra in mein letztes sauberes Hemd gezwängt.

Frauen, die sich hauptsächlich von Blümchen ernährten und am liebsten in einer Biotonne wohnen würden, waren mir nicht ganz geheuer. Sie erinnerten mich einfach zu sehr an mein früheres Ich. Seit ich am 10. Jahrestag meines unfreiwilligen Singledaseins beschlossen hatte, mein Leben zu ändern, war ich nämlich keine Schlapptüte mehr. Ich hatte das Poster mit den Zen-Steinen aus meinem Wohnzimmer verbannt, trug keine Korksandalen mehr und würde meinen Feierabend nie wieder damit verbringen, stundenlang im Solebecken der Claudius Therme herumzutreiben und zu hoffen, dass wie durch ein Wunder plötzlich meine Traumfrau neben mir auftauchte. Nein. Ich war jetzt ein echter Mann. Und echte Männer mögen keinen Tofu.

Juliane kam auf mich zugeeilt, ihr gebündeltes Haar pendelte wie der Schwanz eines zornigen Panthers hin und her. »Gerd und Britta haben auch keinen Tofu im Haus.«

»So was aber auch.« Ich versuchte nicht einmal, die Mundwinkel hängen zu lassen.

»Wo ist denn hier der nächste Supermarkt?«

»Die Läden schließen samstags schon um zwei.«

»Das schaffen wir.« Juliane sprang auf und steckte ihre Sonnenbrille ins Haar.

»Im Lembacher Märktchen gibt es keinen Tofu«, warf ich ein.

»Unsinn. Den gibt es überall.«

Ich deutete auf den Schwenkgrill. Die Schweinesteaks brauchten noch ein wenig, aber vier Bratwürste, darunter meine Auserwählte, waren gerade fertig geworden. Ihr Bräunungsgrad war perfekt, frische Brötchen lagen bereit. »Probier doch eins von den Würstchen.«

Juliane sah mich an, als wollte ich ihr einen frittierten Spulwurm andrehen. »Hast du eine Ahnung, wie viel Fett in so einem Ding steckt?«

»Weiß nicht.« Ich ignorierte ihre Grimasse und griff seelenruhig nach der Grillzange. »Zehn Gramm?«

»Vierzig!« Juliane presste die Zahl voller Verachtung zwischen den Zähnen hervor.

»So eine Zumutung aber auch.« Ich runzelte die Stirn. »Dann iss doch Salat.«

»Mayonnaise vertrage ich nicht.«

Ich seufzte. Wie kamen Mats und Gerd bloß darauf, dass ich zu so einer genussfeindlichen Fettverächterin passen könnte? Eine Frau, die mit mir für einen Currywurst-Schärfe-Contest trainierte und mich an Weihnachten zum Döner-Dinner einlud, würde mich weitaus mehr beeindrucken.

»Wurst ist fertig!«, rief ich, um die anderen anzulocken und mein Leiden zu beenden. Mats und Sandy sprangen von der Hollywoodschaukel und eilten herbei. Gerd quälte sich betont langsam an Brittas Hand über den Rasen.

»Komm, Florian, lass uns in dieses Märktchen fahren. Sandy hätte bestimmt auch gerne Tofu, stimmt's?« Juliane sah ihre Freundin auffordernd an. »Oh yes, I love it«, hauchte diese wie abgesprochen. Mats trat einen Schritt näher und zischte mir ins Ohr: »Die Kleine steht auf dich, also reiß dich gefälligst zusammen!«

»Na schön.« Ich kapitulierte. »Aber erst bekommt ihr euer Essen.« Als Grillmeister trug ich schließlich die Verantwortung dafür, dass die mir anvertrauten Mägen gut gefüllt wurden. Ich verteilte Brötchen und Würste, wobei ich gewissenhaft darauf achtete, dass meine Auserwählte auf einem Extrateller landete, der nur für mich reserviert war. »Ketchup oder Senf?«, fragte ich als letzte Amtshandlung in die Runde und hielt die beiden Tuben hoch.

»Mayo, Alter.« Mats klopfte mir mit seiner freien Hand

kumpelhaft, aber dermaßen schlagkräftig auf die Schulter, dass ich das Gleichgewicht verlor und mich gerade noch an der Kante des Gartentischs festhalten konnte. Die beiden Tuben plumpsten zu Boden, und der Ketchup spritzte genau auf Gerds Verband. Volltreffer. Gerd starrte entsetzt auf seinen Fuß, als färbte nicht Gewürzsauce, sondern sein eigenes Blut die Mullbinde.

Mats schüttelte sich vor Lachen. Ich ahnte, dass er seine Feldnotizen gerade um Punkt 148: »Akute Tollpatschigkeit« ergänzte. »Sieht doch jetzt erst richtig nach was aus«, brummte ich und reichte Gerd ein Taschentuch, wobei ich die Muskeln meines Oberarms etwas mehr anspannte, als es die paar Zellulosefasern erfordert hätten. Er winkte kraftlos ab und bat Britta, ihn zurück zu seiner Krankenliege zu geleiten. Ein Ketchupfleck auf dem Verband war offenbar zu viel für seine schwachen Nerven.

Ich warf meiner Bratwurst einen letzten traurigen Blick zu, bat Mats, sich gut um sie zu kümmern, und verließ mit Juliane im Schlepptau den Garten.

Mein Motorrad döste direkt vor Gerds Doppelhaushälfte in der Sonne vor sich hin. Achtzehn Monate alt, 339 Kilogramm Lebendgewicht, jede Menge Chrom, zwei betörende Nockenwellen und ein Reihenzweizylinder, der mir schon mehrfach nachts im Traum begegnet war. Ein Stahl gewordenes Wunder in Pazifikblau. Kerniger als mein Klappergolf, lässiger als jedes Straßenbahnticket. Und das Beste: nur noch zwölf Monatsraten, bis auch der letzte Quadratzentimeter dieses Prachtstücks mir gehören würde. Juliane wirkte wenig beeindruckt. Sie näherte sich der Maschine, als handele es sich dabei um eine besonders gefährliche Raubtierart.

»Du bist nicht mit dem Auto da?«, fragte sie.

»Sieht so aus.« Ich nahm meinen Ersatzhelm aus dem Motorradkoffer und hielt ihn ihr entgegen. Sie verschränkte ihre Arme vor der Brust. »Du, das ist nichts für mich.«

Innerlich begann ich zu brodeln. »Du, dann gibt es auch keinen Tofu.«

»Ach, Florian.« Sie sah mich bettelnd an. »Dein Motorrad ist super, aber die Dinger sind mir einfach zu schnell. Kannst du nicht alleine fahren?«

»Alleine?«

»Dauert doch nicht lange.«

»Eine Viertelstunde brauche ich mindestens.«

»Frag im Geschäft bitte nach, wenn du den Tofu nicht gleich findest.«

Ich merkte, wie meine Zehen unwillig zu zucken begannen, bei mir ein untrügliches Stresssymptom. Meistens wackelten sie rhythmisch auf und nieder, als würden sie imaginäres Bongo spielen. Manchmal gebärdeten sie sich auch wie die Finger eines Klavierspielers, der Tonleitern übte. Ich ignorierte das Gezappel und atmete tief durch. »Okay. Ausnahmsweise.«

Natürlich hätte ich mich genauso gut weigern können, Julianes Wunsch zu erfüllen. Ich hätte sie als Quarktasche betiteln, mir fünf fetttriefende Bratwürste auf einmal in den Mund stopfen und mit Visitenkarten meines Lieblingsmetzgers um mich werfen können. Aber wozu ärgern? Als wahrer Mann glänzte ich lieber mit Gelassenheit. Außerdem gewann ich bei der Tofu-Suche ein paar Minuten Ruhe, ein paar Quadratmeter Freiheit. Hatte ja auch etwas. Die Grillveranstaltung, so viel stand jetzt schon fest, war ein absoluter Reinfall. Niemals wieder würde ich Gerd und Mats erlauben, eine Singlefrau im besten Alter für mich einzuladen. Niemals.

Ich rollte auf die Straße und gab Gas. Nach ein paar Metern fühlte ich mich erheblich besser. Die Luft strömte durch das halb offene Visier, mein Halstuch flatterte, und das Rauschen des Fahrtwindes beruhigte mich schneller als jede Entspannungs-CD, die meine Mutter früher in Dauerschleife gehört hatte.

Um fünf vor zwei erreichte ich das Lembacher Märktchen im Nachbarort. Wie erwartet wurde ich nicht fündig. »Hann mer nit«, raunzte eine Verkäuferin. Sie klang derart beleidigt, dass ich einen Moment lang überlegte, ob ich mich für mein Anliegen entschuldigen oder den von ihr gerade errichteten Honigglas-Stapel umnieten sollte. In Anbetracht meines knurrenden Magens verzichtete ich auf beides und verließ den Laden.

Aber was nun? Sollte ich vielleicht doch noch in die Stadt fahren? Viele Kölner Supermärkte hatten bis abends auf. Dafür sprach: Ich hätte mindestens eine halbe Stunde Zeit geschunden. Dagegen sprach: Heißhunger. Ich entschied mich für einen Kompromiss: Etwa zehn Kilometer von Lembach entfernt gab es einen großen Supermarkt. Bestimmt hatte der seine Öffnungszeiten den allgemeinen Lebensgewohnheiten angepasst. Ich behielt recht. Er schloss tatsächlich erst um sechzehn Uhr. Außer wenn er wegen Umbauarbeiten gar nicht erst aufgemacht hatte.

Zwanzig Minuten später war ich zurück. Juliane lief mir wie eine vorwitzige Hündin entgegen. »Und?«, fragte sie erwartungsvoll.

»Es gab keinen Tofu. Ich war in zwei Geschäften.«

»Echt nicht?«

»Habe ich ja gleich gesagt.«

Sie seufzte. »Dann muss ich wohl Salat essen.«

Ach, das ging auf einmal doch? Meine Zehen begannen wieder ungnädig herumzuzappeln, was mich noch reizbarer machte, als ich es ohnehin schon war. Ich stapfte Richtung Grillplatz, wo Gerd und Mats erregt miteinander diskutierten.

»Mensch, Gerd, das war keine Absicht. Wie oft soll ich das denn noch sagen?«

»Du hast es verbockt, also kümmere dich um Ersatz.«

»Jetzt mach doch nicht so einen Stress.«

»Wart's ab, gleich bist du einen Kopf kleiner!«

Trotz meiner ruhelosen Zehen musste ich grinsen. Hatte Mats etwa Gerds Bier ausgetrunken? Oder Brittas Kissen mit Ketchup bekleckert? Als ich den Grillplatz erreichte, verging mir die Häme. Das durfte ja wohl nicht wahr sein! Keine Würste. Kein Fleisch. Der Rost war leer.

»Wo ist das Essen?«, rief ich aufs Höchste alarmiert.

»Weg!« Mats zuckte mit den Schultern, als könne er sich diesen Umstand selbst nicht erklären. Ich starrte ihn an.

»Ihr habt mir nichts übrig gelassen?«

»Wollten wir natürlich.«

»Aber?«

»Mats hat unsere gesamte zweite Ladung verkohlen lassen«, sagte Gerd mit Leidensmiene.

»Wie, verkohlen?«

»Ich habe ein bisschen mehr Feuer gemacht. Damit es schneller geht.« Mats lächelte schief und hielt mir eine Plastiktüte entgegen. Fassungslos starrte ich auf schwarz verkrustete Steaks und ein paar kümmerliche Runzelwürstchen.

»Und wo ist das Würstchen, das ich für mich reserviert hatte?« Suchend sah ich mich unter und neben dem kleinen Campingtisch um.

»Ich wollte es aufheben, wirklich, aber Sandy hatte von der ersten Runde schon nichts abbekommen.« Mats zwinkerte mir zu. »Vielleicht gibt dir Gerd ja ein paar Gummibärchen.«

Sandy und Juliane fingen an zu kichern. Meine Zehen stimmten ein wildes Trommelsolo an. Mir reichte es jetzt. Dieser Nachmittag war wirklich das Letzte, aber am meisten ärgerte ich mich über mich selbst. Wieso hatte ich mich überhaupt dazu breitschlagen lassen, den Chef-Einkäufer, Grillmeister und Tofu-Lieferanten zu spielen? Hatte ich das nötig? Mein ehemaliges Schlapptüten-Ego vielleicht, aber der aktuelle, so ungemein männliche Florian ganz bestimmt nicht! Der sollte an so einem Tag eigentlich bloß essen, trinken und nachts um halb drei auf allen vieren in ein Taxi kriechen.

Während zart gebräunte Bratwürste vor meinen Augen erschienen und meinen Namen tanzten, nahm die Gartenparty ihren Lauf. Dass Juliane kein Wort mehr mit mir sprach, war mir nur recht. Auf eine Entschuldigung von Mats und Sandy wartete ich allerdings vergeblich.

Frustriert schnappte ich mir eine halb leere Chipstüte und suchte das Weite, ohne mich zu verabschieden. Bloß weg hier und ab nach Hause, dachte ich, als ich mein Motorrad bestieg. Dass ich einer Begegnung entgegensteuerte, die mein Leben verändern würde, ahnte ich nicht.

Kapitel 2

Mit knurrendem Magen passierte ich fünf Minuten später den Ortseingang von Lembach. Als ich in die Treidlergasse einbiegen wollte, raste nur wenige Meter vor mir etwas Schwarzes über die Straße. Von links nach rechts. Das konnte nur einer sein: Archimedes, der Kamikazehund von Manfred Keppler, meinem Vermieter. Ich bremste und legte gleichzeitig einen so zackigen Schlenker ein, dass die Chipstüte aus meiner Jackentasche herausrutschte und ihren Inhalt fontänengleich im Straßenstaub verteilte. Mein Abendessen.

Als ich bei einem Blick in den Rückspiegel sah, wie sich der schnauzbärtige Flohtransporter auf die Chips stürzte, hätte ich am liebsten gewendet und ihn gehörig zusammengepfiffen. Allerdings wäre das ebenso sinnlos gewesen wie eine Auseinandersetzung mit seinem Herrchen. Archimedes und Manfred Keppler passten zusammen wie Zwiebeln und Mettbrötchen: Beide hatten in ihrem Leben schon eine Menge Haare verloren, beide wühlten gerne im Garten herum, und beide ließen sich nichts sagen.

Wie so oft lungerte Keppler in seinem Vorgarten herum und behielt sein Umfeld scharf im Blick. In einem Dorf wie Lembach passierten ständig die spektakulärsten Dinge: Da kreuzten Füchse die Straße, da wehten Blätter im Abendwind, und wenn man einmal ganz viel Glück hatte, warf irgendein Halbstarker eine Coladose aus dem offenen Autofenster.

Unter den Spähblicken meines Vermieters, die er sich im Laufe seines Lehrerlebens antrainiert haben musste, stellte ich mein Motorrad vor der Garage ab. Bestimmt könnte ich später noch eine Gute-Nacht-Tour unternehmen. Ansonsten waren die Alternativen auf dem Lande dünn gesät. Aber was konnte man schon von einem Dorf erwarten, das den regionalen Kreisentscheid im Leistungspflügen ausrichtete und als Höhepunkt des Jahres ein Traktorrennen nebst After-Race-Party organisierte?

Am Straßenrand hielt gerade ein klappriger Renault. Vermutlich einer von Kepplers Bekannten aus dem Schützenverein. Oder, was bei der im Innenraum maultrommelnden Heimatmusik noch wahrscheinlicher war, ein Gesangskollege von den »Lembacher Silberkehlchen«. Nicht nur die Musik, allein schon der Name war eine akustische Zumutung. Warum sich diese Sängerknaben nicht »Iron Power Voices«, »Lords of Lembach« oder wenigstens »Rage against the Milk Price« nannten, würde ich nie verstehen.

Der Fahrer kurbelte sein Fenster herunter. Wie ich mit einem Seitenblick bemerkte, bestand er fast ausschließlich aus Augenbrauen, die wie graues Dornengestrüpp über sein oberes Gesichtsdrittel wucherten. Er deutete auf einen Lieferwagen, der vor Kepplers Haus parkte.

»Tach, Manni. Hast du dir einen neuen Transporter gekauft?«

»Wo denkst du hin? Das Ding ist doch voller Dreck!«

Der Angesprochene stutzte. Sein Blick wanderte über das glänzend weiße Gefährt, blieb an dem Trierer Kennzeichen hängen, und er begann schallend zu lachen. »TR-EK. Da ist Dreck am Auto! Da muss man erst mal draufkommen!«

Keppler kraulte sich am Kinn. Das Lob über den Scherz erfüllte ihn sichtlich mit Stolz. Bevor mir dieses selbstgefällige Kraulen noch den Magensaft in die Speiseröhre trieb, schnappte ich mir meinen Motorradhelm und stapfte Richtung Haus. Auch der Renault-Fahrer machte sich wieder auf den Weg. Da mir trotz aller Abneigung immer noch die gute

Kinderstube in den Knochen steckte, grüßte ich meinen Vermieter mit sachlichem Anzeigenberaterlächeln.

»Rrrrh-pff«, grunzte dieser bloß.

Ich runzelte die Stirn. »Ihr Hund ist abgehauen. Er wäre mir fast vor die Räder gelaufen.«

Keppler kniff seine Augen zu winzig kleinen Schlitzen zusammen. »Herr Ziesel, Sie sollen hier ja auch nicht herumrasen, als wären Sie auf dem Nürburgring.«

Wieder begannen meine Zehen unwillig zu zucken. »Ich war ganz normal auf der Hauptstraße unterwegs.«

»Wir befinden uns innerhalb einer geschlossenen Ortschaft, falls Sie es noch nicht bemerkt haben sollten.«

»Sie können froh sein, dass mein Motorrad ABS hat.«

»Sollten Sie Archimedes jemals ein Haar krümmen, ist Ihr Lotterleben in diesem Haus schneller vorbei, als Sie bremsen können. Übrigens, Ihr Müll verpestet schon wieder den Flur!«

Typisch Keppler. Ganz Lembach stank nach ungefilterter Landluft, und dieser Kleingeist regte sich über einen Müllbeutel vor der Wohnung auf! Kommentarlos warf ich die Haustür ins Schloss. Im Erdgeschoss dünstete Kepplers Gummi-Fußmatte wie immer einen lieblichen Duft nach Desinfektionsspray aus. Der erste Stock roch tatsächlich etwas muffig, aber wen störte das schon? Ich hatte Wochenende.

Raus aus dem Streifenhemd, in das ich mich extra wegen Juliane gezwängt hatte, rein in ein ordentliches Freizeit-Outfit. Wenn ich denn noch eins hätte. Auf meinem von Motorradzeitschriften und Socken belagerten Sofa lag ein graues T-Shirt, das zwar optisch ganz passabel aussah, aber nach einer wenig überzeugenden Komposition aus Frittenfett und Schweiß mit einem Hauch von schalem Bier roch. In meinem Schrank herrschte, abgesehen von drei Bürohemden und einem ziemlich eigenwilligen Geschenk von Mats und Gerd, gähnende Leere. Not oder Elend? Ich streifte mir nach kurzem Überlegen das bisher ungetragene Geburtstagspräsent über: ein rosa T-Shirt, auf dem ein betrunkenes Einhorn über einen Regenbogen torkelte. Meine Superman-Boxershorts rundeten das Outfit in vollendeter Disharmonie ab.

Wenig begeistert sah ich an mir hinunter. Selbst in meinen Zeiten als Schlapptüte hatte ich eine bessere Figur abgegeben! Die Angelegenheit ließ sich nicht schönreden, es war Zeit zu handeln. In meiner Waschmaschine lagerte noch eine Ladung Wäsche, die ich gestern erst hatte laufen lassen. Ich steckte meine Nase in die Trommel und atmete tief ein. Glück gehabt. Die Sachen rochen zwar nicht mehr taufrisch, aber auch nicht so muffig, dass ich die Maschine ein zweites Mal anstellen musste. Mangels eines Wäscheständers, der bei einer meiner letzten Balkonpartys zu Bruch gegangen war, hängte ich die nassen Sachen zum Trocknen auf meine fünfarmige Stehlampe. Fertig.

Mit dem guten Gefühl, endlich mal wieder etwas Richtiges geschafft zu haben, riss ich den Kühlschrank auf. Die Salami war verschimmelt, der Käse steinhart, und auf Salsa-Dip pur hatte ich keine Lust. Ich ließ mich auf die Couch fallen und griff nach dem Notebook. Biker-Forum statt Fernseh-Wüste. Wenigstens hatte mein Abendprogramm Stil. Als ich mir gerade einen Beitrag über die Stuttgarter Motorradmesse durchlesen wollte, öffnete sich auf meinem Bildschirm ein blaues Textfeld mit einer Privatnachricht.

»Hallo Knieschleifer. Habe gesehen, dass du online bist. Lust zu quatschen?«

Der Nickname des Absenders, Motorradbraut26, sagte mir nichts, und auf Benzingespräche mit Fremden stand ich nicht besonders. Andererseits klang der Name eindeutig weiblich, und wenn sich die angegebene Zahl nicht auf ihre Exliebhaber, sondern das Alter bezog, war ich durchaus interessiert.

»Wer bist du denn?«

Ich klickte auf ihr Profil, das zwar außer dem Namen keine persönlichen Angaben enthielt, aber immerhin ein Foto.

Die Motorradbraut war ansehnlich. Sie hatte lange Haare in einem Schwarzton, der mich an die satte Farbe von Motoröl kurz vor dem Ölwechsel erinnerte. Ihre dunkel umrandeten Augen waren mir etwas zu katzenhaft und die Brauen etwas zu rechtwinklig, aber dafür gefiel mir ihr Lächeln, das aussah, als hätte sie gerade einen anzüglichen Witz gemacht.

»Ich heiße Mariella. Und du?«

»Florian. Bist du schon länger in diesem Forum?«

»Nein, das ist heute mein erstes Mal.«

»Na, dann herzlich willkommen.«

Es dauerte ein paar Minuten, dann schrieb Mariella wieder.

»Ich habe dein Profil gesehen. Tolles Foto.«

»Danke.«

Das Kompliment freute mich zwar, aber viel konnte sie auf dem Porträt, das mich mitsamt Motorradhelm zeigte, nicht erkannt haben. Trotz des offenen Visiers sah man weder meine kokosnussbraune Out-of-bed-Frisur noch die ziemlich verwegene Stirnnarbe, die ich mir mit drei Jahren bei einem Sturz vom Laufrad zugezogen hatte. Dafür kam meine etwas zu repräsentativ geratene Nase ganz gut zur Geltung.

»Knieschleifer, du hast ein ziemlich großes Gerät, oder?«

»85 PS, 1597 ccm. Und du?«

»Bin noch auf der Suche. Vielleicht kannst du mir ja weiterhelfen?«

»Aaaarrrrh!« Mit einem Aufschrei krachte ich auf mein Sofa. Allerdings hatte mich nicht Mariellas Nachricht umgehauen, sondern meine als Wäscheständer missbrauchte Stehlampe, deren Statik offenbar nicht optimal an die Zusatzlast von zwei klatschnassen Jeans und vier T-Shirts angepasst war.

Fluchend rappelte ich mich hoch. Wie mir zwei hämmernde Stellen an meinem Hinterkopf offenbarten, hatten mich die beiden vorderen Messingschirme der Lampe genau erwischt. Vorsichtig berührte ich meinen Brummschädel, um das Ausmaß des Einschlags zu ermitteln. Zwei winzige Kratzer, die bluteten, als wollten sie den Folgen eines Kettensägen-Massakers Konkurrenz machen. Ich wischte mir die verschmierten Finger an meinem T-Shirt ab, das optisch sowieso nicht mehr zu retten war, dann wickelte ich mir zum Kühlen ein nasses Handtuch um den Kopf und setzte mich wieder auf die Couch. Das bisschen Blut konnte einen Mann von meinem Format nicht aus der Ruhe bringen.

»Bist du noch da, Knieschleifer?«

»Ja, hier bei der Arbeit. Nach was suchst du denn genau?«

Noch während ich überlegte, ob Mariella wohl eher der Typ für eine Honda oder eine Yamaha war, klingelte mein Handy. Mats war am Apparat. Die Verbindung war ziemlich schlecht, im Hintergrund rauschte und knackste es immer wieder. Es klang, als sei er gerade mit dem Auto unterwegs.

»Hallo Flori, lange nicht gehört. Wo bist du denn so plötzlich hin?«

»Weg halt.«

»Ist alles okay?«

»Ja, ja, alles senkrecht.«

»Falls es wegen Sandys Wurst war«, sagte Mats und räusperte sich, »das hätte vielleicht echt nicht unbedingt sein müssen.« Sieh an. Die Erkenntnis kam spät, aber sie kam. Ich ahnte, dass ihm dieses Statement schwergefallen war.

»Schon okay.« Mein Tagesbedarf an sinnlosen Streitereien war gedeckt. Außerdem blieb ich grundsätzlich nie lange wütend, weil mir das viel zu mühsam war. Auch Mats ging zur Tagesordnung über. »Sollen wir noch ein Bier trinken gehen? Die Grillparty ist nämlich schon vorbei.«

»Geht nicht, mir brummt der Schädel.«

»Du hast doch heute gar nichts getrunken.«

»Blöde Geschichte. Weißt du was? Komm doch einfach bei mir zu Hause …«, sagte ich, da knackste es noch einmal ganz laut, und die Verbindung war weg. Wahrscheinlich ein Funkloch.

Ich wandte mich wieder der Motorradbraut zu, die soeben geantwortet hatte. »Bin ziemlich offen. Hauptsache, keine Schlaftablette.«

»Und sonst? PS sind ja nicht alles!«

Diese Kaufanfänger. Keinen Plan von nichts, aber ein schnelles Motorrad fahren wollen. Eigentlich hatte ich gedacht, dass Frauen anders ticken. Mariellas Antwort ließ ein paar Minuten auf sich warten. »Stimmt. Gerne groß und muskulös, aber klein und drahtig finde ich auch super. Wie siehst du denn aus, Süßer?«

Ich kratzte mich verdattert an der Stirn, auf der sich zu meinem Leidwesen ein krustiges Blutrinnsal gebildet hatte und antwortete genau das, was mir durch den Kopf schoss.

»???«

Während ich die Nachrichten noch einmal las, um den tieferen Sinn von Mariellas Botschaft zu ergründen, klingelte es an der Tür. Das musste Mats sein, der bei seinem Anruf wahrscheinlich schon ganz in der Nähe gewesen war. Ich drückte auf den Summer, öffnete die Wohnungstür und tappte, so schnell es mein Brummschädel zuließ, wieder an mein Notebook zurück. »Klick mal auf den Link!«, stand auf dem Bildschirm. Mariella-live.de. Ihre private Homepage. Die Seite brauchte ewig, um sich aufzubauen.

»Komm rein!«, rief ich, als ich Schritte im Treppenhaus hörte.

»Hallo?« Eine unbekannte Stimme. Eine weibliche Stimme. In meinem Wohnungsflur. Ich fuhr von meinem Sofa hoch, als hätte ich irrtümlich auf einer glühenden Sitzheizung Platz genommen. Und da stand sie.

Eine Frau, so schön wie ein Model für den Pirelli-Kalender. Anstatt irgendetwas Sinnvolles zu sagen, starrte ich sie mit offenem Mund an. Ihre anthrazitgrauen Augen faszinierten mich vom ersten Moment an, ohne dass ich im Entferntesten hätte sagen können, warum. In ihrem Spaghetti-Top, den

Jeansshorts und den Flip-Flops sah sie aus, als käme sie gerade vom Strand – wäre da nicht dieser starre und seltsam verzerrte Ausdruck um ihre Mundwinkel herum.

Plick. Meine rechte Kontaktlinse landete auf dem Boden. Das passierte mir immer, wenn ich vor lauter Schauen vergaß, meine Augen zu schließen.

»Hallo, ich – wollte mich – ich hätte eine – ich bin die, äh …«, stotterte meine Besucherin, während ich einäugig auf dem Fußboden herumrutschte. Ich spürte, wie ich vom Hals über die Wangen bis hin zu meiner blutverkrusteten Stirn rot anlief. Was für eine Glanzleistung! Da kreuzte die mit Abstand attraktivste Frau, die Lembach je gesehen hatte, bei mir zu Hause auf, und was bekam sie zu sehen? Ein verwüstetes Wohnzimmer, dominiert von einem muffigen Wäscheberg, und einen Mann mit Turban, der aussah wie ein Zombie im Blutrausch.

Immerhin fand ich meine Kontaktlinse, bevor ich sie zu Glasbrei zerstampft hatte. Ich schnellte wieder in die Senkrechte und wischte mir mit dem Handrücken die Blutreste von der Stirn, was die Situation jedoch nicht nachhaltig verbesserte, da ich leider immer noch nichts zu sagen wusste. Und die unbekannte Besucherin beschränkte sich darauf, ihren Blick über das Chaos in meiner Wohnung schweifen zu lassen. Hätte ich eine Wanduhr, würde sie jetzt bestimmt ganz besonders laut ticken.

»Sie haben da – ich komme wohl etwas ungelegen.« Das Pirelli-Model sah Richtung Tür, als wollte sie sich vergewissern, ob der Fluchtweg frei war. Endlich fand ich meine Sprache wieder. »Nein, alles in Ordnung, ich hatte nur einen, einen kleinen Unfall. Kommen Sie doch rein.« Meine Besucherin blieb wie angeklebt im Türrahmen stehen. Ich schob mit einem Bein die nasse Wäsche auf dem Teppich beiseite, sodass zumindest der Weg zum Sofa geräumt war. »Tut mir leid, es ist etwas unordentlich. Setzen Sie sich doch.«

Sie räusperte sich. »Ich komme lieber ein andermal wieder.«

Nein. So schnell würde ich sie nicht ziehen lassen. »Warten Sie einen Moment, ich werfe mir ganz schnell etwas anderes über.« Ohne eine Antwort abzuwarten, hastete ich ins Bad. Besser ein verschwitztes Bürohemd als ein blutiger Regenbogen. Während ich meine Kontaktlinse säuberte und mich umzog, hörte ich ein sanftes Flip-Floppen aus dem Wohnzimmer. Offenbar traute sich mein Gast nun doch näher. Als ich mir gerade den Turban vom Kopf gewickelt hatte, um eine Baseballkappe aufzusetzen, bewegten sich die Schritte allerdings wieder eilig Richtung Ausgang. »Tut mir leid, ich muss jetzt doch weg«, rief sie, dann knallte die Wohnungstür. Die unbekannte Besucherin war fort. Vor dem Haus wurde ein Auto angelassen. Ich stürzte zum Fenster, sah gerade noch einen Transporter um die Ecke biegen und ließ mich mit einem Frustseufzer auf die Couch fallen.

Mein Blick fiel auf das Notebook. Mariellas Homepage hatte sich inzwischen geöffnet. Im Mittelpunkt des Bildschirms: Brustbilder. Alle paar Sekunden ein neues. Mariellas Brust von vorne, von der Seite, im Dämmerlicht und in Schwarz-Weiß. Darüber der pinke Titel: »Call Mariella!« Darunter eine 0190er-Nummer. Einen Moment lang überlegte ich, ob ich diese Schlange anrufen und gehörig zusammenstauchen sollte. Aus finanzieller Sicht schien das jedoch nicht die Ideallösung zu sein.

Zwei Dokusoaps später fühlte ich mich zumindest körperlich besser. Die Blutung hatte aufgehört, mein Kopf pochte nur noch sanft vor sich hin. Ich beschloss, mein Motorrad bettfertig zu machen, da ich eine Feierabendtour mit Kopfverletzung sowieso vergessen konnte. Das verschleimte Räuspern meines Vermieters begrüßte mich auf der Straße. Zwischen seinen Beinen sprang jetzt auch der Schnauzer wieder herum.

»Da ist ja der Ausreißer«, sagte ich.

»Haben Sie Ihren Müll weggeräumt?«

»Selbstverständlich.«

»Und das Treppenhaus?«

»Das Treppenhaus?«

»Sie sind diese Woche mit Putzen dran.«

»Ist so gut wie erledigt.«

Keppler stapfte am Haus vorbei zu den Mülltonnen. Was nun? Sollte ich ihn fragen? Ich zögerte. Andererseits: Was hatte ich schon zu verlieren? Meine Würde hatte ich längst unter dem blutigen Regenbogen-Shirt verloren. Ich gab mir einen Ruck. »Sagen Sie, haben Sie heute Abend zufällig jemand Fremdes hier in der Straße gesehen? Eine junge Frau?«

Mein Vermieter drehte sich um und sah mich mit gerunzelter Stirn an. »Was denn für eine Frau?«

»Ach, nicht so wichtig.« Keppler war bestimmt der Letzte, dem ich von der soeben erlebten Schmach erzählen wollte.

»Oder meinen Sie die neue Mieterin?«

Ich schluckte. Es gab eine neue Mieterin? Ich hatte gar nicht mitbekommen, dass der Philosophie-Student aus der Dachwohnung ausgezogen war. Dieser verschrobene Einsiedler hatte sich ja nie blicken lassen.

»Es zieht jemand Neues oben ein?«, fragte ich.

»Ja. Jemand mit Niveau. Nicht so ein Hallodri wie Sie.«

Ich lehnte mich an die Garagentür, weil mir plötzlich schwindelig wurde. So musste sich ein Rennfahrer bei der Motorrad-WM fühlen, dem kurz vor der Zielkurve der Sprit ausging. Das wäre es gewesen. Eine Superfrau, ein Stockwerk, eine Riesenchance. Und ich hatte es verbockt.

Kapitel 3

Fünf Tage waren seit unserer denkwürdigen Begegnung vergangen. Die neue Mieterin hatte sich nicht mehr blicken lassen. Lustlos saß ich an meinem Arbeitsplatz in der Anzeigenabteilung des Kölner Blatts und fuhr den Computer hoch.

Mein Rechner und ich, wir waren uns sehr ähnlich. Wenn wir zu viele Aufgaben gleichzeitig erledigen mussten, wurden wir unheimlich langsam. Im Anschluss daran stürzten wir auch gerne mal ab. Und wir brauchten beide ewig, um nach der nächtlichen Ruhephase wieder hochzufahren.

Heute war ich besonders müde, da ich letzte Nacht viel zu lange über die Pirelli-Frau nachgedacht hatte. Noch zwei Minuten bis zum Geschäftsbeginn, und ich schüttete bereits den dritten Espresso in mich hinein. Während ich ohne große Hoffnung darauf wartete, dass mich die Wirkung des Koffeins in ein energiegeladenes Arbeitstier verwandelte, betrachtete ich mein neues Hintergrundbild.

Ein Foto von mir, Gerd und Mats, wie wir im Biergarten des Rostigen Berts auf den gefühlten Frühlingsbeginn anstießen. Mit unseren Sonnenbrillen sahen wir alle drei ziemlich lässig aus. Ich hatte extra meine Out-of-bed-Frisur in Form gestrubbelt und schaute links an der Kamera vorbei, um meine Stirnnarbe in Szene zu setzen. Gerd glänzte wegen einer Extraportion Sonnencreme, als hätte er ein Butterfass ausgeleckt. Mats, der seine Haare aufgrund mikroskopisch wahrnehmbarer Geheimratsecken kahl rasiert hatte, trug wie so oft ein Muskelshirt und präsentierte sein Stier-Tattoo am angespannten Oberarm. Ein tolles Bild.

Ich hielt große Stücke auf Gerd und Mats. Sie waren nicht nur wunderbare Kumpels, sondern auch gute Kollegen. Gerd arbeitete in der Redaktion, Mats in der Grafikabteilung. Wir verbrachten fast jede Mittagspause miteinander. Dieses Foto würde ich mir zukünftig sicher oft ansehen, wenn es um mich herum mal wieder stressig wurde.

Wie wohl der PC-Bildschirm der neuen Mieterin aussah? Horrorszenarien wie Delfine im Abendrot oder Katzenbabys mit Wollknäueln erwartete ich bei ihr nicht. Spontan würde ich sagen, sie wäre der Typ für eine Strandlandschaft oder ein Caipirinha-Stillleben. Eine mallorquinische Serpentinenstraße wäre mein persönlicher Favorit. Eigentlich hätte ich Desktop-Psychologe werden müssen. Ein Blick auf den Bildschirm zweier Menschen, und ich wusste genau, ob diese zueinander passten oder nicht. Die Beziehung zwischen Mats und Steffi aus der Buchhaltung zum Beispiel. Auf ihrem Monitor ein Gemälde mit zwei herumlungernden Engeln, auf seinem die Explosion des Todessterns aus Star Wars – war doch klar, dass das nicht gut gehen konnte.

Die Ankunft einer Kundin riss mich aus meinen Gedanken. Eine schätzungsweise siebzigjährige Dame mit silbriggrauem Haar und ebensolcher Weste sah sich einen Moment lang suchend um und marschierte dann so zackig durch den Raum, als nähme sie an einem Walking-Wettbewerb für Senioren teil, bei dem ausgerechnet mein Service Counter die Ziellinie markierte. Rechts und links ihrer Gesundheitsschuhe rollten zwei beige Kleinhunde mit Kugelaugen und ebensolchem Bauch herein. Möpse. Auch das noch. Auf den ersten Blick war mir klar, dass die Silberlady eine Kundin der Kategorie drei bis vier war, was entsprechend der sechsstufigen Hurrikan-Skala für »anstrengend« bis »sehr anstrengend« stand. Schon seit Jahren wollte ich mit Kollege Bernd ein Alarmsystem einführen, damit wir uns gegenseitig vor solchen Kunden warnen und rechtzeitig zum Schreddern in den Kopierraum verschwinden könnten, aber leider fürchtete er das Kontrollauge unseres Chefs.

So gab es für mich kein Entrinnen. Bernd hatte einen Kunden, Christiane lächelte auffordernd einem Anzugträger entgegen, und Kai, der schmierlockige Abteilungsstreber, telefonierte wild gestikulierend, als befände er sich unmittelbar vor dem Aktienverkauf seines Lebens. Beherzt trat ich die Flucht nach vorne an.

»Guten Tag, Ziesel mein Name. Was kann ich für Sie tun?«

»Langstätten. Ich möchte eine Anzeige im Tiermarkt aufgeben. Belinda hat geworfen.« Ich sah auf die beigen Kleinhunde und schluckte. Meine Müdigkeit war plötzlich wie weggeblasen. Gab die Silberlady womöglich gleich den Anzeigentext des Jahres auf? Die Chancen standen denkbar günstig. Derzeit wurde meine heimliche Hitliste der Absurditäten angeführt von: »Erfahrener Deckhengst sucht neuen Wirkungskreis.« Jetzt aber lag ein Spruch förmlich in der Luft, der alle anderen toppen würde: »Verkaufe meine Möpse, abzugeben in liebevolle Hände.«

Ich starrte die Kundin gebannt an und biss mir auf die Unterlippe, während mir vor lauter Vorfreude Tränen in die Augen schossen. Aber nichts passierte. Schließlich gab ich mir einen Tritt. »Haben Sie einen Text vorbereitet?« Frau Langstätten sah mich entrüstet an. »Wie? Ich dachte, das erledigen Sie!« Ich seufzte innerlich. Aus der Traum. Meine Hitliste würde ohne Verkaufsmöpse auskommen müssen. »Ich kann Ihnen gerne ein paar Vorschläge machen. Ganz klassisch wäre zum Beispiel: Verkaufe Mopswelpen. Und die Telefonnummer.« Die Kundin klimperte aufgeregt mit ihren silbrig geschminkten Augen. »Aber das sind doch nicht einfach irgendwelche Mopswelpen. Die Mutter ist Belinda von den Goldgrafen, und Rodolfo von der Kaiserburg war der Deckrüde.«

»Ach.«

»Ein Multichampion!«

Ich unterdrückte ein Schnauben. Mein kerniges Männer-Ich hätte dieser Silberschachtel am liebsten gesagt, dass sie den Text zu Hause selbst ausformulieren sollte. Mit zwölf Monatsraten für das Motorrad im Nacken war das natürlich keine Option. Während mir ein adeliger Urahn nach dem anderen aufgezählt wurde, schweiften meine Gedanken ab.

»... und diese milanesische Edelzucht ist weltberühmt. Sicher haben Sie auch schon davon gehört.« Der erwartungsvolle Blick der Seniorin holte mich zurück in die Gegenwart. »Das ist nicht so mein Spezialgebiet«, presste ich hervor und überlegte, wie ich die Kundin loswerden könnte. Dieses Elend musste ein Ende haben. »Wenn Sie mich einen Moment entschuldigen würden.« Ich stand auf und flüsterte Christiane zu, dass die Kundin ihre Möpse verkaufen wollte, was eindeutig in das Aufgabengebiet einer Frau fallen würde.

Sekunden später ließ ich mir im Waschraum kaltes Wasser über die Hände laufen und fragte mich wieder einmal, warum ich bloß nach der zwölften Klasse mit einem desaströsen Zeugnis von der Schule abgegangen war. Ich hätte besser noch ein Jahr durchgehalten, mein Abitur gemacht und Fahrzeugtechnik studiert. Dummer Fehler. Stattdessen musste ich mich mit Verkäufern, Jobsuchern, Heiratswilligen und Tierliebhabern herumschlagen.

Ob die neue Mieterin einen erfreulicheren Beruf hatte? Nach einem langweiligen Bürojob hatte sie ganz und gar nicht ausgesehen. Rein optisch gesehen könnte sie ganz klar ein Model sein. Oder sie war Geschäftsfrau und plante die Neueröffnung einer Cocktailkneipe. Vielleicht war sie auch Krankenschwester oder Flugbegleiterin.

Als ich nach einer Viertelstunde mit verschrumpelten Fingern in den Servicebereich zurückkehrte, war Frau Langstätten verschwunden, aber der akute Mitarbeiterbedarf gewachsen.

Christiane warf mir einen bösen Blick von der Seite zu, während sie einem älteren Herrn ein Prospekt mit Musteranzeigen vorlegte. Ich steuerte meinen Platz an und scannte mit geschultem Blick die wartenden Kunden. In der Mitte des Raumes stand ein dürres, fast haarloses Männlein mit randloser Brille. Es sah so unterhaltsam aus wie ein Steuerberater und hatte vermutlich schon im Voraus den Anzeigenpreis mit einem Anwalt für Medienrecht durchgerechnet. Schräg hinter ihm wartete eine etwa fünfzigjährige Frau, die mich aufgrund ihrer Körperform, der Farbe ihrer Bluse und ihrer zusammengekniffenen Lippen an eine Limette erinnerte. Sie hatte ein hellblaues Taschenungetüm in der rechten Hand und sah aus, als würde sie jedem, der ihr dumm kam, damit geradewegs eins überbraten. Zum Glück stand vor ihr eine attraktive Business-Amazone in unglaublich hohen Stöckelschuhen. Ich lächelte sie mit einladender Geste an, doch sie sah durch mich hindurch und balancierte auf meine Kollegin zu, die soeben frei geworden war.

Im Prinzip fand ich das nicht schlimm, da ich sie sowieso nicht hatte anflirten wollen. Ärgerlich war nur, dass jetzt die Limettenbluse, die sich als »Frau Hippelmann in spe« vorstellte, mir zufiel. Erstaunlicherweise gehörte sie zu dem dürren Steuerberater-Männlein mit der randlosen Brille, plante dieses sogar am kommenden Sonntag zu heiraten und wollte jetzt die Vermählungsanzeige aufgeben.

»Wir brauchen etwas ganz Besonderes. Etwas, das hervorsticht, ou-kay?«, sagte sie mit Nachdruck. Während ihr zukünftiger Gatte mit kritischem Prüfblick einen Musterkatalog durcharbeitete, hielt mir Frau Hippelmann in spe Fotos von ihren Ringen, ihren ineinander verkrampften Händen und den Brautschuhen vor die Nase. Jedem zweiten Satz fügte sie ein unerträgliches »Ou-kay?« bei. »Der Preis spielt keine Rolle, ou-kay? Natürlich in Farbe, Herr Ziesel. Und wir wollen einen ganz individuellen Text, ou-kay?«

Nach einer gefühlten Doppelstunde entschied sich das Paar

für den ganz individuellen Spruch von Seite zwei des Musterkatalogs: »Wir müssen nicht, wir brauchen nicht, wir wollen einfach heiraten.« Dazu gab es ein Foto ihrer goldenen Ringe mit gigantischem Cartier-Schriftzug. In Farbe natürlich. »Und wir benötigen den Probeabzug unbedingt noch heute, ou-kay?«

Erleichtert, dass sie endlich von dannen zogen, mailte ich Mats die Angaben der Hippelmanns samt Fotodatei zu. Schlimmer konnte es heute eigentlich nicht mehr kommen. In der Mittagspause lästerte ich mir bei Mats den Kundenfrust von der Seele und brachte ihm das »Ou-kay« im Originaltonfall bei. Er imitierte es innerhalb weniger Minuten in erstaunlicher Perfektion.

Kurz vor Feierabend, ich war gedanklich schon fast in der Tiefgarage, ließ mich das Telefon hochschrecken. Gerd war am Apparat.

»Hallo, Flori.«

»Und, was soll ich heute für dich einkaufen? Einen Rinderbraten vielleicht?«

»Du warst am Samstag irgendwie sauer, oder?«

»Irgendwie ist gut. Das ist echt blöd gelaufen!«

»Verstehe ich. Britta hat übrigens auch keine Wurst abbekommen. Also sorry, beim nächsten Mal werdet ihr bedient wie die Könige.«

»Ist klar.« Die Wahrscheinlichkeit, dass mein Kumpel dieses Vorhaben tatsächlich umsetzte, war gering. Trotzdem beschloss ich, den Abend aus meinem Gedächtnis zu streichen und mich nicht schon wieder zu ärgern.

»Noch drei Minuten, Gerd. Halten wir das durch?«

»Vielleicht hilft dir ja die Aussicht auf ein Feierabendbier im Rostigen Bert? Mats kommt auch.«

»Wie immer um sieben?«

»Ich kann erst um Viertel nach. Britta geht zur Akupunktur und muss mir danach noch den Verband wechseln.«

»Hatte ich mir fast gedacht.«

Während wir noch ein wenig über Gerds fortschreitende Genesung plauderten, warf ich einen letzten Blick in mein Firmen-Postfach. Eine Mail von Mats aus der Grafikabteilung trudelte gerade ein. Er schickte den Probeabzug für die Hippelmann-Anzeige. Sehr gut. Gleich ab damit und Schluss für diese Woche. Ich gab Frau Hippelmanns Mail-Adresse ein, hängte das PDF-Dokument an und klickte auf »Senden«.

Endlich Feierabend.

Kapitel 4

Auf meinem Briefkasten klebte ein giftgrünes Post-it. »Treppenhausreinigung nachholen!« Ich rollte mit den Augen. Keppler. Wenn er mir nicht gerade durch seine Livekommentare den letzten Nerv raubte, drangsalierte er mich mit Klebezetteln. Stirnrunzelnd stampfte ich in den ersten Stock hinauf und klatschte das Post-it auf eine Zettelhalde, die sich seit meiner letzten Aufräumaktion in der obersten Schublade der Flurkommode angesammelt hatte. Die Kritikpalette reichte von »Pizzakartons nicht vor der Wohnungstür stapeln« über »Flaschen gehören in den Glascontainer« bis hin zu »Kein Ölwechsel auf dem Gehweg!!!«. Mit diesem kleingeistigen Gemecker konnte ich genauso wenig anfangen wie mit dem Papierhaufen in meiner Schublade.

Das Telefon klingelte und verhinderte, dass ich mich weiter in dieses unerfreuliche Thema hineinsteigerte.

»Hallo, Schätzchen.«

»Hallo, Muttchen.«

»Nenn mich nicht Muttchen, ich bin keine alte Frau.«

»Dann nenn du mich nicht Schätzchen.«

Sie seufzte. »Ich meine es doch nur gut.«

»Und ich erst.«

»Was macht die Arbeit?«

»Alles wie gehabt.«

»Und zu Hause?«

Muttchens blumige Umschreibungen. »Zu Hause« bedeutete nicht etwa, dass sie sich für meine Einrichtung, die Tisch-

Deko oder irgendwelche Renovierungsarbeiten interessierte. »Zu Hause« bedeutete: »Und, Schätzchen, was macht die Liebe? Hast du endlich eine Freundin? Wann kann ich mit den Stricksöckchen fürs Enkelkind anfangen?« Ihr Lebenstraum war es, ganz groß als Superomi durchzustarten. Da ich nicht vorhatte, diesen in absehbarer Zeit zu erfüllen, beschränkte ich mich wie immer auf ein unwilliges Brummen als Antwort.

»Und wie geht es dem lieben Herrn Keppler?«

Zu dumm. Jetzt war ich eine Sekunde zu langsam gewesen. Um dem leidigen Frageneintopf meiner Mutter auszuweichen, hatte ich nämlich im Laufe der Jahre die Strategie entwickelt, mit Gegenfragen zu antworten. Das funktionierte ausgezeichnet, denn meine Mutter redete sehr gerne. Sie hatte einen unaussprechbaren Studiengang absolviert und tourte hauptberuflich durch Deutschlands Schulen, um Vorträge über gesunde Ernährung zu halten. Hatte ich sie erst einmal dazu angeregt, über Pastinakensuppe und Selleriesaft zu referieren, war ich auf der sicheren Seite. Nur mit dem Timing haperte es manchmal, und dann passierte so etwas wie die Keppler-Frage. Die brachte mich besonders in Rage. Natürlich war ich meiner Mutter dankbar dafür, dass sie Keppler vor ein paar Jahren dazu gebracht hatte, gerade mich als Mieter auszuwählen. Sie hatte den Studienrat auf diversen Schulveranstaltungen kennen- und schätzen gelernt und meinte wohl, dieser Ausbund an Korrektheit würde aus mir einen besseren Menschen machen.

»Wie läuft's bei der Arbeit?«, fragte ich, ohne auf Keppler einzugehen. Ein guter Schachzug, dem ein langer Vortrag über die neuesten Frühstücks-Trends folgte, die sich abgesehen von Smoothies und Kamutbrot nur minimal von dem unterschieden, was ich in meiner Jugend auf dem Teller vorgefunden hatte. Als ich es nicht mehr aushalten konnte, sprang ich vom Sofa auf, um meiner Stimme eine überzeugende Dynamik zu verleihen.

»Wir müssen jetzt Schluss machen, ich will noch zum Supermarkt.«

»Kaufst du dein Obst denn nicht auf dem Wochenmarkt? Regionale Produkte sind um Welten gesünder als dieses gespritzte Zeug aus Spanien.«

Manchmal war meine Mutter wirklich komisch. Sie wusste doch genau, dass ihre Erziehungsversuche bei mir nur dazu geführt hatten, dass ich mich seit meinem Auszug von zu Hause mit Begeisterung von Tiefkühlkost ernährte.

»Tolle Idee. Obst. Wochenmarkt. Merken.«

»Pass auf dich auf, Schätzchen.«

»Du auf dich auch, Muttchen. Bis bald.«

Kopfschüttelnd legte ich auf und begann mich umzuziehen. Meine zwei Beulen waren inzwischen abgeschwollen, sodass ich endlich wieder Motorrad fahren konnte. Von der Straße aus warf ich einen Blick zum Dachgeschoss hinauf. Schade, dass mich die neue Mieterin jetzt nicht sehen konnte. In der Lederhose machte ich trotz meines leichten Bauchansatzes eine ziemlich gute Figur. Würde sie jetzt aus dem Fenster sehen, könnte ich mich lässig an mein Bike lehnen und ein ausuferndes Gespräch über die Sommerhitze oder ein ähnlich spritziges Thema beginnen. Alternativ blieb mir nichts anderes übrig, als Keppler, der gerade seine Wohnung im Erdgeschoss verließ und sich an den Mülltonnen zu schaffen machte, einen guten Abend zu wünschen. Er grüßte nicht zurück. Vermutlich war er verärgert, weil ich am Wochenende nicht das Treppenhaus geputzt hatte. Bei so etwas konnte er sehr nachtragend sein.

In dem Moment näherte sich von der Hauptstraße her ein Motorengeräusch. Ein beiger Mini bog um die Ecke. Und da war sie! Die neue Mieterin. Ich vergrub meine Hände in der Motorradjacke und zwang mich, nicht zu flach zu atmen. Sie parkte neben meinem Klappergolf, der nicht den Ehrenplatz in, sondern die Notunterkunft neben meiner Garage belegte, und schwang sich aus dem Auto. Genau, wie ich sie in Erinnerung hatte. Die personifizierte Lässigkeit. Ihre blonden schulterlangen Locken sahen aus, als würde mindestens Windstärke vier herrschen. Das perfekte Pendant zu meinem Out-of-bed-look. Sie federte zum Kofferraum und wuchtete eine Umzugskiste heraus. Um nicht wieder so dämlich glotzend herumzustehen wie am Donnerstag, wischte ich wie wild auf meinem Drehzahlmesser herum und prüfte durch fachkundiges Knöchelklopfen, ob sich mein Motorradtank immer noch an der dafür vorgesehenen Stelle befand.

Jetzt hatte sie mich entdeckt. Einen Moment lang kniff sie die Augen zusammen. Immerhin sprang sie weder panisch in ihren Wagen zurück noch ging sie mit Pfefferspray auf mich los. Ich wagte ein zaghaftes Lächeln und hoffte, dass meine Mundwinkel nicht allzu sehr zitterten.

»Sie sind die neue Mieterin, nicht wahr?«

»Mhm.«

»Wir sind uns ja letzte Woche schon begegnet.«

Sie setzte ihren Umzugskarton auf dem Pflaster ab. Ich machte drei wackelige Schritte auf sie zu. Meine Zehen setzten wieder zu einem schuhinternen Trommelsolo an. »Tut mir leid. War alles ein bisschen chaotisch.«

Sie schloss kommentarlos die Haustür auf und ließ sie im Türhalter einrasten. Mein Herz klopfte, als hätte ich soeben den Kölner City-Lauf absolviert, aber immerhin hatte ich schon vier Sätze herausbekommen. Ich streckte ihr meine Hand entgegen. »Florian Ziesel. Freut mich, Sie kennenzulernen.«

Sie starrte meine Finger an, als hätte ich sie in Altöl gebadet. Dann griff sie zu. »Neele Pfeiffer.«

»Freut mich.«

Sie schwieg. Ich sah unschlüssig auf die Umzugskiste am Boden. »Kann ich vielleicht beim Tragen helfen?« Im gleichen Moment begann Neeles Handy zu klingeln. Oder genauer gesagt zu bellen. Ein gehecheltes Kleinhund-Gebell. Origineller Klingelton, das musste ich schon sagen. Und natürlich war er mir tausendmal lieber als ein leibhaftiger Kampf-Kläffer. Während Neele beiseitetrat, um zu telefonieren, stand ich wie ein Schuljunge, der auf den Direktor warten musste, vor der Haustür herum und starrte ihren Mini an. Auf der Hutablage hockte ein kleines schwarzes Stoffschaf und grinste so herablassend, als wollte es sich über mich lustig machen. Zu dumm, dass ausgerechnet in solchen Momenten mein altes Schlapptüten-Ego durchschimmern musste. Ich hätte ja auch mit meinem Motorrad ein paar Wheelies üben können – aber erstens wusste ich nicht, ob die neue Mieterin auf Hinterreifen-Kunststücke stand, und zweitens war ich dazu alles andere als fähig. Zum Glück war sie wenige Minuten später wieder bei mir.

»Kann ich vielleicht beim Tragen helfen?«, fragte ich wieder. Der Seitenblick, den Neele mir zuwarf, ließ sich bestenfalls als muffig bezeichnen. »Warum nicht?« Es klang fast, als würde sie mir einen Gefallen tun. Ich machte mich an die Arbeit. Beim Aufheben des Kartons stöhnte ich versehentlich so laut auf wie ein Tennisspieler beim Aufschlag. »Wurden die mit Beton ausgegossen?«

»Da sind Hanteln drin.« Neele verzog leicht spöttisch ihre Mundwinkel. »Aber wenn es nicht geht …«

»Nein, kein Problem«, presste ich hervor und schleifte mich mitsamt der Kiste irgendwie in den zweiten Stock hinauf. Neele folgte mir mit einem weiteren Karton, in dem sich ihren flockigen Schritten nach höchstens ein Jahresvorrat an Watte befinden konnte.

»Das war ja nett«, sagte sie, nachdem ich meine Last im Flur abgesetzt hatte.

»Gibt es noch mehr?« Ich klatschte geschäftig in die Hände, was sehr dynamisch wirkte, wenn man mal davon absah, dass ich wie ein altersschwaches Brauereipferd keuchte. Wieder keine Reaktion. Unsere erste Begegnung hatte Neele anscheinend nachhaltig verstört. Was konnte ich tun, um das Eis zu brechen? »Ich müsste mir dann nur mal schnell mein Arbeitshemd und den Sicherheitsturban anziehen«, sagte ich nach einer minimalen Denkpause.

»Und Ihrer 0190er-Freundin Bescheid geben?«

Daher wehte also der Wind. Hätte ich mir ja denken können. Diese dämliche Mariella. Ich ignorierte die Percussion-Einlage meiner Zehen und gab mich äußerlich gelassen.

»Diese Pop-up-Fenster sind echt eine Plage.«

»Mhm.«

Keine Ahnung, ob mir Neele die Erklärung abnahm. Zielstrebig lief sie die Treppe hinunter. Ich beschloss, den Kleiderwechsel bleiben zu lassen und folgte ihr. »Darf ich?« Ohne eine Antwort abzuwarten, griff ich nach dem nächstbesten Umzugskarton und schleppte ihn die enge Holztreppe hinauf in ihre Wohnung. Da sie nicht protestierte, machte ich einfach weiter. Bereits nach der dritten Kiste japste ich lauter als ein übergewichtiger Mops, dabei hatte ich mich eigentlich fit wie ein Turnschuh präsentieren wollen.

»Alles in Ordnung?«, fragte Neele, die mich dabei ertappte, wie ich an die kühle Treppenhauswand gelehnt nach Luft schnappte.

»Alles in Ordnung. Ich wollte bloß, äh, den …«

»Den Anblick meiner Fußmatte genießen. Richtig?«

»Genau.«

Neele hatte ein winziges Lächeln auf den Lippen, das mich sofort an Fred, das freundliche Zebra aus dem Kölner Zoo, erinnerte. Als Kind hatte ich Fred geliebt. Er wirkte immer vollkommen tiefenentspannt, egal ob er gerade fraß, chillte oder Stuten aufriss. Ein echtes Vorbild. Dass Freds Lächeln in Neeles Gesicht ein Comeback feierte, schien mir ein gutes Zeichen zu sein. Ich klopfte mir in Gedanken auf die Schulter. Der Anfang war gemacht, aber jetzt hieß es, bloß nicht zu schwächeln. Der größte Teil der Arbeit lag schließlich noch vor mir.

Nie hätte ich gedacht, dass in einem einzigen Mini ganze zwölf Umzugskartons Platz finden würden. Keuchend schleppte ich einen nach dem anderen die enge Holztreppe hinauf. Zweiunddreißig qualvolle Stufen. Am liebsten hätte ich mir die leichteren Kisten ausgesucht, zum Beispiel die mit den Aufschriften »Kleidung«, »Handtücher« oder »Bettwäsche«. Leider ging mein Plan nicht auf, da mir Neele diese Kartons immer vor der Nase wegschnappte. Für mich blieben nur die »Bücher«, »Elektrogeräte« und der »Kleinkram« übrig. Wobei mich Letzterer am meisten enttäuschte. Was nach Postkarten, Kerzen und getrockneten Rosenblättern klang, entpuppte sich als tonnenschwerer Zier-Kies, mit dem Neele, wie sie sagte, eine gigantische Bodenvase füllen wollte.

Eigentlich überlebte ich die Tragetortur nur, weil ich mir immer wieder klarmachte, was für ein Glückspilz ich doch war. Ich durfte meiner Traumfrau beim Umzug helfen. Etwas Besseres hätte mir nach dem Debakel am Samstag doch gar nicht passieren können. Außerdem lernte ich auf diese Weise Neeles Wohnzimmer kennen. Mit all den Kisten, Schrankteilen, Pflanzen, Tüten und Lampen sah es genauso chaotisch aus wie meins – mit dem Unterschied, dass sie sich zurzeit im Umzug befand, während es bei mir jeden Tag so aussah. Immerhin: Nach der vierten Kiste bot mir Neele das Du an, was wir mit einem verglitschten Handschlag besiegelten. Allein deshalb hatte sich mein Einsatz gelohnt.

Ein letztes Mal noch, und ich konnte endlich Feierabend machen. Der Mini war fast leer, abgesehen von einem kleinen blassblauen Schuhkarton auf dem Beifahrersitz. Ich schnappte mir das erfreulich leichte Behältnis und wollte damit gerade die Treppe hinaufstapfen, als Neele plötzlich auf mich zuschoss.

»Gib das her!« Ihre Stimme klang so scharf, dass ich zusammenzuckte.

»Hier bitte. Ich wollte bloß …«

»Ja, ja, ist schon gut.« Sie nahm mir den Schuhkarton ab.

»Hast du da …?« Ich brach mitten im Satz ab. Solange ich nicht wusste, was sich tatsächlich in der Kiste befand, erschienen mir Bemerkungen wie: »Schleppst du da die Milchzähne deiner zwölf unehelichen Kinder mit dir herum?«, unpassend. Einen Moment lang sprach keiner von uns ein Wort.

»War es das schon?«, fragte ich schließlich, um das Schweigen zu brechen. Ein winziges Lächeln zeigte sich auf Neeles Gesicht. »Mehr ging nun wirklich nicht.«

»Du hast dir ja auch den perfekten Umzugswagen ausgesucht.«

»Mein ehemaliger Nachbar hat mir letztens seinen Transporter geliehen, aber heute braucht er ihn leider. Du fährst nicht zufällig selbst was in der Richtung?«

»Nur meinen Golf und das Motorrad.«

Neele sah auf meine Maschine. Ob sie langsam ahnte, dass da kein Wahnsinniger, sondern ein ziemlich interessanter Typ vor ihr stand? Optisch alles andere als ein Totalausfall, außerdem einsatzfähig wie eine ehrenamtliche Honigbiene und noch dazu ein äußerst lässiger Motorradfahrer. »Mal sehen, wie ich das mache«, sagte sie. »Morgen hilft mir jedenfalls eine Freundin.«

Ich nickte gelassen, obwohl mir innerlich nach einem doppelten Lutz zumute war. Eine Freundin half ihr. Nicht ihr Freund. Nicht ihr Mann. Nicht ihre Kinder. Ein sehr gutes Zeichen!

Wegen der Schleppaktion kam ich zu spät, aber bestens gelaunt zu meinem Freitagabend-Treffen mit Gerd und Mats in den Rostigen Bert. Unsere Stammkneipe lag auf einer kleinen Anhöhe zwischen Lembach und Köln. Trotz des subidyllischen Panoramablicks auf die Autobahn mochte ich den Laden. Von außen ähnelte er mit seiner schäbigen Fassade und dem abgeblätterten Putz zwar eher einem Sanierungsobjekt als einer Kneipe, aber die Atmosphäre war immer entspannt und das Bier erstklassig. Als ich reinkam, stank es wie gewohnt nach altem Frittenfett. Bert, der rothaarige, vollbärtige Besitzer der Gaststätte, stand in seinem Fischerhemd am Tresen und zapfte gerade ein Weizen, das ich mir im Vorbeigehen schnappte.

»Deine Jungs sitzen draußen«, brummte er.

Ich stiefelte durch den Innenraum mit den vertäfelten Wänden, vorbei an den Hirschgeweihen, Wimpeln und Kupfertellern, bis in den angrenzenden Biergarten. Gerd und Mats hatten einen Schattenplatz unter einem rostrot-weiß gestreiften Sonnenschirm belegt.

»Wir haben schon angestoßen. War das ou-kay?« Mats grinste.

»Hör bloß auf«, stöhnte ich.

»Hast du eigentlich die Anzeige …«

»Ja, ja, aber bitte verschone mich. Wir haben Wochenende.«

»Stimmt.«

Gerd hob sein Glas. »Darauf müssen wir trinken. Zum Wohl.«

»Prost«, sagte ich.

»Cheers!«

Ich verzog meine Mundwinkel zu einem Grinsen. Mats, der sich nach der gescheiterten Beziehung mit Steffi aus der Buchhaltung auf Dates mit Erasmus-Studentinnen spezialisiert hatte, änderte seine Trinksprüche auf verräterische Weise. Vor zwei Wochen hatte er noch mit einem genäselten »Santé« sein Glas erhoben, davor war es ein herzhaftes »Salute« gewesen. »Zum Wohl« konnte er in bestimmt fünfzehn Sprachen übersetzen. Ebenso wie »Ich liebe dich« und »Es ist so unglaublich traurig, dass du wieder nach Hause zurückmusst«. Gerd verdrehte wie immer die Augen. Vor Jahren hatte er Mats zu einem solideren Lebenswandel bekehren wollen. Mittlerweile sah er ein, dass unser gemeinsamer Freund einfach nicht der Typ für Beziehungen war. Genauer gesagt für Beziehungen mit Zukunft. Ich bisher auch nicht, aber vielleicht würde sich das ja bald ändern.

»Wie geht's Britta?«, fragte ich, um Gerd auf andere Gedanken zu bringen.

»Dafür, dass sie schon in der zweiundzwanzigsten Woche ist, gut.«

Das wunderte mich nicht. Britta war in ihrem vorherigen Leben mit Sicherheit ein Süddeutsches Kaltblut gewesen. Robust, stämmig, pflegeleicht. Gerd hatte wirklich großes Glück mit ihr. Bedenklich fand ich höchstens, dass mein Kumpel seine mimosenhaften Anwandlungen an ihrer Seite vermutlich niemals aufgeben würde. Dazu ging Britta beruflich wie privat viel zu sehr in ihrem Job als Krankenschwester auf.

»Freut mich«, sagte ich.

»Sie findet es übrigens schade, dass aus dir und Juliane nichts geworden ist.«

Ich zuckte mit den Schultern. »Die einen sagen so, die anderen sagen so.«

»Juliane fand dich am Anfang schon ganz nett.«

»Ich finde Zebrafinken auch ganz nett. Und die essen keinen Tofu.«

»Wenn du immer so engstirnig denkst, wird das nie was mit den Frauen.« Mats' Stirn lag schon wieder in tragischen Falten. Kein Wunder. Er konnte ja nicht wissen, dass die Gegenwart von Tofu-Aposteln Urängste in mir auslöste. Frauen von diesem Schlag brachten einen Mann dazu, Roibusch-Vanille-Tee zum Frühstück zu trinken, und verführten ihn mit großer Wahrscheinlichkeit auch zum Nordic Walking oder zum Heilfasten. Nein. Mein neues Ich war mir heilig, und ich würde niemals riskieren, in alte Schlapptüten-Muster zurückzufallen.

»Denk doch mal an die inneren Werte, Florian«, fiel mir jetzt auch Gerd in den Rücken. »Auf die kommt es schließlich an. Hilfsbereitschaft zum Beispiel.« Ich verdrehte die Augen.

»Habe verstanden.«

»Glaube ich nicht.«

Während Gerd zu einem Vortrag über Ethik ansetzte, ließ ich mein Gehör auf Sparflamme arbeiten und meinen Gedanken freien Lauf. Natürlich landeten sie bei Neele. Überrascht stellte ich fest, dass es mir bei ihr egal wäre, ob sie Tofu aß oder nicht. Warum eigentlich? Irgendetwas an ihr faszinierte mich. Das lag zum Teil sicher an ihrer Ausstrahlung. Diese zerzauste Lässigkeit. Aber da war noch etwas anderes. Wenn ich nur an sie dachte, fühlte ich mich, als würde ich mit 200 km/h über die Nordschleife brettern. Ich hatte nicht etwa Schmetterlinge, sondern einen Pulk von getunten Rennmotorrädern im Bauch, die mit durchdrehenden Reifen den Dünndarm entlangrasten und Powerwheelies in der Leber vollführten.

Schon jetzt konnte ich mir genau vorstellen, wie wir auf meinem Motorrad durch Südfrankreich cruisen würden: rechts das Meer, links eine palmenumsäumte Küstenstraße, über uns ein strahlend blauer Himmel. Mag kitschig klingen, war aber gemessen an meiner früheren Vorstellung von Traumurlaub mehr als cool. Ob ich wohl Chancen hatte bei Neele, nach dem miserablen Start?

»Sag mal, hörst du mir überhaupt zu?« Gerd hatte wohl bemerkt, dass ich nicht ganz bei der Sache mit den inneren Werten war.

»Klar doch«, entgegnete ich und griff beiläufig nach einem Flyer, der auf dem Tisch auslag und das regionale Top Event des Jahres ankündigte: die Lembacher Trecker Trophy. Aber Gerd ließ sich nicht so leicht täuschen. Er sah mich mit zusammengekniffenen Augen an. »Dieser Blick kommt mir bekannt vor.« Ich schüttelte den Kopf und versuchte krampfhaft, das verräterische Zucken um meine Mundwinkel herum zu unterdrücken. Zu dumm, dass ich trotz ausgiebigen Trainings nicht in der Lage war, ein Pokerface aufzusetzen. Stattdessen hätte ich mir meine Gedanken gleich mit einem Filzstift auf die Stirn schreiben können.

»Dass ich das noch erleben darf!« Gerd klang fast so, als hielte er nach Jahrzehnten des Wartens endlich sein Enkelkind in den Armen. »Du hast jemanden kennengelernt! Warum sagst du das nicht gleich?«

Mats klopfte mir gönnerhaft auf die Schulter. »Wird ja auch Zeit.«

»Erzähl, erzähl, erzähl!«, bettelte Gerd.

Da die beiden ja doch keine Ruhe geben würden, ließ ich unser erstes Treffen in allen schaurigen und den heutigen Nachmittag in allen erfreulichen Details Revue passieren. Mats brach erwartungsgemäß in wieherndes Gelächter aus. »Hätte ich das geahnt, wäre ich vorhin noch bei dir vorbeigefahren!«, japste er. Auch ohne dass er seine Stirn in tragische Falten legte, war mir klar, dass er mal wieder Feldstudien betrieb und seine nach oben hin offene Liste um weitere Negativpunkte ergänzte.

Gerd ließ sich die beiden Beulen zeigen. »Damit musst du unbedingt zum Arzt. So was kann ins Auge gehen.« Ich winkte ab, war aber dennoch gerührt von seinem Mitgefühl.

»Und du meinst wirklich, diese Frau wäre was für dich?«, fragte er.

»Ich habe ein ziemlich gutes Gefühl.«

»Das habe ich auch immer, wenn ich mit drei neuen Handynummern von einer Uni-Fete nach Hause komme!«, prustete Mats.

Gerd hob lächelnd sein Glas. »Auf Florian und die Zukunft!«

»Prost!«

»Cheers!«

Kapitel 5

Der Samstag begann für mich mit einem Kater, der sich bis in meine hinterletzte Haarwurzel erstreckte und mich gnadenlos ans Bett fesselte. Mein erster Gedanke, als ich mich um zwei Uhr aus dem Bett rollte, um mir eine Pizza zuzubereiten: Hatte Neele gesehen, wie ich vom Taxi aus zum Hauseingang gekrochen war? Hoffentlich nicht. Eine unscharfe Erinnerung an unsere Briefkastenanlage und ein akutes Blasenproblem blitzte durch mein Hirn. Ich verdrängte sie schnell wieder. Wie ein nasser Lappen hing ich auf dem Küchenstuhl und sah dem Käse im Ofen beim Verlaufen zu. Wie sollte ich diesen Tag bloß überstehen?

Nachdem ich mir die Pizza und zwei Tabletten genehmigt hatte, entschloss ich mich, den Bus zu nehmen und mein Motorrad bei Bert abzuholen. Bis zur Bushaltestelle musste ich zehn Minuten an der Hauptstraße entlangwandern, wobei ich zu meinem Leidwesen eine geballte Ladung Lembacher Dorfidylle abbekam. Allein schon die Landschaft machte mich wahnsinnig! Hier gab es mehr Schafsköpfe als Zylinderköpfe. Melkfett statt Kettenfett. Und dann diese Dorfbewohner! Bauer Leukenthal schraubte leise vor sich hin summend an seinem Feldhäcksler herum, die alternde Vorgarten-Queen aus dem graugelben Eckhaus plauderte mit ihrer Nachbarin über Zwergmispeln, und selbst Bürgermeister Thielen defilierte nebst Gattin und Labrador in solch vollendeter Harmonie über den Marktplatz, dass mir übel wurde. Wäre die Miete nicht so günstig und mein Konto nicht so leer, hätte ich mir schon längst eine Wohnung in der Kölner Innenstadt gesucht.

Mit viel Mühe schaffte ich es, an der richtigen Haltestelle auszusteigen und mit dem Motorrad nach Hause zu fahren, ohne in einen Sekundenschlaf zu fallen. Als ich meine Maschine gerade in die Garage verfrachten wollte, erschien auf einmal ein ungebetener Gast mit einer ziemlich feuchten Nase vor mir.

»Zisch ab, Junge!« Unbeeindruckt schnüffelte der Hund an der rechten Fußraste entlang, was von der Seite fast so aussah, als würde er sich eine Ladung Kokain reinziehen. »Du sollst abhauen!«, rief ich und versuchte mir durch wildes Armgefuchtel eine gewisse Bedrohlichkeit zu verleihen. Der Köter blieb furchtlos, trabte zum Vorderreifen und schnupperte an den Felgen herum. Keine Frage, dieses Vieh musste verschwinden. Niemand schnüffelte ungefragt an meinem Motorrad, schon gar nicht so ein unförmiges schwarz-weiß geflecktes Miniaturkalb mit Glubschaugen! Und jetzt hob es auch noch wie in Zeitlupe sein Bein. Das war zu viel. Ich riss mir meine Jacke vom Leib, schwenkte sie wild in der Luft herum und raste mit einem godzillahaften Schrei auf den Hund zu.

»Hey, Sie da! Lassen Sie Lilly in Frieden!«, brüllte jemand hinter mir. Neele. Ich stellte das ohnehin sinnlose Jackengefuchtel ein und drehte mich um.

»Ach, du bist das.« Sie streifte mich mit einem undefinierbaren Blick, kniete sich neben das Miniaturkalb und tätschelte auf seinem Rücken herum, als wollte sie ein Bäuerchen hervorlocken. Ich sah von oben auf ihren Pferdeschwanz hinab und konnte es nicht fassen. Neele – ein Hundefan?

»Deine Lilly hat mein Motorrad angepinkelt.«

»Dann musste sie wohl dringend.«

Ich zögerte kurz, da ich in Anbetracht der letzten Nacht durchaus Verständnis für ein solches Bedürfnis hatte, kam aber zu dem Schluss, dass ein Motorrad nicht mit einem Briefkasten zu vergleichen war.

»Wenn das jeder machen würde!«

»Macht ja nicht jeder. Ich für meinen Teil konnte mich gerade so zurückhalten«, entgegnete sie.

Ich musste grinsen. In diesem Moment kam mein Vermieter auf die Straße gestampft. Wie immer, wenn man ihn nicht gebrauchen konnte. Mit seinem Kugelkopf, der ohne nennenswerten Hals auf einem immer breiter werdenden Rumpf saß, erinnerte mich der Pädagoge mal wieder unweigerlich an eine Mensch-ärgere-Dich-nicht-Figur.

»Rrrrh-pff.«

»Hallo, Herr Keppler!«

»Tag, Frau Pfeiffer.«

Lilly geriet bei Kepplers Anblick in wedelnde Aufruhr. Sie raste japsend auf ihn zu, warf sich auf den Rücken und präsentierte ihre rumpsteakrosa gefärbte Bauchpartie. Keppler beugte sich zu der Hündin hinunter und tätschelte sie ausgiebig.

»Wo haben Sie denn den Archimedes gelassen?«, fragte Neele.

»Der hat mal wieder das Weite gesucht.« Er deutete nach links Richtung Feldweg. »Vermutlich stattet er seinen geliebten Schafen einen Besuch ab.«

»Schade, sonst hätten die beiden zusammen spielen können.«

»Ein andermal gerne. Archimedes freut sich immer über Damenbesuch.« Keppler richtete sich mit einem Schnaufen auf und fuhr mit dem Hemdsärmel über seinen Kugelkopf.

»Sind Sie eigentlich im Lembacher Hundesportverein?«, fragte Neele.

»Seit über zwölf Jahren.« Der Stolz in Kepplers Stimme war unüberhörbar.

»Dann sehen wir uns vielleicht demnächst auf dem Übungsplatz. Ich habe mich nämlich auch dort angemeldet.«

Wütend knetete ich meinen Motorradsitz. Tierfreunde waren doch alle gleich. Während die beiden sich angeregt unterhielten und Stöckchen für Lilly suchten, war ich völlig abgemeldet. Genau wie früher, wenn meine Mutter ihren Schoßhund Oskar bespaßt hatte.

Noch heute interessierten mich zwei Räder deutlich mehr als vier Beine. Wenn ich die Wahl hätte zwischen einem schrottreifen Motorrad und dem teuersten Edelhund der Welt, müsste ich keine Nanosekunde lang überlegen. Motorräder bellten, stanken und haarten nicht, wälzten sich höchst selten im Dreck und kamen niemals auf die absurde Idee, ein Sofakissen befruchten zu wollen. Motorräder hatten auch keine Zecken und schon gar kein Problem damit, bei Regen mal im Trockenen zu bleiben.

Nicht zu fassen, dass mir das Schicksal ausgerechnet eine Hundeliebhaberin als Traumfrau beschert hatte. Trotzdem: Lillys Glubschaugen konnten mich nicht verschrecken. Im Gegenteil. Ich würde Neele erobern, und zwar im Sturm, mit fliegenden Fahnen. Mir fehlte bloß noch eine zündende Idee, wie ich das anstellen sollte.

Kapitel 6

Müde wie ein übernächtigtes Faultier öffnete ich am Montagmorgen die Tür des Mitarbeitereingangs und hätte mich am liebsten im nächstbesten Kopierraum eingeschlossen, um ein Schläfchen zu halten. Christiane, meine Kollegin mit dem Pferdegebiss, tuschelte mit Helena auf dem Gang. Das bedeutete: Der Chef war noch nicht da. Ein Glück, ich war nämlich vier Minuten zu spät, für Schülke ein Kapitalverbrechen. Ich wankte zum Kaffeeautomaten, wo ich Mats traf, der mir rotäugig entgegenstarrte. War wohl wieder einmal spät geworden bei Bert.

»Morgen«, nuschelte er. Ich brummte einen ähnlich enthusiastischen Gruß zurück und zog mir einen doppelten Espresso. Ohne ein weiteres Wort zu verlieren, schlichen wir zum Fahrstuhl. Würde Mats, der in seiner Freizeit ein fleißiger Zeichner war, diese Szene zu einem Cartoon ausarbeiten, trügen wir darauf wahrscheinlich Schlafanzüge oder Nachthemden und steckten uns mit letzten Kräften zwei Zahnstocher in die müden Augenlider.

Pling! Die Aufzugtür öffnete sich, und da standen sie: Herr Schülke und seine Assistentin Claudia. Wie immer versuchte mein Chef um jeden Preis modern zu wirken. Vor zwei Wochen hatte er zu seinem Sakko ein Lederarmband getragen, letzte Woche sein Glück mit einem pinken Poloshirt versucht, heute waren es poolblaue Adidas-Turnschuhe. Alles vergebens. Weder seine Kleidung noch Hornbrille und Kinnbart konnten darüber hinwegtäuschen, dass er ein verknöcherter alter Mann mit krampfigen Ansichten war, der vor allem Pünktlichkeit, Disziplin, Demut und herausragende Monatsbilanzen schätzte. Der goldbebrillten Assistentin gegenüber hegte ich ähnlich herzliche Gefühle. Dabei war sie mit meiner Mutter befreundet und hatte nicht unwesentlich dazu beigetragen, dass ich an diesen Job in der Anzeigenabteilung gekommen war. Die beiden waren in irgendein Schreiben versunken und sahen zum Glück nicht hoch.

»Nehmen wir den?«, flüsterte Mats. Ich schüttelte den Kopf und starrte wie ein verschämtes Mauerblümchen zu Boden. Lieber teilte ich mir eine Saunakabine mit einer Wagenladung voller Hüttenkäse als einen Aufzug mit meinem Chef. Streber-Kai schoss an uns vorbei und gesellte sich zu den beiden. Pling! Die Tür schloss sich und der Aufzug fuhr ohne uns ab. Wir sahen uns an und mussten grinsen.

»Die haben uns nicht gesehen, oder?«, fragte Mats.

Zehn Minuten später wurde ich in Schülkes Büro zitiert. Wie kleingefaltet saß ich auf meinem Stuhl, während der Abteilungsleiter hinter seinem Schreibtisch tobte. »Sie – Sie sollten froh sein, dass Sie diesen Job haben! Gerade in der heutigen Zeit! Da draußen stehen die Leute Schlange für Arbeit, während Sie nichts Besseres zu tun haben, als vor Aufzügen herumzukaspern!« Ich ließ das Wutgewitter auf mich eindonnern und entschuldigte mich wie ein Schuljunge, der beim Reli-Schwänzen erwischt worden war. »Außerdem« – jetzt wurde Schülkes Ton bedrohlich – »habe ich mit Ihnen sowieso noch ein Hühnchen zu rupfen.«

Ich sank weiter in mich zusammen und knibbelte nun doch etwas nervös an meinem Daumen. Was für ein Hühnchen denn? Meine Unpünktlichkeit hatte ich mittlerweile ganz gut im Griff, Facebook ewig nicht mehr bei der Arbeit geöffnet, meinen privaten E-Mail-Verkehr auf ein Minimum reduziert. Dennoch klang mein Chef nicht gerade so, als wollte er mich gleich zum Mitarbeiter des Monats ernennen.

»Sagt Ihnen der Name Clarissa Hippelmann etwas?«, fragte er und verschränkte die Arme, soweit es der Schnitt seines Anzugs am Oberarm zuließ. Ich verdrehte innerlich die Augen. Die schon wieder!

»Ja, eine Kundin«, sagte ich.

»Clarissa Hippelmann ist nicht irgendeine Kundin. Sie ist rein zufällig eine hoch angesehene Richterin am Amtsgericht Köln und noch dazu ein sehr gern gesehener Gast in unserem Haus!« Schülke traf erstaunlicherweise exakt den gleichen Tonfall wie die Mops-Kundin von letzter Woche. »Das sind doch nicht einfach irgendwelche Mopswelpen. Die Mutter ist Belinda von den Goldgrafen.« Ich hatte es noch genau im Ohr.

»Gibt es denn ein Problem? Ich habe Frau Hippelmann am Freitag einen Anzeigenentwurf gemailt.«

»Ja, es gibt ein Problem.« Schülke klang jetzt arktiskalt. »Sie war keineswegs zufrieden. Und das hat sie mir soeben in aller Deutlichkeit zu verstehen gegeben.«

Fast hätte ich »Ou-kay?« geantwortet. Ausnahmsweise wusste ich wirklich nicht, was ich falsch gemacht hatte. Dass ein Entwurf einem Kunden nicht gefiel, kam zwar häufig vor, war aber doch kein Anlass für eine Beschwerde bei meinem Vorgesetzten. Oder hatte die Grafikabteilung diesmal versagt? Auf Mats war normalerweise hundertprozentig Verlass.

Schülke drehte seinen Flachbildschirm in meine Richtung. Ein Blick darauf ließ mich erstarren.

»Wir müssen nicht, wir brauchen nicht,
wir wollen einfach Steuern sparen.
Ou-kay?«

Darunter war das Foto der Hippelmann'schen Ringe zu sehen. Der Cartier-Schriftzug war mit einem Photoshop-Tool ausradiert worden, stattdessen prangte in Großbuchstaben der Schriftzug Tchibo darüber. Mir stockte der Atem. Verdammt. Wieso hatte ich Mats' Datei nicht kontrolliert, bevor ich sie weitergeleitet hatte?

»Dieses Dokument, mein lieber Herr Ziesel, haben Sie unserer Kundin geschickt«, zischte mein Chef mit gefährlich rotem Hals. »Sind Sie wahnsinnig geworden?!«

Ich schluckte. »Das, äh, kann ich erklären.«

»Ich bin ganz Ohr.«

»Das muss, also, das muss ein Versehen gewesen sein.«

»Ein Versehen? Eine Katastrophe ist das!« Schülke rupfte erregt an seiner Krawatte herum.

»Ich werde mich bei Frau Hippelmann entschuldigen.«

»Entschuldigen? Zu Kreuze kriechen werden Sie! Sehen Sie bloß zu, dass Sie das wieder geradebiegen, wenn Ihnen etwas an Ihrer Arbeitsstelle liegt!«

Ich schluckte. Eine Kündigung, das fehlte mir gerade noch. Wo ich doch sowieso immer knapp bei Kasse war und noch zwölf Monatsraten für mein Motorrad ausstanden.

»Außerdem bekommen Sie eine Abmahnung! Und die Kosten für die Anzeige werden wir Frau Hippelmann erstatten und Ihnen vom Lohn abziehen. Was haben Sie sich nur dabei gedacht, Herr Ziesel?«

Ich starrte auf die Turnschuhe meines Chefs und wusste nichts zu sagen. Schülke wedelte mich zur Tür hinaus.

Beklommen schlich ich an meinen Platz zurück. Kollege Bernd warf mir von seinem Service-Counter aus einen fragenden Blick zu, aber da er einen Kunden vor sich hatte, winkte ich bloß ab. Als Erstes musste der korrekte Entwurf raus an die Herstellung. Ich warf einen Blick in meine E-Mails. Da war sie, die richtige Datei. Sie war nur eine Minute später als die andere in meinem Postfach gelandet. Hätte ich am Freitag noch kurz gewartet, anstatt superpünktlich Feierabend zu machen, wäre der Schlamassel nie passiert! Mit einem Mausklick brachte ich den Entwurf auf den Weg. Und jetzt war

Frau Hippelmann dran, es nutzte alles nichts. Mit klopfendem Herzen wählte ich ihre Handynummer. »Temporary not available«, lautete die Ansage der Mailbox. Irgendwie erleichterte mich das.

In meiner Frühstückspause stattete ich Mats in der Grafikabteilung einen Besuch ab. Wie erwartet saß er mit einem Kaffee am Schreibtisch und war schwer im Stress. Das lag aber nicht an der erdrückenden Auftragslage, sondern daran, dass er in jeder freien Sekunde an seiner Serie über Nacktmulle arbeitete, mit der er als Cartoonist groß rauskommen wollte. Nacktmulle sind erstaunlich unattraktive Nagetiere, die an ein verknittertes Rumpsteak erinnern. Warum sich mein Freund ausgerechnet für diese Spezies begeisterte, würde ich nie verstehen. Sein neuester Entwurf zeigte einen dieser haarlosen Gesellen, wie er mit einer Zigarette zwischen den Nagezähnen über eine Blumenwiese marschierte. »Mullkippe« lautete der Untertitel des Werkes.

»Na, alles fit?«, fragte Mats, den Blick starr auf seine Zeichnung gerichtet.

»Nichts ist fit. Ou-kay?«

Jetzt drehte er sich doch zu mir um. »Hast du die Mail bekommen? Wollte ich dich eigentlich schon am Freitag fragen. Lustig, oder?«

»Nicht lustig. Gar nicht lustig«, sagte ich und offenbarte meinem Kumpel das ganze Elend. Entgegen meiner Erwartung wurde Mats nicht büroklammerklein, sondern reagierte, als hätte er soeben den Witz des Jahrhunderts gehört.

»Ich kann nicht mehr!«, japste er, nachdem ich geendet hatte. »Und du hast das echt der Hippelmann geschickt? Geschieht ihr recht!«

»Jetzt lach nicht so blöd, sondern hilf mir. Was soll ich denn jetzt machen?«

»Ruf sie an, entschuldige dich tausendmal bei ihr, und die Sache ist wieder im Reinen.«

»Und wenn nicht? Dann bin ich meinen Job los!«

»Du sagst doch sowieso immer, dass du keinen Bock auf Arbeit hast.« Er grinste, als habe er einen besonders gelungenen Scherz gemacht. Ich spürte, wie mir von den Zehen an immer heißer wurde.

»Bitte, komm mit zu Schülke und sag ihm, dass du hinter der Sache steckst.«

»Na hör mal, ich kann ja wohl davon ausgehen, dass du kontrollierst, was du verschickst!«

»Du hättest wenigstens den – «, setzte ich an, doch im gleichen Moment begann in der Schreibtischschublade ein Handy zu klingeln. ›Walk‹ von den Foo Fighters, Mats' Lieblingslied.

»Das Rote Telefon.« Mats machte eine Handbewegung, die ich nur als Abschiedsgruß deuten konnte. Sein Handy war natürlich alles andere als rot, das wäre ihm viel zu uncool, aber er nannte es gerne so, da es für ihn die gleiche Bedeutung hatte wie das Rote Telefon für den Präsidenten. Ich zeigte meinen Mittelfinger und knallte die Tür hinter mir zu. Manchmal konnte ich mich über Mats wirklich aufregen. Für ihn war jeder Tag ein einziger Cartoon: witzig, bunt und schnell vergessen. Wie konnte er bloß annehmen, dass diese Affäre ohne Konsequenzen an mir vorübergehen würde?

Den ganzen Tag über versuchte ich, Frau Hippelmann ans Telefon zu bekommen, um meine Entschuldigungsarie anzustimmen. Ohne Erfolg. Meine Hoffnung, die Angelegenheit schnellstmöglich aus der Welt zu räumen, schwand ebenso schnell dahin wie meine Motivation zu arbeiten. Mit einem äußerst unguten Gefühl im Bauch verließ ich am Nachmittag das Verlagshaus.

Kapitel 7

Rund zwei Stunden später begab ich mich mit Plastikeimer, Schwamm und Spülmittel bewaffnet zu meiner Garage. Es war natürlich kein akuter Putzwahn, der mich zu dieser völlig untypischen Beschäftigung trieb, sondern mein ausgebuffter Plan: Neele hatte einen Hund, aber keinen Garten. Folglich musste sie irgendwann im Laufe des Abends spazieren gehen, sodass ich sie abfangen und in ein Gespräch verwickeln konnte. Bisher war sie leider nicht zu sehen.

»Rrrrh-pff.« Keppler näherte sich auf leisen Sohlen, gefolgt von seinem schnauzbärtigen Wedelfreund. »Waschen Sie schon wieder Ihre Maschine?«

»Nein«, sagte ich. »Mein Eimer musste nur mal raus an die frische Luft.«

Er runzelte die Stirn, wobei mir auffiel, dass seine drei waagerecht verlaufenden Falten mitsamt ihren zwei kleinen Ausbuchtungen zur Nase hin absolut parallel verliefen. Selbst Kepplers Gesichtszüge waren korrekt ausgerichtet.

»Überfluten Sie bloß nicht wieder die halbe Straße.«

»Hatte ich nicht vor, Herr Keppler.«

»Vorgestern wäre ich Ihretwegen fast ausgerutscht!«

Ich versuchte zerknirscht zu wirken, indem ich meine Lippen aufeinanderpresste. Kepplers Befürchtung war nicht ganz unbegründet. Angesichts der Hundeattacke hatte ich mit einem Gartenschlauch jedes noch so kleine Pipi-Molekül aus den Fußrasten spülen wollen und dabei für eine kleine Überschwemmung gesorgt.

»Wird nicht wieder vorkommen«, sagte ich.

»Na, hoffentlich.« Er wandte sich Richtung Garten. »Und das Treppenhaus haben Sie mittlerweile geputzt, nicht wahr?«

»Natürlich«, rief ich ihm hinterher und wrang meinen Schwamm auf dem Gehweg aus.

Zehn Minuten später, ich hatte mittlerweile zum zweiten Mal die Felgen poliert, war es so weit. Neele öffnete die Haustür und federte die drei Stufen zur Straße hinab. Bei jedem Schritt wippte ihr Pferdeschwanz auffordernd hin und her. Lilly stolperte weit weniger elegant auf den Bürgersteig. Und nicht nur das. Unten angekommen machte sie einen Sprung zur Seite, riss Neele die Leine aus der Hand und raste wie eine Besessene auf unsere Briefkastenanlage zu.

»Geh bloß da weg, du Vieh«, dachte ich peinlich berührt, als sie an einer mir noch vage von Freitag bekannten Stelle herumschnüffelte. Lilly, die natürlich keine Gedanken lesen konnte, widmete sich dem weiß lackierten Briefkastenfuß so interessiert, als erschnuppere sie dort einen uralten Château Margaux. Dann hob sie mal wieder ihr Bein und pinkelte.

»Hallo, Neele.«

»Hallo.« Sie steuerte auf ihre Hündin zu, die sich mittlerweile für die Mülltonnen interessierte. »Los, komm! Spazieren!«

Lilly zuckte nicht einmal mit einem ihrer Fledermausohren. Fieberhaft überlegte ich, wie ich Neele in ein Gespräch verwickeln könnte. Sosehr es mir widerstrebte, am besten eignete sich wohl ein Hundethema.

»Wieso hebt die eigentlich immer ihr Bein? Ich dachte, das machen nur Männchen?« Neele bückte sich nach der Leine.

»Keine Ahnung.«

Hinter mir ertönte ein schleimiges Räuspern.

»Dominanzverhalten.« Wir drehten uns beide zu Keppler um. »Sie markiert wie ein Rüde. Wahrscheinlich war sie die Alpha-Hündin ihres Rudels.« Genervt hibbelte ich von einem

Bein aufs andere. Keppler ließ sich wirklich keine Gelegenheit zu einem Lehrervortrag entgehen.

»Aha?« Neele sah ihn interessiert an. »Und was heißt das genau?«

»Alpha ist der erste Buchstabe des griechischen Alphabets. Die Alpha-Hündin ist dementsprechend die erste Hündin des Rudels. Die Chefin.«

Alles klar. Offenbar hatten wir es hier mit einer kleinen Emanze zu tun. Das konnte ja heiter werden. »Interessant«, log ich trotzdem.

»Wollen Sie nicht Archimedes rausholen? Dann könnten Lilly und er eine Runde zusammen spielen«, sagte Neele.

»Gerne, Frau Pfeiffer. Die zwei sollen sich ruhig müde toben.« Keppler verschwand im Haus. Kaum zu glauben, wie friedlich er sein konnte. Mit mir plauderte er höchstens über Glasflaschen, die ich nicht in die Mülltonne werfen sollte. »Das mit der Alpha-Hündin hatte die Züchterin auch mal erwähnt«, sagte Neele und streichelte Lilly. Ich für meinen Teil verstand zwar nicht, warum sich eine dominante Chefin wie ein Mann aufführen musste, aber eigentlich war es mir völlig egal. Nicht egal war mir jedoch, dass die Alpha-Pinklerin gerade ein zweites Mal entwischte und durch die Schwammpfütze hindurch auf mich und mein Motorrad zustürmte. Ich sah ihr mit zusammengekniffenen Augen entgegen. Noch eine Entehrung der Fußrasten würde ich nicht so leicht verzeihen, bei aller Liebe.

»Lilly, komm her!«, rief Neele. Ohne Erfolg. Das Miniaturkalb polterte mit der Anmut eines Spielzeugpanzers auf mich zu und rammte seine Pfoten in meine Schenkel. Ich schaffte es noch gerade so, mich zur Seite zu drehen. Zwei pfotenförmige Wasserflecken auf meiner Hose dokumentierten die Sprunghöhe.

»Sorry, das macht sie öfter.« Neele kam auf uns zugelaufen und packte die Leine.

»Nicht so schlimm. Ist ja kaum dreckig.«

Neele sah einen Moment lang so nachdenklich auf meine Jeans, dass ich am liebsten gefragt hätte, ob ich sie spontan ausziehen und ihr zum Waschen mitgeben sollte, fand die Idee dann aber doch etwas zu dreist. Außerdem trug ich heute meine hellblau verblichenen Boxershorts mit den Gänseblümchen – auch so ein Geschenk von Mats und Gerd –, die wieder mal ein äußerst ungünstiges Licht auf meinen Kleidungsstil geworfen hätten.

»Apropos Dreck«, sagte Neele, »kennst du zufällig eine Putzfrau, die noch Arbeit sucht? Ich brauche dringend eine, ich hasse Putzen.«

»Nein, leider nicht.«

»Schade. Kannst du dich vielleicht mal umhören? Du kennst hier mehr Leute als ich.«

Ich horchte auf. Vielleicht war das ja die Chance, um noch ein paar Punkte bei Neele zu sammeln. Ich wusste zwar nicht, wie sie auf die Idee kam, dass ausgerechnet mein Bekanntenkreis aus putzfreudigen Feierabendjobbern bestehen könnte, aber ich versprach, mein Bestes zu geben. Dass ich selbst seit fünf Jahren ein und denselben Staubsaugerbeutel nutzte und wohl dringender als sie eine Haushaltshilfe benötigte, verschwieg ich. »Ich könnte bei uns im Kölner Blatt eine Annonce aufgeben«, fiel mir plötzlich ein.

»Ach, du arbeitest bei der Zeitung?«

»Im Anzeigenservice. Wäre gar kein Problem.«

»Ja, super! Ich schreibe dir den Text auf.«

Neele zog einen Stift und ein Papiertaschentuch aus ihrer Handtasche. »Haushaltskraft für zwei ZKB in Lembach gesucht, vier Stunden die Woche. Plus Handynummer.«

Ihre Handynummer! Meine Zehen begannen vor lauter Freude im Rhythmus von ›Highway to Hell‹ zu zucken, und hätte ich Haare an den Fußnägeln, würden sie jetzt headbangen. Heute war mein Glückstag.

»Samstags haben wir die meisten Leser«, erklärte ich eifrig.

»Toll.« Neele steckte den Stift wieder in ihre Handtasche und warf einen Blick auf ihr Handy.

»Vielleicht können wir ja mal was trinken gehen?«, sagte ich und hätte mir im gleichen Moment am liebsten den Mund zugehalten. So draufgängerisch war ich normalerweise nicht. Zum Glück sah Neele gar nicht entsetzt aus.

»Ja, mal sehen. Warum nicht?«

»Vielleicht morgen?« Ich versuchte, souverän zu klingen. Wie ein richtiger Alpha-Mann eben. »Du bist natürlich eingeladen.« Neele spielte mit ihrem Handy herum.

»Um sechs im Tapasta am Bahnhof?«, fragte ich atemlos.

Sie nickte schließlich, und ich jubilierte insgeheim. Das Tapasta war bekannt für seine flirttaugliche Atmosphäre. Kein Kinderlärm, keine Kantinenatmosphäre, keine Neonröhren.

Beschwingt, als hätte ich soeben den Kaufvertrag für ein Zweitmotorrad unterschrieben, drückte ich Neele meine Visitenkarte in die Hand. Für alle Fälle. Dann drehte ich mich um, stolperte über meinen Putzeimer und setzte weitere Quadratmeter Gehweg unter Wasser. Gut, dass Mats nicht in der Nähe war, der hätte wieder seinen tragischen Blick aufgesetzt. Neele lachte zum Glück nur und winkte mir zu.

Kapitel 8

Erste Dates mochte ich normalerweise gar nicht. Mir missfiel schon das Prinzip. Sich ordentlich anziehen, lächeln, Interesse zeigen – selbst wenn das Gegenüber stundenlang über Bachblüten oder Topmodels philosophierte. Es war wie bei der Arbeit. Auch die Ortswahl stellte mich jedes Mal vor schier unüberwindbare Probleme. Ich konnte eine Frau ja schlecht in den Rostigen Bert einladen, jedenfalls nicht, bevor ich herausgefunden hatte, welche Gefühle die unmittelbare Nähe zu einer Autobahn in ihr auslöste. Nein, erste Dates waren einfach nicht mein Ding.

Diesmal war es anders: Mein Treffen mit Neele stand unmittelbar bevor, und ich konnte mich vor lauter Vorfreude kaum noch auf die Arbeit konzentrieren. Angespannt saß ich an meinem Service-Counter und starrte auf die Zeitanzeige meines Computers. Noch genau fünfundvierzig Minuten. Ich war ganz allein in der Abteilung. Kollege Bernd war krank, die pferdebezahnte Christiane hatte frei, Streber-Kai steckte noch in einer Besprechung. Plötzlich wurde die Eingangstür aufgerissen, und ein junger Mann in Sträflingskleidung stolperte herein. In seinem Gefolge drei Typen mit deutlicher Schlagseite. »Jan kriegt lebenslang!«, stand auf ihren T-Shirts.

»Hallöchen! Ist jemand zu Hause?«, fragte der Sträfling aufgekratzt. Mürrisch schlappte ich dem Trupp entgegen, der mitten im Raum zum Stehen kam, als wäre ihm plötzlich eine rote Ampel erschienen. Ich schnaufte. Gespräche mit Betrunkenen konnte ich nur ertragen, wenn ich selbst mindestens eineinhalb Promille im Blut hatte. Und Junggesellenabschiede mit Verkleidung und Straßenspielchen fand ich schon immer unerträglich.

»Männer, ihr seid hier falsch. Bier gibt's gegenüber. Abflug!« Ich wedelte mit beiden Händen Richtung Tür. Der Sträfling sah mich mit hochgezogenen Augenbrauen an. »Wie? Gegenüber? Wir wollen zu Ihnen. Sie sind doch eine Zeitung, oder etwa nicht?« Eine Zornesfalte grub sich in meine Stirn. »Bestehe ich aus bedrucktem Papier? Kann man mich auf der Toilette lesen? Nein! Also raus jetzt.« Der Sträfling stolperte auf mich zu und pikte mir in den Bauch. Eine Wodkawolke waberte mir entgegen. »Sie sind mir ja ein Spaßvogel. Hihi! Merk dir den Spruch, Siggi.« Der Angesprochene nickte.

»Wir wollen eine Anzeige aufgeben. Draußen auf dem Schild steht, dass man hier Anzeigen aufgeben kann.«

»Ja, kann man. Aber nicht heute. Die Geschäftszeit ist vorbei«, gab ich zurück.

»Ach wirklich?«, fragte Siggi.

»Ach wirklich?«, echote sein bleichgesichtiger Nebenmann.

»Da draußen auf dem Schild steht aber siebzehn Uhr dreißig. Oder, Siggi?« Der Sträfling stieß seinen Kumpel in die Seite.

»Ja, das kann gut sein. Ich schaue mal nach.« Er befreite sich aus dem Klammergriff seines Stützpartners und schwankte zur Tür hinaus. Ich wartete mit verschränkten Armen.

»Siebzehn Uhr dreißig. Jan hatte recht«, lautete das Ergebnis der Schild-Untersuchung.

»Er hatte recht!«, echote es neben ihm.

Ich gab mir einen Ruck. »Also, was wollen Sie denn?«

»Eine Kontaktanzeige aufgeben. Für unseren Kollegen.« Der Sträfling deutete auf einen bebrillten Jüngling. Ein klassischer Verlierertyp, gefühlter Vorname: Klaus-Bertram.

»Er ist nämlich der Einzige von uns, der noch keine Torte ausgesucht hat«, sagte Siggi. Der Sträfling brach in hysterisches Gelächter aus und schlug sich auf die Oberschenkel. Ich blickte streng in die Runde. »Sorry, Männer, das ist nicht erlaubt.«

»Wieso denn das?«, fragte der Sträfling. »Klar ist das erlaubt. Hihi. Der darf sich doch eine Frau suchen. Er ist sechsundzwanzig.«

»Das kann schon sein«, sagte ich, »aber Sie sind im Moment nicht geschäftsfähig.«

»Nicht, äh, was?«

Ich wurde zunehmend genervter. »Nicht geschäftsfähig.«

»Aber Herr, Herr …«, begann der Sträfling und starrte auf mein Namensschild, das er nur mit zusammengekniffenen Augen entziffern konnte, »Herr Ziesel. Wir haben vielleicht ein Bierchen getrunken. Oder zwei, hihi. Aber wir sind doch nicht betrunken. Gucken Sie doch mal, ich kann noch total gerade gehen!« Er begann quer durch den Raum zu schwanken. Erst jetzt fiel mir auf, dass er sogar eine Plastikkugel am Bein hinter sich herschleifte.

Ich sah auf die Uhr. Siebzehn Uhr zwanzig. Noch zehn Minuten. Welche Möglichkeiten hatte ich? Sie mit roher Gewalt hinauswerfen? Schlechte Idee. Mal abgesehen davon, dass ich weder besonders roh noch gewalttätig war, durfte ich mir im Moment keinen Ausrutscher leisten. Den Chef rufen? Der würde mich höchstens anpflaumen, dass ich ihn nicht mit so einem Kinderkram belästigen sollte. Außerdem war Streber-Kai gerade bei ihm. Sollte ich die Anzeige aufnehmen und womöglich zu spät zu meinem Date kommen? Niemals.

»Wissen Sie was?«, sagte ich. »Natürlich können Sie Ihre Kontaktanzeige jetzt aufgeben. Aber ich möchte Ihnen etwas verraten. Wir haben am Samstag eine super Aktion. Da gibt's jede Anzeige für nur fünf Euro! Egal welche Länge. Heute würde es mindestens achtzig Euro kosten.« Ich trat einen Schritt näher und raunte: »Das sollten Sie sich nicht entgehen lassen.«

»Ach ja? Am Samstag?«, fragte Siggi.

Der Sträfling schüttelte den Kopf. »Da haben Sie doch zu. Oder? Warten Sie, ich geh mal gucken.«

Siebzehn Uhr sechsundzwanzig.

»Stopp! Das brauchen Sie nicht nachzusehen. Normalerweise haben wir samstags geschlossen, das ist richtig. Aber in diesem Fall handelt es sich um eine einmalige Frühlingsaktion!«

Siggi kratzte sich am Kinn. »Und das kostet dann tatsächlich nur fünf Euro?«

»Fünf Euro. Wie ich Ihnen gesagt habe.«

»Wir würden also – sechzig, siebzig, fünfundsiebzig Euro sparen?«

»Mindestens.«

»Das wären fünfundsiebzig Getränke in der Ein-Euro-Bar«, schaltete sich der Sträfling ein.

Zwei Minuten später war der Trupp draußen, und ich schloss die Tür mit einem Stoßseufzer. Es war siebzehn Uhr neunundzwanzig. Ab in die Tiefgarage. Da es am Morgen geregnet hatte und ich bei meinem Date nicht wie ein nasses Handtuch aussehen wollte, wartete dort mein Klappergolf auf mich. Eine Viertelstunde später verfluchte ich diesen Umstand. Der Verkehr in der Innenstadt war wieder mal enorm.

»Grüner wird's nicht!« Ich trommelte mit den Fingern auf dem Lenkrad. Vier Autos standen vor mir an der Ampel. Theoretisch war das zu schaffen, aber bis der Fahrer des ersten Wagens seine Ampelmeditation beendet hatte, verstrichen wertvolle Sekunden. Wagen Nummer zwei und drei fuhren zwar zügig los, konnten die Sache jedoch nicht retten, da Nummer vier so langsam auf die Kreuzung zu kroch, als würde er einen ICE hinter sich herziehen. Die Ampel wurde gelb, der Fahrer hielt an. Ich zog mein Handy hervor, um Neele meine Verspätung anzukündigen. Im letzten Moment bemerkte ich das silber-blaue Einsatzfahrzeug neben mir. Mit starrem

Blick nach vorne legte ich mein Handy auf den Beifahrersitz und wischte mir den Schweiß von der Stirn. Das war knapp.

An der nächsten roten Ampel waren die Ordnungshüter leider immer noch neben mir, sodass mein Anruf wieder warten musste. Erst als ich sowieso schon fast am Bahnhof war, bogen sie nach links ab. Mittlerweile war es fünf vor sechs. Ich fingerte nach meinem Handy und versuchte gleichzeitig den Verkehr im Blick zu behalten. Mit mehr Glück als Fingerspitzengefühl touchte ich auf dem Screen herum und fand Neeles Nummer. Besetzt. Mist. Warum hatte ich bloß das Motorrad zu Hause gelassen? Ein echter Mann schreckte nicht vor drei Wassertropfen zurück. Dummer Fehler.

Als es nur noch hundert Meter waren und ich schon nach Parkplätzen Ausschau hielt, tauchte wie aus dem Nichts ein Umleitungsschild auf. Das fehlte noch: Die Komödienstraße war wegen einer Großbaustelle gesperrt. Nach etlichen Kilometern Umweg erreichte ich endlich das Tapasta. Das etwas zu hellgelb gestrichene Gebäude stach aus dem Grau seiner Umgebung hervor wie ein Friesennerz in einem Laden für Schornsteinfegermoden.

Von Neele keine Spur. Hoffentlich war sie schon hineingegangen und hatte sich etwas zu trinken bestellt. Es war Viertel nach sechs. Zunehmend nervös kurvte ich in dem ungemütlichen Bahnhofsviertel umher. Nach einer gefühlten Ewigkeit fand ich eine Parklücke direkt neben einem Glascontainer, der entweder selten geleert oder stark frequentiert wurde. Ich schaffte es tatsächlich, nicht in die Weinflaschen hineinzufahren, die überall herumlagen, und raste das letzte Stück zu Fuß. Um kurz nach halb sieben erreichte ich mit klopfendem Herzen mein Ziel.

Neele war nicht da, und der Bedienung war auch keine Frau aufgefallen, die alleine gesessen und auf jemanden gewartet hatte. Ich blieb zur Sicherheit noch eine Viertelstunde und trat dann völlig enttäuscht den Rückzug an.

Im Auto checkte ich mein Handy. Keine SMS, kein verpasster Anruf, und Neeles Anschluss war dauerbesetzt. Dieser Regen! Diese Besoffenen! Dieser Golf! Diese Baustelle! Dieser Parkplatz! Ein Mal, ein einziges Mal hatte ich die Chance auf ein Superdate – und alle hatten sich gegen mich verschworen. Voller Wut drosch ich mit dem Handy auf mein Armaturenbrett ein, was so viel Staub aufwirbelte, dass ich husten musste. Mit tränenden Augen ließ ich den Motor an. Beim Ausparken knirschte es gläsern unter meinen Reifen.

Kapitel 9

Es klopfte. Einmal laut, zweimal leise. Neele. Da stand sie, mit der hechelnden Lilly im Schlepptau, als wäre es das Normalste auf der Welt, mich zu versetzen, sich nicht mehr zu melden und zwei Tage später vor meiner Tür aufzukreuzen.

»Können wir reinkommen?«

»Ja, klar. Das heißt: Nein. Bei mir ist es im Moment ein bisschen chaotisch.«

Das war natürlich leicht untertrieben. Ich hatte zwar mittlerweile den modrigen Wäscheberg getrocknet und die Stehlampe wieder aufgerichtet, aber mein Zweiersofa war noch immer mit Klamotten und Zeitschriften zugemüllt. Biergläser, Sprudelflaschen, Teller und CDs machten sich auf dem Couchtisch breit, eine millimeterdicke Staubschicht bedeckte die Glaskommode. Diesen Anblick wollte ich Neele auf keinen Fall ein zweites Mal zumuten. Was tun?

Ich sah Lilly an, die auf dem Treppenabsatz hin und her zappelte, als würde sie von einem Fliegenschwarm verfolgt. »Sollen wir vielleicht eine Runde spazieren gehen?«, fragte ich.

»Gute Idee, das wollte ich sowieso gleich noch.«

Wir gingen die Straße entlang und bogen an einer Schafweide auf einen Feldweg ein. Ich hob ein Stöckchen vom Boden auf und rief nach Lilly, aber sie interessierte sich kein bisschen für mich, sondern schnupperte an einem Grasbüschel herum. Vermutlich nahm sie mir nicht ab, dass ich sie ernsthaft bespaßen wollte.

»Aus unserem Treffen ist ja leider nichts geworden«, sagte

Neele in einem Tonfall, der nicht eindeutig verriet, ob sie böse oder enttäuscht war.

»Sorry, ich kam nicht früher von der Arbeit weg«, sagte ich nach einer kurzen Pause.

»Ach, dir kam auch etwas dazwischen?«

»Wieso, was war denn bei dir los?«

»Ein dringender Anruf von einer Freundin. Sie hatte sich gerade von ihrem Mann getrennt und brauchte Beistand.«

Ich entspannte mich augenblicklich. Neele hatte sich also weder über meine Verspätung geärgert noch mich mit Absicht versetzt. Ein gutes Zeichen. »Die Arme. Geht es ihr jetzt besser?«

»Ein bisschen.« Neele wollte offenbar nicht das gesamte Ehedrama vor mir aufrollen, und das war mir auch ganz recht.

»Sollen wir das Treffen nachholen?«, fragte ich vorsichtig an und zitterte einer Antwort entgegen, während Neele für die umherspringende Lilly einen Ast nach dem anderen in die Landschaft feuerte. Nicht jedes Stöckchen hielt die Richtung, aber am Kopf traf mich zum Glück keines. Diese etwas unbeholfene Wurftechnik war mir sehr sympathisch.

»Gut, warum nicht?«, sagte Neele schließlich. »Lass uns doch mal Kaffee trinken gehen. Nächste Woche oder so.«

»Gerne.« Ich atmete aus und versuchte, nicht zu euphorisch zu klingen.

»Hat das mit der Anzeige eigentlich geklappt?«

»War sogar umsonst. Ich habe da was gedeichselt.«

Das stimmte zwar nicht, aber ich hoffte Neele ein klein wenig zu beeindrucken. Die paar Euros würde ich aus eigener Tasche bezahlen. Als Investition in die Zukunft.

Während wir den Feldweg entlangtrotteten, quirlte Lilly wie ein übertakteter Rührbesen zwischen uns herum. Erst ein Baumstamm am Wegesrand konnte sie stoppen.

»Guck mal, deine Alpha-Hündin pinkelt mal wieder wie ein echter Kerl«, sagte ich.

»Stimmt. Und dank Keppler wissen wir jetzt auch, warum.«

»Haben wir ein Glück, dass uns der Typ die Welt erklärt.«

»Ich finde ihn eigentlich ganz nett.«

»Lass uns lieber das Thema wechseln«, brummte ich.

Neele lächelte ihr Zebra-Lächeln. »Wir können gerne über was anderes sprechen. Über dich zum Beispiel.«

»Über mich? Da gibt es nicht so viel Spannendes.«

»Glaube ich nicht.«

»Na gut. Was möchtest du über mein Motorrad wissen?«

»Männer und ihre Maschinen.« Wieder lächelte sie. »Seit wann fährst du denn Motorrad?«

»Seit Ewigkeiten.« Ich gab mir einen Ruck. »Wir könnten ja mal zusammen eine Tour machen.«

Neele schüttelte den Kopf. »Motorräder sind so gar nicht meine Welt.«

Ich hob einen herumliegenden Ast auf, pfefferte ihn in die Walachei und versuchte, mir meine Enttäuschung nicht anmerken zu lassen. Lilly sah dem Ast etwa zwei Sekunden lang hinterher. Immerhin.

»Was ist denn deine Welt?«, fragte ich.

»Och, da gibt es nichts Spezielles.«

»Glaube ich nicht.«

»Na gut. Was möchtest du über Lilly wissen?«

»Frauen und ihre Hunde.« Jetzt war ich an der Reihe, mir ein Lächeln abzuringen. »Seit wann hast du sie denn?«

»Lass mich nachdenken. Seit vier Jahren. Oder fünf?«

»Und wolltest du unbedingt eine Alpha-Hündin?«

Neele sah einen Moment lang nachdenklich in die Luft.

»Nicht unbedingt. Aber wir passen super zusammen.«

»Du stehst also auf Alpha-Tiere.« Ein guter Schachzug. Eigentlich wollte ich nämlich nicht über Hunde sprechen, natürlich nicht.

»Worauf denn sonst?« Eine klare Aussage. Meine weiteren Nachforschungen blieben dagegen ohne rechten Erfolg. Neele erzählte bloß, dass sie in einem Kölner Fitnessstudio arbeitete, wo sie unter anderem einen Kurs gab, der sich »Total body conditioning« nannte und wie der Name einer Infektionskrankheit abgekürzt wurde. Lilly hatte sie sich angeschafft, welch Wunder, weil sie Hunde so gerne mochte. Ihren Mini, weil sie schlecht einparken konnte. In Lembach wohnte sie, weil sie mit Lilly viel spazieren gehen wollte. Ich hätte gerne noch mehr Informationen aus ihr herausgekitzelt. Ihre Beziehungsvergangenheit wäre zum Beispiel so ein Thema gewesen. Ihre Interessen. Ihre Zukunftspläne. Ich musste unbedingt mehr über sie erfahren. Die große Frage war nur: wie?

Als ich am Abend im Bett lag, dachte ich noch lange über unser Gespräch nach. Insbesondere die Alpha-Männer gingen mir nicht mehr aus dem Kopf. Neele stand also auf dominante Rudelführer. Konnte ich mit diesen Qualitäten überhaupt dienen? Im Vergleich zu früher, das war klar, hatte ich mich extrem gemacht. Die Zeiten als Schlapptüte und pickliger Außenseiter lagen weit hinter mir. Lässig war ich mittlerweile, witzig und ziemlich männlich.

Aber ein Leittier? Bei der Arbeit hatte ich als kleiner Angestellter zwangsläufig wenig zu sagen. Da war ich eher ein Zweitligist. Keppler drangsalierte mich zu Hause, meine Mutter wies mich am Telefon zurecht, und Mats warf seine Stirn in tragische Falten, wenn ich mal wieder etwas Unpassendes von mir gegeben hatte. Nein, ein richtiger Alpha-Florian war ich nicht. Noch nicht. Aber daran konnte ich arbeiten ...

Kapitel 10

Am Montagmorgen schlappte ich mit verquollenen Augen zum Kaffeeautomaten meines Vertrauens und drückte mit letzter Kraft den Espresso-Knopf. Während die Brühe in den Plastikbecher tröpfelte, wartete ich wie so oft vergeblich darauf, dass mein Kreislauf aus dem Ruhemodus hochfuhr. Fünf Minuten später rief mich Gerd an meinem Service-Counter an, um mir von seinen schier unmenschlichen Halsschmerzen zu erzählen. Leider erschien Schülke im Türrahmen, sodass ich unser Telefonat beenden musste, bevor ich meinem Kumpel erklären konnte, warum eine Erkältung nur in den seltensten Fällen lebensbedrohlich war.

»Vielen Dank, Herr Klausen, ich werde Ihnen unverzüglich ein Angebot zuschicken«, sagte ich und legte auf. Aus den Augenwinkeln beobachtete ich, wie mein Chef den Raum scannte und geradewegs auf mich zumarschierte.

»Haben Sie die Sache mit Frau Hippelmann geklärt?«, fragte er zackig. »Jawohl, Herr General«, hätte mein Alpha-Ich gerne geantwortet. Stattdessen sagte ich diplomatisch: »Nein, tut mir leid. Sie war die ganze Woche über nicht da. Vermutlich ist sie verreist.«

»Wie oft haben Sie es probiert?«

»Wie oft? Also täglich, würde ich sagen.«

»So, so. Würden Sie sagen.« Schülke strich seine Krawatte glatt. »Sie regeln die Sache bis Mittwoch. Spätestens. Verstanden?«

Grußlos zog er wieder ab. Da musste ich jetzt wohl durch.

Ich suchte im Computer die Nummer der Hippelmanns heraus und wählte.

»Hippelmann?«

Der tiefen, leicht brummigen Stimme nach hatte ich das garantiert humorfreie Steuerberater-Männlein am Apparat. Meine Zehen begannen wie eine Gruppe von hyperaktiven Erstklässlern in meinen Turnschuhen herumzuzappeln.

»Guten Tag. Ziesel. Vom Kölner Blatt. Anzeigenabteilung.«

Im Hintergrund hörte ich es rascheln. Es klang matratzig. Hoffentlich hatte ich Herrn Hippelmann nicht geweckt. Womöglich lag er gerade mit einem groß karierten Schlafanzug in seinem neuen Ehebett, neben sich die schlafende Gattin im Limetten-Nachthemd.

»Sie wünschen?« Herr Hippelmann klang so türsteherhaft, dass mir der Schweiß ausbrach. »Die Anzeige«, begann ich, »ich rufe wegen der Anzeige an.«

Einen Moment lang blieb es ruhig. »Mein Junge«, tönte es schließlich aus dem Hörer, und ich hielt in Erwartung der drohenden Zornesflüche die Luft an, »das muss ein Missverständnis sein.«

»Ein Missverständnis?«

»Wir wollen keine Anzeige aufgeben.« Wieder hörte ich es im Hintergrund rascheln.

Ich räusperte mich. »Nein, wegen Ihrer Hochzeitsanzeige. Ich wollte mich wegen der Hochzeitsanzeige entschuldigen.«

Stille. Dann begann Herr Hippelmann zu lachen. Er klang jetzt gar nicht mehr türsteherhaft, sondern eher wie ein netter Opa, der sich an seinem sabbernden Enkelkind erfreut. »Dafür brauchst du dich doch nicht zu entschuldigen, mein Junge!«

»Das ist sogar das Mindeste, was ich tun kann.«

Wieder lachte Herr Hippelmann. »Die Anzeige habe ich gesehen, mein Junge. Hat mir gefallen.« Ich wischte mir den Schweiß von der Oberlippe. Wusste er gar nicht Bescheid?

Hatte er den Vorfall verdrängt? Oder besaß er einen etwas eigenwilligen Humor?

»Der Probeabzug. Es geht um – Herr Hippelmann, wenn ich vielleicht kurz Ihre Frau sprechen könnte?«

»Die Clarissa? Da muss ich erst mal schauen …«

»Wer ist denn da dran?« Die quäkende Stimme ging mir durch Mark und Bein. Unweigerlich brach mir wieder der gerade erst eingetrocknete Schweiß aus.

»Ein Herr Ziesel vom Kölner Blatt«, sagte Herr Hippelmann.

»Das ist für mich!«

Es knackte. Offensichtlich nahm jetzt Frau Hippelmann sowohl den Hörer als auch das Zepter in die Hand.

»Ich nehme an, es geht um die unverschämte Anzeige, Herr Ziesel.« Immerhin klang sie nicht wutentbrannt, sondern eher sachlich. Wie eine Hautärztin, die feststellt: »Ich nehme an, es geht um Ihre Schuppenflechte, Herr Ziesel.«

»Ich, ja, ich wollte mich noch mal wegen des Entwurfs bei Ihnen entschuldigen. Es tut mir wirklich …«

»Sparen Sie sich Ihre Entschuldigungen.« Das klang nicht mehr ganz so sachlich. Auch der Phonwert ihrer Stimme hatte sich gesteigert.

»Es war nicht meine Schuld, verstehen Sie?«

»So?« Sie schwieg. Das war meine Chance, die Sache geradezubiegen. Während ich mein Gehirn nach geeigneten Erklärungsmodellen durchforstete, sah ich, dass Christiane mir zuwinkte. Wie nett. Sie wollte mir Mut machen. Hätte ich ihr gar nicht zugetraut. »Wissen Sie«, sagte ich, »die Grafikabteilung hat sich einen Scherz erlaubt. Einen schlechten Scherz. Ich habe lediglich den Entwurf weitergeleitet.«

Frau Hippelmann gab einen unverständlichen Laut von sich. »Dann schießen Sie mal los. Wer ist verantwortlich?«

»Wie gesagt, die Grafikabteilung.«

»Ich will einen Namen hören.«

»Einen Namen?« Ich schluckte. Sollte ich Mats verpfeifen?

Das war eigentlich weder mein Stil noch meine Absicht. Außerdem wäre es meine Pflicht gewesen, die Datei zu prüfen. Andererseits war der ganze Quatsch ja tatsächlich auf seinem Mist gewachsen. Und er hatte sich nicht einmal bei mir entschuldigt. Wieder fiel mein Blick auf Christiane, die mir erneut zuwinkte.

»Ich höre?«

»Tja, also einen Namen …« Ich wusste nicht weiter.

»Sie können mir keinen Namen nennen.«

»Nein.«

»Und wer ist verantwortlich?«

»Also, tja, dann doch ich. Eigentlich.«

Ich hörte einen Knall, so als hätte Frau Hippelmann mit der flachen Hand auf den Tisch geschlagen. »Erst verzapfen Sie diesen unfassbaren Blödsinn und dann wollen Sie ihn auch noch einer anderen Abteilung in die Schuhe schieben. Das ist ja wohl die Höhe!«

»Aber es tut mir wirklich –«

»Ich verstehe beim besten Willen nicht, warum solche Dilettanten wie Sie überhaupt bei der Zeitung arbeiten dürfen. Auf Wiederhören.«

»Warten Sie bitte!«, rief ich eine Spur zu kieksig und räusperte mich. »Die Unkosten für die Anzeige werden Ihnen natürlich erstattet. Ich komme auch gerne persönlich bei Ihnen vorbei und erkläre …«

»Mein lieber Herr Ziesel. Da gibt es nichts zu erklären. Und damit eins klar ist: Ich habe nicht das geringste Interesse daran, meine Zeit noch länger mit einem jämmerlichen Versager wie Ihnen zu verschwenden. Wenn Sie immer noch beim Kölner Blatt beschäftigt sind, wird sich das bald ändern. Dafür sorge ich. Ou-kay?«

Ich schnappte nach Luft. Für wen hielt sich diese Schnepfe eigentlich? Ich hatte einen Fehler gemacht. Ou-kay. Ich hatte mich vor ihr im Staub gewälzt und mich entschuldigt. Ou-kay.

Und damit war die Sache jetzt auch mal erledigt. Richterin hin oder her. Diese Cartier-Ring-Trägerin mit ihrer Limettenbluse hatte nicht das Recht, mich als Versager zu bezeichnen!

»Ihre Reaktion finde ich unangemessen, Frau Hippelmann.«

»Unangemessen? Sie sind unfähig, das ist das Problem!«

»Und Sie sind eine aufgeblasene Schachtel! Ou-kay?«

Ich knallte den Hörer hin. So! Der hatte ich es gezeigt. Mein Alpha-Ich stieß einen Triumphschrei aus und trommelte gorillagleich auf seiner Brust herum. Christiane gestikulierte immer noch mit beiden Händen. Sie schien mir irgendetwas sagen zu wollen. Plötzlich tippte mir jemand von hinten auf die Schulter.

»In zehn Minuten in meinem Büro.« Mit einer Miene, als hätte er einen Fahnenflüchtigen ertappt, stampfte Schülke Richtung Flur. Mir wurde auf einmal ganz flau im Magen, und mein Ego schrumpfte auf Mikrobengröße. Was hatte das wohl zu bedeuten? Drohte mir jetzt eine Strafpredigt? Eine zweite Abmahnung? Oder hatte diese Hippelfrau womöglich recht gehabt mit ihrer Kündigungsvision?

Zehn Minuten später polterte Schülke los. Von mangelhafter Kommunikationsfähigkeit, fehlender Sozialkompetenz und einer unzumutbaren Arbeitseinstellung war die Rede. Ich rutschte auf meinem Stuhl hin und her. Meine gestammelte Erklärung, ich hätte lediglich auf eine Beleidigung reagiert, schmetterte Schülke eiskalt ab. »Unfassbar, dass Sie noch nicht einmal dazu in der Lage sind, sich bei einer Kundin zu entschuldigen! Sie können wohl gar nichts außer Kaffee trinken und pünktlich Feierabend machen!«

»Aber ich habe doch versucht …«

»Schluss jetzt. Sie bekommen noch eine Abmahnung, Ziesel. Die letzte. Ein Ausrutscher noch, ein einziger klitzekleiner Ausrutscher, und Sie sind weg vom Fenster. Haben wir uns verstanden?«

Ich nickte kaum wahrnehmbar.

Jetzt wurde es ernst.

Kapitel 11

Nach der Arbeit führte mich mein Weg schnurstracks zum Lembacher Märktchen. Bier und Bratwurst mussten den Tag irgendwie retten. Auch wenn die morgendliche Auseinandersetzung schon Stunden zurücklag, war ich übelster Laune. An der Fleischtheke ging es nicht voran. Ein Vertreter der Trekkingschuh-Fraktion hielt mal wieder den ganzen Verkehr auf. »Frau Bengelke, Ihr Rollbraten sieht wirklich hervorragend aus. Diese Fettadern sind ein Traum. So wunderbar gallertig. Einfach toll.« Ich überlegte, ob ich diesem unappetitlichen Gesäusel mit einem gezielten Kniekehlentritt ein Ende setzen sollte. Nichts gegen einen saftigen Rollbraten, aber Gallerten hatten mich noch nie zum Schwärmen gebracht.

»Saftiger kann selbst eine Schweinskopfsülze nicht sein«, fuhr er fort, während die sichtlich begeisterte Frau Bengelke den Rollbraten auf ihre Arbeitsplatte wuchtete. Ich stöhnte auf und stampfte kurzerhand zum Kühlregal. Der Anblick von Bratwurstschnecken wirkte beruhigend auf mich und ließ die Vision von einem leckeren Abendessen aufkommen. Pommes und Knoblauchbaguette aus der Tiefkühltruhe sowie zwei Weizenbier rundeten meinen Einkauf ab.

Plötzlich vernahm ich ein leises Surren. »Abflug!«, rief ich in scharfem Ton. Die Fliege folgte nicht. Stattdessen kreiste sie um mich herum wie eine Raumkapsel kurz vor der Mondlandung. Unwillig schüttelte ich den Kopf, um ihr zumindest den Landeanflug zu vermiesen. War ich heute nicht schon genug genervt worden? Ich hasste Fluginsekten. Wenn sie mich nicht gerade in Supermärkten verfolgten, trieben sie ungefragt in meinem Feierabendbier herum oder suchten sich als letzte Ruhestätte ausgerechnet das Visier meines Motorradhelms aus. Hätte ich eine Hand frei, würde ich das Vieh mit dem nächstbesten Tiefkühlprodukt platt machen. Warum übersah ich eigentlich jedes Mal diese Metallkörbe am Supermarkteingang? Oder die praktischen Einkaufswagen? Vermutlich, weil die Dinger unter meiner Würde waren. Schließlich war ich ein angehender Alpha-Mann und kein Hausmütterchen. Außerdem verabscheute ich Fahrzeuge ohne Leichtmetallfelgen.

»Meister«, sagte ich im Vorbeigehen zu einem pickligen Jüngling im fleischfarbenen Supermarktoutfit, der auf dem Boden kniete und ein Soßenregal auffüllte, »wollt ihr nicht mal was gegen die Fliegenplage in eurem Laden unternehmen?«

Der Angestellte sah zu mir hoch. »Fliegenplage?«

Ich deutete mit schiefem Kopf auf das Insekt, das mich aus nordöstlicher Richtung anpeilte. »Dieses Mistvieh verfolgt mich schon, seit ich Ihren Laden betreten habe!«

Der Picklige zuckte mit den Schultern. »Hartmanns Insektenspray«, sagte ich genervt. »Ist nicht teuer. Können Sie Ihrem Chef ausrichten.«

Der Jüngling machte sich wieder an dem Soßenregal zu schaffen. Ich begann vor Wut zu schäumen. »Hallo? Ich bin Kunde hier! Beseitigen Sie gefälligst dieses Insekt, und zwar pronto! Sie können wohl gar nichts außer pünktlich Feierabend machen!«

Der Angestellte sah durch mich hindurch, nahm den leeren Pappkarton und schlappte von dannen. Zornig trat ich gegen das Regal, vor dem er eben noch gekniet hatte. Vier Gläser mit Estragon-Senfsauce glitten zu Boden und hinterließen ein apartes Fleckenmuster.

»Nicht einmal Soßen können Sie einräumen!«, rief ich dem Jüngling hinterher und wandte mich Richtung Kasse. Auf dem

Weg dorthin warf ich einen Blick durch die trübe Glasscheibe des Lembacher Märktchens. Ein beiger Mini fuhr gerade auf den Parkplatz und hielt unmittelbar vor der Eingangstür. Neele!

Augenblicklich verwandelte sich die Gewitterwolke über meinem Kopf in eine breit lächelnde Julisonne. Der Tag war gerettet. Vielleicht konnte ich Neele sogar beiläufig an unser Kaffee-Date erinnern, das sie mir bei unserem Spaziergang letzte Woche in Aussicht gestellt hatte. Ich musste bloß ein paar Minuten länger in diesem Laden ausharren und Zeit schinden. Mitsamt meiner tiefgekühlten Last federte ich durch die Gänge, am Käse und an den Süßigkeiten vorbei bis hin zum Weinregal.

Dort blieb ich einen Moment lang stehen. Vielleicht wäre Wein ja, genau wie Mats gesagt hatte, tatsächlich etwas für Frau Hippelmann. Ich studierte die Etiketten. Mit vergorenen Säften kannte ich mich überhaupt nicht aus, also ging ich einfach nach dem Preis. Zwei Flaschen von dem teuersten, und das für diese Zicke. Mein Geld hatte ich schon für erfreulichere Dinge ausgegeben. Aber wenn ich damit meinen Job retten konnte, war die Investition durchaus sinnvoll.

Jetzt fehlte nur noch eine Karte mit einem passenden Motiv. Rosen erschienen mir zu kitschig, Glücksklee zu silvestrig, ein Sonnenuntergang zu freundlich. Ein Comic-Esel, der ein Schild mit »I'm sorry« hochhielt, kam per se nicht infrage. Ich entschied mich schließlich für die Fotografie eines Bachlaufs mit ein paar Kieseln im Vordergrund, weil ich ihr diese am liebsten an den Kopf werfen würde und das so wenigstens auf symbolische Weise tun konnte.

Am Ende des Ganges entdeckte ich endlich Neeles blonden Pferdeschwanz. Sie stand direkt vor den Biokeksen, an denen ich üblicherweise mit Riesenschritten vorbeihastete. Eine gelbe Pappschachtel nach der anderen wanderte in ihren Einkaufswagen. Erstaunlich. Neele sah gar nicht so aus, als ob sie auf frei laufende Körner von glücklichen Haferpflanzen Wert legte. Egal. Ihr würde ich auch das verzeihen.

Aber war der Moment wirklich geeignet für eine Kontaktaufnahme? Immerhin war ich voll bepackt mit Alkohol und Fastfood. Das passte nicht gerade zu den Gesundheitskeksen in ihrem Einkaufswagen. Mir kam eine Idee. Wenn ich mir ebenfalls ein paar von diesen Bioschachteln aufladen, mich an der Kasse hinter Neele einreihen und dann mit einem Schmunzeln auf unsere gemeinsame Vorliebe hinweisen würde, könnte ich bestimmt bei ihr Eindruck schinden.

Ich tappte ein paar Schritte weiter in die Obstabteilung und legte meinen Tiefkühl-Ballast in einer leeren Bananenkiste ab. Ein Blick zum Bioregal: Neele war nicht mehr zu sehen. Jetzt aber schnell. Ich hastete zu den Süßigkeiten und klemmte mir drei Packungen Dinkel-Ingwer-Kekse unter den Arm. Wein und einen Berg Biokekse. Mats würde sich über diese Kombination wahrscheinlich kaputtlachen und gleich einen Cartoon dazu zeichnen, in dem ich sturzbetrunken aus einem gigantischen Keksberg herauslugte. Ich eilte weiter. Neele passierte ein Zeitschriftenregal. Die Kasse war nur noch wenige Meter entfernt. Hinterher!

»Entschuldigen Sie!«, rief jemand hinter mir. Der picklige Jüngling. »Was?«, fragte ich unwirsch.

»Haben Sie eben Ihre Einkäufe in der Obstabteilung abgelegt?«

»Warum sollte ich?«

»Ach so, ich dachte nur, weil ...«

»Denken ist gut, arbeiten besser. Schönen Tag noch.«

Ich drehte mich um und wollte zur Kasse gehen.

»Weil da auch ein Portemonnaie lag«, rief der Jüngling.

»Raarrh!« Neele legte gerade ihre Sachen auf das Rollband. Wenn ich mich jetzt nicht beeilte, war sie weg und die ganze Aktion umsonst gewesen. Ich raste zurück in die Obstabteilung, nahm mein Portemonnaie an mich und galoppierte erneut zum Ausgang. Zu spät. Neele schob ihren Einkaufswagen die Rampe hinunter Richtung Parkplatz.

»Mist!« Ich knallte die Dinkelkekse auf einen Zeitschriftenturm. Dieser glänzte nicht eben durch eine ausgereifte Statik und fiel sofort um. Mindestens zehn Ausgaben der ›Brigitte‹ flatschten neben mir auf den Boden. Im gleichen Moment bog der picklige Jüngling mit einem Päckchen Schokoriegel um die Ecke, beäugte das Zeitschrifteninferno und suchte hastig das Weite.

»Lauf nur, lauf!«, gurgelte ich und schlappte etwas entspannter in die Obstabteilung, um meine Tiefkühlkost abzuholen. Als ich mich zu der Bananenkiste hinunterbeugte, räusperte sich jemand hinter mir. Ich drehte mich um. Wie dem Namensschild zu entnehmen war, stand ich dem Leiter des Lembacher Märktchens gegenüber. Na endlich. Herr Moosberg, der fast nur aus Augenbrauengestrüpp bestand, kam mir irgendwie bekannt vor.

»Hartmanns Insektenspray«, sagte ich.

Moosberg sah auf mich herab. »Kommen Sie bitte mit in mein Büro.«

»Brauche ich nicht.« Ich machte mich wieder an meiner Kiste zu schaffen. »Hartmanns Insektenspray. Wie man's spricht.«

»Ich weiß nicht, wovon Sie da faseln, aber Sie kommen jetzt bitte mit.« Er schob mich in einen Nebenraum. Der picklige Jüngling hatte gepetzt. »Randale und Belästigung meiner Mitarbeiter kann ich in meinem Laden nicht gebrauchen«, sagte Augenbrauen-Moosberg. »Wenn Sie sich hier noch einmal so aufführen, bekommen Sie Hausverbot.«

»Ich verstehe schon. In Ihrem Saftladen ist der Kunde König!«

»Das – ist – ja – wohl – die – Höhe.« Der Marktleiter kniff die Augen zusammen und begann in seiner Jackentasche herumzuwühlen. Ich musste trotz der verfahrenen Situation grinsen. Suchte der Kerl etwa nach einem Kugelschreiber, um mir einen schriftlichen Verweis zu erteilen? Wollte er meine Mutter anrufen und sich über mich beschweren?

Tatsächlich. Er zückte sein Handy!

»Guten Tag, Moosberg hier, vom Lembacher Märktchen. Ich möchte eine Anzeige aufgeben und Sie bitten, einen Polizisten vorbeizuschicken. Wegen Vandalismus.«

Ich glaubte mich verhört zu haben, schüttelte den Kopf und tippte mir an die Stirn. Moosberg ignorierte mich, gab seine Adresse durch, legte auf. Ein genüssliches Lächeln umspielte seine Lippen.

»Das war nun wirklich nicht nötig«, sagte ich, als er aufgelegt hatte.

»Das hätten Sie sich vorher überlegen müssen, Herr ...«

»Ziesel.« Ich verschränkte die Hände vor der Brust und setzte mich. Der Marktleiter stutzte. »Herr Ziesel? Aus der Treidlergasse?«

»Kennen wir uns?«

»Sie sind ein Mieter von Manfred Keppler, nicht wahr?«

Ich brummte zustimmend. Moosbergs Augenbrauen gerieten in wogende Aufruhr. »Dann wundert mich gar nichts mehr.«

»Was soll das denn heißen?«

»Sagen wir mal so ...« Der Supermarktleiter schnalzte mit der Zunge. »Ihr guter Ruf eilt Ihnen voraus.«

»Also wenn Sie mich jetzt auch noch beleidigen wollen ...«, begann ich, wusste aber nicht recht weiter und verstummte. »Dann zeige ich Sie ebenfalls an?« Dazu müsste er deutlichere Worte sprechen. »Dann war ich das letzte Mal in Ihrem Märktchen?« Das würde ihm so passen. »Dann stampfe ich wie Rumpelstilzchen mit dem Fuß auf?« Peinlicher Gedanke.

»Dann?« Moosbergs Blick bohrte sich in mich hinein. »Dann ... kann ich für nichts garantieren«, knurrte ich mit möglichst rauer Stimme.

Bis die Polizei kam, sprachen wir kein Wort mehr miteinander. Ich starrte abwechselnd auf Moosbergs gesammelte Ordnerlandschaft und meine Turnschuhe, ärgerte mich über den Marktleiter, mich selbst und diese überflüssige Anzeige. Die beiden Polizisten, die Moosbergs Anzeige aufnehmen sollten, waren unerwartet freundlich.

»Tachchen. Henninger von der Bereitschaftspolizei. Wir wurden wegen der Randale in Ihrem Laden angefunkt«, sagte der ältere der beiden, der mich mit seinem weißen Vollbart an Käpt'n Iglo erinnerte.

»Ganz recht. Ich möchte Anzeige erstatten«, sagte Moosberg eifrig. Ich verdrehte innerlich die Augen. Randale – wie lächerlich! Wie wollte er das denn beweisen? Mit umgeworfenen Regalen und zerborstenen Fensterscheiben konnte er jedenfalls nicht aufwarten!

Zum Glück verstanden das die Polizisten auch sehr schnell. Da der picklige Jüngling die Senfsauce längst weggewischt und den Zeitschriftenturm wieder aufgerichtet hatte, gab es nicht mal einen Bagatellschaden zu bewundern. So mussten wir lediglich die Ausweise vorzeigen und das »Tatgeschehen« schildern.

Das Ende vom Lied: Aus der Anzeige wegen Vandalismus wurde eine Anzeige wegen Sachbeschädigung und Beleidigung. Da sich die Sachbeschädigung auf vier Senfgläser und die Beleidigung auf den Begriff »Saftladen« bezog, war davon auszugehen, dass das Verfahren wegen Geringfügigkeit eingestellt werden würde. Zehn Minuten später war der Spuk auch schon vorüber.

Nachdem mir Moosberg mit erhobenem Zeigefinger ein offizielles Hausverbot erteilt hatte, raste ich genervt nach Hause. Mein Briefkasten war bis auf ein Werbeblättchen leer, an der Wohnungstür klebte dafür ein Post-it mit der Nachricht: »Treppenhausreinigung aufgrund von mangelhafter Sauberkeit unverzüglich wiederholen!« Ich zerfetzte den Zettel in winzig kleine Teile und warf die Schnipsel in die Luft.

Mit Todesverachtung setzte ich mich an den Text für die Kieselkarte. Da ich schon so viel Zeit und Nerven in den Kartenerwerb investiert hatte, wollte ich wenigstens diese leidige Angelegenheit vom Tisch haben. Die erste Version schüttelte ich ganz locker aus meinem verschwitzten Ärmel:

Hochwohlgeborene Hippelzicke,
auf diesem Weg möchte ich mich zutiefst dafür entschuldigen, dass ich mich für Ihre überaus geistreiche Bemerkung, ein jämmerlicher Versager und Dilettant zu sein, nicht in aller Form bedankt habe.

Ein Unwürdiger

Natürlich war das Schwachsinn. Mehr Bedauern und mehr Höflichkeit waren gefragt. Schade, dass ich meine Mutter nicht um Rat bitten konnte. Sie hatte in meiner Kindheit und Jugend ganze Lkw-Ladungen an Entschuldigungsschreiben verfasst und war eine absolute Expertin auf dem Gebiet. Egal, ob es um eingeworfene Fensterscheiben, entwendete Gartenzwerge oder ein Bündel Luftballons am Hundegeschirr des Nachbardackels ging – sie konnte jedes Opfer besänftigen. Aber hier musste ich alleine durch. Das Schreiben kostete mich fast die Nachtruhe, aber irgendwann war es vollbracht.

Sehr geehrte Frau Hippelmann,
es tut mir aufrichtig leid, dass ich Ihnen solche Unannehmlichkeiten bereitet habe. Ich bedaure mein Verhalten zutiefst und hoffe, es mit diesem Wein ein Stück weit wiedergutmachen zu können.

Mit freundlichen Grüßen
Florian Ziesel

Mehr anbiedern ging nun wirklich nicht. Ich stopfte die Karte in den Umschlag und stellte sie zusammen mit dem Wein auf meine Kommode. Morgen würde ich beides zur Post bringen. Geschafft.

Kapitel 12

Tankstellen, das hatte ich einmal im Internet gelesen, sind Unorte. Orte, die man notgedrungen aufsucht und so schnell wie möglich wieder verlässt. Genauso wie Bahnhofstoiletten oder U-Bahn-Stationen. Diese Ansicht teilte ich nicht. Im Gegenteil. Kein anderer Ort strahlte für mich so viel Ruhe aus wie eine Tankstelle.

Wenn zarte Motorgeräusche von allen Seiten auf mich einströmten und mein Rückspiegel die Sonnenstrahlen reflektierte; wenn das Benzin im Motorradtank gurgelte und die Gratistütchen mit den Gummibärchen im Tankstellenshop schon auf mich warteten; wenn in der Dämmerung die bunten Reklametafeln leuchteten und meine Lieblingskassiererin Carlotta ein letztes Mal die Eimer mit dem Waschwasser kontrollierte – dann war ich mit mir und der Welt im Einklang.

Normalerweise. Doch heute stellte sich beim besten Willen kein Harmonie-Gefühl ein. Die Anzeige an der Zapfsäule offenbarte mir, dass ich satte 30,01 Euro für die Tankfüllung zahlen sollte. Ich verstand die Welt nicht mehr. Seit ich den Führerschein besaß, war centgenaues Tanken eines meiner größten Talente. Ich konnte jeden gewünschten Betrag erzapfen, ohne auch nur einen Blick auf die Preisanzeige werfen zu müssen. Und jetzt das. Anstatt mir einen federleichten 20-Euro-Schein als Wechselgeld zu überreichen, würde mir Carlotta – oder wer auch immer gerade Schicht hatte – 19,99 Euro in die Hand schaufeln. Nicht mit mir!

Ich streifte durch den Tankstellenshop, hielt Ausschau nach einem Produkt für 4,99 Euro und fand eine Dreierpackung Schokoriegel in halb geschmolzenem Zustand. Erleichtert darüber, dass ich meine Hosentasche nicht mit einem Haufen Kleingeld belasten musste, zog ich mir noch auf dem Parkplatz einen der schmierigen Riegel rein.

Als ich mit meinem Motorrad zu Hause ankam, sah ich Mats mit einer Fastfood-Tüte auf der Mauer vor Kepplers Haus sitzen. In der einen Hand hielt er einen Burger, in der anderen sein Handy. »Bist du in einen Haufen gefallen?«, fragte er und zeigte grinsend auf mein Kinn. Ich wischte mir mit dem Ärmel meines Bürohemds über das Schokoladengesicht und ahnte, dass er seine Feldnotizen mal wieder um einen Negativpunkt ergänzte.

»Schoko-Erdnuss-Riegel«, erklärte ich. »Und was hast du da? Totes Rind?«

»Genau. Aber leider kalt.«

Ich reichte ihm die angebrochene Schokoriegel-Packung. Er warf den Rest seines Burgers hinter sich in die Holunderhecke und griff zu.

»Spinnst du? Wenn Keppler das sieht, kriege ich wieder einen auf den Deckel!«, schimpfte ich.

»Sorry, den habe ich total vergessen.« Mats krabbelte über die Mauer und suchte nach dem Fleischklumpen.

»Was machen Sie denn da?« Wenn man vom Teufel spricht. Wahrscheinlich hatte Keppler hinter seiner Siebzigerjahre-Gardine gelauert.

»Nichts. Wir haben nur was verloren«, sagte Mats.

»Raus da, aber dalli!«

Mats stellte sich wieder auf die Beine. Er war fast zwei Köpfe größer als Keppler und sah aus wie ein Basketballer, der auf einen Jockey hinabschaute. Meinen Vermieter schüchterte das natürlich kein bisschen ein. Im Gegenteil. Er setzte mal wieder zu einer launigen Predigt über die nicht vorhandene Sauberkeit des Treppenhauses und meinen fahrlässigen Umgang mit Wasser an. Ich war von dem ganzen Tag viel zu genervt, um darauf angemessen zu reagieren, und erklärte mich in allen Punkten für schuldig. Darüber war er wahrscheinlich so überrascht, dass er sich wieder in seine Wohnung zurückzog.

Als er verschwunden war, ertönte aus Mats' Hosentasche der Song von den Foo Fighters. Er schmachtete ein »Hallo, Chérie« in den Hörer und schlappte ein paar Schritte weg von mir. Dennoch war nicht zu überhören, dass er mal wieder mit einer Frau flirtete. Seine eingestreuten Französischbrocken ließen vermuten, dass Sandy von der Grillparty Vergangenheit war. So schnell konnte es gehen.

Gegen Mitternacht brach Mats wieder Richtung Heimat auf. Ich saß mit meinem Notebook auf den Knien vor dem Fernseher und las E-Mails. Jörn, der Administrator des Biker-Forums, hatte sich wegen meiner Warnung vor Mariella bedankt. Anscheinend hatte die Gute ihren Account gefälscht und sich noch an eine ganze Reihe von Forumsmitgliedern herangemacht. Teilweise mit Erfolg, laut Jörn. Keine Ahnung, wie er das aus den Beteiligten herausgekitzelt hatte.

Es fiel mir beim Lesen ein bisschen schwer, mich auf die Details der Mail zu konzentrieren, da draußen ein mir wohlbekannter Mini angelassen wurde. Und wieder ausging. Und wieder angelassen wurde. Und wieder ausging. Eine Autotür knallte. Ich stand schließlich auf und warf einen Blick nach draußen. Neele trabte auf die Haustür zu, ein Handy am Ohr. Ich öffnete das Fenster.

»Alles in Ordnung?«

»Mein Auto springt nicht an. Und ich muss dringend in die Stadt. Ein Notfall!«

»Was ist denn passiert?«

»Lilly übergibt sich am laufenden Band. Sie hat bestimmt etwas Giftiges gefressen.«

»Warte, ich fahre euch!«

»Ehrlich?«

»Schon unterwegs.«

Ein Leittier musste für sein Rudel sorgen, egal wie spät es war. Ich raste in den Flur und wollte gerade nach meinem Schlüssel greifen, als mir einfiel, dass ich meinen Klappergolf vor zwei Tagen wegen des kaputten Reifens in die Werkstatt gebracht hatte. Was nun? Sollte ich anbieten, Lilly auf dem Motorrad mitzunehmen? Ich hatte einen Tankrucksack, da würde sie sicherlich reinpassen. Ob Magensäure sehr aggressiv war? Auf Lackschäden hatte ich natürlich keine Lust. Andererseits konnte ich Neele in dieser Notsituation unmöglich im Stich lassen. Und wir zwei auf einem Motorrad, das hatte auch etwas. Ich stürmte die Treppe hinunter und riss mein Garagentor auf.

»Auf geht's!«, rief ich Neele zu.

»Wie? Wo ist denn dein Auto?«

»In der Werkstatt. Wir nehmen das Motorrad.«

»Bist du wahnsinnig? Niemals!«

»Ist das jetzt ein Notfall oder nicht?«

»Ich nehme ein Taxi.«

»Bis das hier ist, sind wir zehnmal in Köln.«

Neele presste die Lippen aufeinander und tippte wie wild auf ihrem Handy herum. In gewisser Weise konnte ich ihre Aufregung sogar verstehen. Als mein Motorrad im letzten Herbst wegen eines kaputten Anlassers nicht mehr anspringen wollte, war ich auch mit den Nerven am Ende gewesen.

»In der Taxizentrale ist immer besetzt!«, rief sie. »Ich frage Keppler.« Es versetzte mir einen kleinen Stich, dass sie einen Altherren-Mercedes meinem schneidigen Motorrad vorzog, aber das legte sich schnell. Niemand öffnete. Während ich meinen Tankrucksack auf dem Bike verschnallte, sah ich aus den Augenwinkeln, wie Neele wieder ihr Handy am Ohr hatte.

»Da geht immer noch keiner ran!«

»Komm, ich fahre dich«, rief ich aus der Garage hinaus und kramte eine alte Urlaubskiste nach hundetauglichem Motorradbedarf durch. Eine Taucherbrille müsste das Tier schon tragen, um keine Bindehautentzündung zu bekommen. Und ein Schal um die Ohren wäre auch sinnvoll.

Neele starrte durch die Fensterscheibe ihres Minis. »Komm her, Mäuschen.« Sie öffnete die Autotür. Das Miniaturkalb machte einen ungelenken Sprung aus seiner Plastikbox heraus und übergab sich mitten auf den Gehweg. Dann setzte es sich mit einem angewinkelten Pfötchen auf den Hintern und sah zitternd zu seinem Frauchen hinauf. Irgendwie tat es mir schon leid. Mir fielen Hunderte von Situationen ein, wo ich über der Kloschüssel, im Taxi oder vor dem Rostigen Bert ganz Ähnliches erlebt hatte. »Hier«, sagte ich und zeigte auf Schal und Taucherbrille, »das ziehen wir ihr an und dann geht's los.«

»Du spinnst. Lilly fährt nicht mit dem Motorrad.«

Erst als die Hündin ein weiteres Mal ihr Innerstes nach außen kehrte, gab Neele ihr Okay für den Krankentransport. Ich schnallte Lilly die pinke Taucherbrille um und knotete sie am Hinterkopf fest. Sah merkwürdig aus, passte aber. Den staubigen Deutschlandschal, der seit der letzten WM in meiner Garage vor sich hin muffte, wickelte ich dreimal um ihren Kopf und machte eine dicke Schleife. Die Spitzen der Stehohren schauten wie zwei Teufelshörner daraus hervor. Schön war anders, aber ein stylishes Outfit in dieser Situation nebensächlich. Neele schüttelte ununterbrochen den Kopf, sagte aber nichts mehr. Wir packten die Hündin in den Tankrucksack und machten den Reißverschluss so weit zu, dass sie auf keinen Fall hinausspringen konnte.

»Super. Lilly ist versorgt, jetzt fehlt noch dein Helm.«

»Mein Helm? Also mich kriegst du im Leben nicht auf das Ding drauf!«

»Wie jetzt?«

»Ich komme mit dem Taxi nach. Also los!«
»Ja, aber wohin denn?«
»In die Tierklinik. Habe ich doch gesagt!«
»Wo ist die denn?«
»Kennst du das Café Holunderblatt?«
»Keine Ahnung.«
»Hotel Kloppenburg?«
Einen klitzekleinen Moment lang wunderte ich mich, wie gut sich Neele, die ja erst vor wenigen Wochen hierhergezogen war, schon in Köln auskannte. Vermutlich musste Lilly nicht zum ersten Mal in die Klinik. Oder Neele war im Gegensatz zu mir ein Orientierungswunder.
»Das kenne ich. Glaube ich.«
»Na bitte. Die Klinik ist drei Häuser weiter. Also los, los, los. Beeilt euch!«
Mit gemischten Gefühlen kroch ich über einen Schleichweg durch die Felder Richtung Köln. Lilly saß ganz ruhig in meinem Tankrucksack. Schal und Brille hielten perfekt. Trotzdem brach mir jedes Mal, wenn ich zu ihr hinunterschielte, aus allen Poren der Schweiß aus. Kurz vor Köln, es hatte gerade leichter Nieselregen eingesetzt, wurde sie unruhig. Ich überlegte einen Moment lang, ob ich anhalten sollte, entschied mich aber dagegen. Zum Glück meines Lacks kam außer einer Ladung frisch Geniestes nichts aus Lillys Schnauze heraus. Trotzdem tat sie mir leid, die arme Kleine. An einer Ampel konnte ich mich nicht mehr zurückhalten, ich musste ihr einfach über die Stirn streicheln. Sie schien sich tatsächlich darüber zu freuen, denn sie hob ihren kleinen Kugelkopf und schielte mit einem dankbaren Blick zu mir herauf.

In gemäßigtem Tempo fuhr ich weiter, als ich unweit der Klinik auf einmal ein silber-blaues Motorrad sowie eine winkende Gestalt am Fahrbahnrand entdeckte.
»Polizeikontrolle, steigen Sie bitte ab. Führerschein und Fahrzeugpapiere.« Auch das noch. Ich stellte meine Maschine

am Straßenrand ab und kramte mit fahrigen Fingern die gewünschten Dokumente hervor.

»Sie wissen, warum wir Sie angehalten haben?«

»War ich etwa zu schnell? Ich war doch gar nicht schnell.«

»Wie schnell dürfen Sie hier denn fahren?«

»Dreißig. Denke ich mal. Oder nicht?«

Der Polizist deutete auf ein rechteckiges blaues Schild wenige Meter vor mir. Ein Auto, ein Haus und zwei Menschen, die Ball spielten, waren darauf zu sehen. Von unten links nach oben rechts verlief ein roter Streifen.

»Oh. Das war eine Spielstraße?«

»So ist es. Da vorne ist eine Schule.«

»Aber es ist nach Mitternacht!«

»So sind nun mal die Regeln, Herr Ziesel. Und die sollten Sie als Motorradfahrer eigentlich kennen.«

Er blickte auf meine Maschine, die am Straßenrand stand – und verstummte. Anscheinend hatte er erst jetzt die kleine Lilly entdeckt, die mitsamt Taucherbrille und umwickelten Fledermausohren in dem Tankrucksack hockte und aus halb geschlossenen Augen das Szenario verfolgte.

»Was ist …?« Er schien ein Husten zu unterdrücken. »Was ist das denn?«

»Eine Hündin. Und sie muss echt dringend in die Klinik.« Ich klopfte bekräftigend auf meinen Helm.

»Hajo, komm mal her! Das musst du dir ansehen!«

Sein Kollege, der gerade mit einer VW-Fahrerin beschäftigt war, kam in dynamischem Stechschritt angestiefelt.

»Der Hammer, oder?«

Der Dynamische grinste. »Ein Alien im Tauchurlaub.«

Ich runzelte die Stirn, wollte aber aufgrund der gebotenen Eile keinen Streit anzetteln, obwohl mein Alpha-Ich schon mit den Hufen scharrte.

»Was muss ich denn jetzt zahlen?«, fragte ich stattdessen und schielte auf meine Papiere.

»Kommt drauf an. Ist das Tier denn richtig gesichert?«, fragte der Kollege, dem vermutlich seine Sicherheits- und Ordnungsmission wieder in den Sinn gekommen war. Ich setzte meinen Helm auf und trat unruhig auf der Stelle. »Ja, ist es, aber ich muss jetzt wirklich dringend –«

»Zeigen Sie mal her.«

»Klar doch.«

Ich ruckelte an meinem Tankrucksack. Lillys Kopf schwankte, und sie begann zu hecheln. Ich entschuldigte mich im Geiste für mein Geruckel, hatte jedoch die Rechnung ohne den dynamischen Polizisten gemacht. Er griff mit seinen tellergroßen Händen nach dem Nylonbehältnis und beutelte es, als müsste er seine Standfestigkeit bei Windstärke elf überprüfen. Lilly begann wieder zu würgen.

»Jetzt hören Sie doch auf!«, rief ich. »Ihr ist sowieso schon schlecht!«

»Der Behälter sitzt. Trotzdem darf ich Sie im Sinne des Tieres darauf hinweisen, dass Sie auf diese Transportart in Zukunft besser verzichten sollten.«

»Ich sagte doch schon: Das ist ein Notfall! Ich muss zur Tierklinik!«

»Ach so? Was hat denn der Hund?«

Der Dynamische hörte auf zu grinsen und klang nun doch etwas besorgt. Und was Lilly hatte, das zeigte sie uns selbst. In genau diesem Moment. Als Demonstrationsfläche dienten die Seitenflächen meines Motorradtanks. Der Polizist hustete in seine Faust hinein, der Dynamische krampfte seine Mundwinkel zusammen, als müsste er ein Grinsen unterdrücken. »Na, dann fahren Sie besser mal schnell los«, sagte er, und ich bemerkte zu meinem grenzenlosen Ärger, dass er mit den Lachtränen kämpfte. »Und was Ihre Geschwindigkeit angeht, kommen Sie ausnahmsweise mit einer mündlichen Verwarnung davon.«

»Danke. Zu nett.«

Als wir zehn Minuten später in der Kölner Tierklinik ankamen, begann es wie aus Putzeimern zu schütten. Ich packte Lilly aus und sprintete zum hell erleuchteten Eingang. An der Anmeldetheke empfing uns eine Frau mit langen schwarzen Haaren und Stupsnase. Sie fragte mich nach Lillys Heimtierausweis, den ich natürlich nicht dabeihatte. »Ich bin nur der Fahrer«, erklärte ich. »Die Besitzerin kommt nach.«

Daraufhin drückte sie mir einen Anmeldebogen in die Hand, den ich so weit wie möglich ausfüllen sollte, während die Notfallpatientin von einer Tierarzthelferin in den Behandlungsraum geführt wurde. Beklommen nahm ich mit dem Zettel im Wartezimmer Platz. Überall hingen Tierfotos. Eine Bulldogge mit einem Riesenverband, die vermutlich eine Weisheitszahn-OP hinter sich hatte. Ein Goldfischglas. Eine Katze mit Wollknäuel. Dazu waren die Wände in einem zarten Schimmelgrün gestrichen, was wohl beruhigend wirken sollte, mich aber zu sehr an den Zustand meines Kühlschranks erinnerte. Wider Erwarten stank es überhaupt nicht nach nassen Kleintieren, sondern ausschließlich nach Krankenhaus.

Ich widmete mich dem Anmeldebogen, musste aber die Hälfte der Felder frei lassen, da mir weder die Rasse noch die Impfvergangenheit der Patientin bekannt waren, geschweige denn ihr Geburtsdatum oder ihre Mikrochip-Nummer. Auch bei »Haarkleid« musste ich passen, da es mir zu unbeholfen vorkam, einfach »kuhfleckfarben mit mehr Schwarz als Weiß« zu schreiben.

Eine Viertelstunde lang passierte rein gar nichts, außer dass ein Mannweib mit ultrakurzem Militärhaarschnitt den Raum betrat. Sie hatte eine getigerte Katze mit aufgequollenem Gesicht auf dem Arm. Ich wollte schon herumwitzeln, ob das Tier womöglich gegen seine eigenen Haare allergisch war, hatte aber keine Lust auf eine Auseinandersetzung mit der Besitzerin. Lieber vertrieb ich mir die Zeit mit der ›Frau im Spiegel‹, informierte mich über die ayurvedische Sommerküche sowie die Risiken einer Fettabsaugung und fand heraus, dass mir als Herbsttyp ein kräftiges Rot besonders gut zu Gesicht stand. War ja auch etwas wert. Damit wäre die Farbe meines nächsten Motorrads klar.

Irgendwann hörte ich von der Anmeldetheke her Stimmen.

»Pfeiffer. Meine Hündin Lilly wurde eben hergebracht.«

Ich lief in den Empfangsraum und strahlte Neele an. »Wir sind sicher angekommen!«

»Ein Glück.«

»Soll ich uns Kaffee organisieren? Das dauert hier sicher noch eine Weile.«

»Das ist lieb, Florian, aber ich will jetzt lieber bei Lilly sein. Pfötchen halten und so.« Sie nahm mich in den Arm und drückte mich ganz fest. »Wir sehen uns morgen, okay? Ist ja schon spät. Und vielen, vielen Dank noch mal.«

Ihr Parfum roch leicht nach Kokosnuss. Ich merkte, wie ich zartrosa anlief. Unsere erste Umarmung fühlte sich so gut an, dass ich es gar nicht mehr so schlimm fand, durch den Regen nach Hause zu fahren, um anschließend mein Motorrad von Lillys Galleresten zu befreien.

Was für ein Tag! Wer brauchte schon das Tapasta? Wen interessierte ein schnödes Kaffee-Date? Neele hatte mir in einer Notsituation ihren Hund anvertraut, sich auf mich verlassen, mich umarmt und mir von Herzen gedankt. Besser hätte es nicht laufen können. Mein Alpha-Ich hatte ganze Arbeit geleistet.

Kapitel 13

Wie mir das Tageslicht gnadenlos offenbarte, waren Lillys Gallespuren hartnäckiger als erwartet. Zeit für eine Schwamm-Massage! Die hatte sich mein Motorrad mehr als verdient. Nie hätte ich gedacht, dass es mal als Notarztgefährt für Furore sorgen würde. Freitags schloss das Verlagshaus zum Glück schon um vierzehn Uhr, sodass mir genügend Zeit für eine groß angelegte Putz- und Pflegeaktion blieb. Da mein Schwamm mittlerweile aussah wie ein Emmentaler, in dem eine ganze Mäusesippe Silvester gefeiert hatte, fuhr ich direkt nach der Arbeit zum Lembacher Märktchen.

Einen winzigen Moment lang verharrte ich vor der Eingangstür des Ladens. Sollte ich wirklich hier einkaufen? Immerhin hatte ich Hausverbot. Andererseits klebte weder ein Schild mit der Aufschrift »Wanted« nebst meinem Foto an der Wand noch war ein bärbeißiger Türsteher in Sicht. Außerdem sorgte ich für Umsatz und würde in fünf Minuten sowieso wieder davonfahren. Also los.

Ein Naturschwamm, der sich laut Artikelbeschreibung auch für zarte Babyhaut eignete, war schnell gefunden. Ab zur Kasse. An dem Regal mit den Grußkarten machte ich Halt. Ob ich Lilly eine schreiben sollte? Kaum war der Gedanke gedacht, musste ich mir an den Kopf fassen. Diese Hitze bekam mir nicht. Jetzt wollte ich schon einem Haustier, das weder lesen noch antworten konnte, meine besten Genesungswünsche übermitteln. Wie unmännlich. Ich gab mir gedanklich eine Ohrfeige, stapfte an den Karten vorbei, kaufte eine Packung Dinkel-Ingwer-Kekse für Neele und einen Kauknochen für Lilly. Ein Kauknochen war neutral. Das hatte Stil, ohne aufdringlich zu wirken.

Zwanzig Minuten später erschien ich mit meinen Geschenken im Arm vor Neeles Wohnungstür. Lilly war wieder putzmunter und sprang so wild an meinen Jeansbeinen hoch, als wollte sie mir den Knochen direkt aus der Hand reißen.

»Da ist ja der edle Retter«, begrüßte mich Neele.

»Leichteste Übung. Hätte jeder gemacht.«

»Die Idee mit der Taucherbrille war super.«

Stolz fuhr ich mir durch die verstrubbelten Haare. »Ach was! Die war auch froh, endlich mal sinnvoll eingesetzt zu werden. Sonst benutze ich sie ja höchstens in meinem Planschbecken.«

Neele lächelte etwas weniger zebrahaft als zur Begrüßung. Wahrscheinlich wusste sie nicht, ob sie die letzte Bemerkung als Witz auffassen sollte oder nicht.

»Darf Lilly den Kauknochen haben?«, fragte ich schnell, um das Thema zu wechseln.

»Ist der aus Rind oder Büffel?«

Ich zögerte. »Keine Ahnung. Ist das wichtig?«

»Es ist entscheidend. Lilly hat eine Allergie gegen Rindfleisch. Daher kamen auch ihre Magenprobleme.«

»Du machst Witze.«

Neele schüttelte den Kopf. »Eigentlich hätte ich es auch schon viel früher merken müssen, aber ich habe ihr immer nur ein Trockenfutter mit Geflügel zu fressen gegeben. Wahrscheinlich hat sie gestern irgendwo einen Brocken Rindfleisch am Straßenrand gefunden.«

Ich schluckte. Da war doch der Hamburger, den Mats in Kepplers Hecke geworfen hatte …

»Für dich habe ich auch noch etwas«, sagte ich rasch und hielt Neele die Kekspackung hin. »Dinkel-Ingwer. Die sind superlecker.« Gespannt wartete ich ihre Reaktion ab. Ich wusste ja genau, dass sie bei einem ihrer letzten Einkäufe mehrere Packungen davon gekauft hatte. »Die haben wir auch immer«, sagte Neele. Ich frohlockte insgeheim. Welch einzigartige Gemeinsamkeit! »Lilly frisst sie für ihr Leben gerne. Keine Ahnung warum, ich kriege die Dinger nicht runter. Trotzdem danke.«

Nicht ganz, was ich erwartet hatte, aber immerhin.

»Dann kriegt sie einfach so einen.« Ich sagte »Sitz« zu der kleinen Hündin, die mit sehnsuchtsvollen Blicken meinen Knochen beäugte. Wider Erwarten ließ sie sich tatsächlich auf ihren Hintern plumpsen und bekam dafür gleich ihren Belohnungskeks, mit dem sie popowackelnd in der Wohnung verschwand. Ich räusperte mich. »Hast du vielleicht Lust, einen Kaffee bei mir zu trinken? Nach dem ganzen Stress?«

»Keine Zeit. Gleich kommen drei Putzfrauen zum Vorstellungsgespräch vorbei.«

»Reicht dir eine nicht?«

Neele verzog keine Miene. »Du hattest noch nie eine Haushaltshilfe, oder?« Ich schüttelte den Kopf und ärgerte mich, dass ich mal wieder nicht lustig, sondern komplett planlos rüberkam. »Ohne Witz«, fuhr Neele fort. »Du findest leichter einen kostenlosen Parkplatz in der Innenstadt als eine gute Putzfrau.« Ich setzte einen mitleidigen Blick auf.

»Na dann viel Glück.«

Neele seufzte. »Wird nicht einfach, das weiß ich jetzt schon. Dauert bestimmt auch ewig.«

Ich zögerte. Einerseits hatte ich keine Lust auf einen zweiten Korb, andererseits musste ich Neele unterstützen, wann immer sie Hilfe brauchte. Das war ich meinem Alpha-Ich schuldig. Außerdem übte der Anblick von saug- und wischfreudigen Mitmenschen auf mich schon immer eine beruhigende Wirkung aus. Und die Schwamm-Massage konnte ich auch prima auf Samstag verschieben. Ich gab mir einen Ruck.

»Wenn du willst, helfe ich dir bei der Auswahl.«

»Echt?«

»Klar, warum nicht? Oder putzen die nackt?«

Neele grinste. »Das muss ich erst noch klären. Aber wenn du unbedingt willst …« Sie hielt mir die Tür auf, und ich trat in den Flur. Meine Turnschuhe ließ ich auf der Fußmatte neben ihrer Wohnungstür stehen. Ein Mann von Welt weiß sich schließlich zu benehmen.

Während Neele Kaffee machte, nahm ich auf einem ihrer weißen Küchenhocker Platz und sah mich um. Ordentlich hatte sie es, viel ordentlicher als ich – was allerdings keine Kunst war. Die Spüle wirkte nahezu jungfräulich, der Küchentisch war so krümelfrei, wie es meiner wahrscheinlich nicht einmal im Möbelhaus gewesen war. Ich sah Neele beim Milchaufschäumen zu und fühlte mich wie eine etwas jüngere und deutlich bleichere Ausgabe von Dieter Bohlen bei DSDS. Dumm nur, dass ich eigentlich keine Ahnung vom Putzen hatte. Aber vielleicht würde sich ja trotzdem die eine oder andere Gelegenheit für einen launigen Kommentar bieten: Bis Sie den Tisch abgeräumt haben, ist das Geschirr längst zu Staub zerfallen. Sie sollen das Fenster nicht in den Schlaf streicheln, sondern sauber wischen. Oder was auch immer so passte. Als ich Neele von meinen Casting-Fantasien erzählte, lachte sie bloß und erklärte mir, dass sie die Bewerberin lediglich in einem Gespräch kennenlernen wollte. Das Probeputzen sollte später stattfinden.

»Hast du eigentlich viele Anrufe bekommen?«, fragte ich.

»Die meisten waren schon am Telefon eine Zumutung. Aber eine von den dreien wird es hoffentlich werden.« Neele reichte mir meine Tasse Kaffee.

Aus den Augenwinkeln bemerkte ich, wie Lilly in die Küche getappt kam. Sie trug etwas Graues in ihrem Maul herein und legte es auf dem Fliesenboden ab.

»Was hast du denn da?« Und da sah ich auch schon die

Bescherung. Die Hündin hatte einen meiner Turnschuhe entwendet und entschloss sich kurzerhand dazu, ihn von hinten zu berammeln. Das könnte ihr so passen. Ich warf mich schlammcatchergleich auf den Boden und griff nach meinem Schuhwerk. »Gib her! Aus!«

Lilly hörte nicht. Sie schnappte sich ihre Beute, flitzte an meinem Platz vorbei, wedelte durch die Küche, immer rundherum, und bog ab in den Flur.

»Dich kriege ich«, rief ich und raste hinterher.

»Sitz, Lilly!« Gerade, als Neele prustend die Verfolgung aufgenommen hatte, klingelte es. Sie eilte zum Summer neben der Tür, um die erste Bewerberin hochzulassen. Währenddessen stürzte ich Lilly hinterher ins Schlafzimmer. Die kleine Kröte schlüpfte unter das Bett, drehte sich mit dem Kopf in meine Richtung und begann demonstrativ auf meinem Schuh herumzulutschen. Ich versuchte, an die Beute heranzukommen. Keine Chance.

Dafür entdeckte ich etwas anderes, mir noch bestens Bekanntes, das nicht weit weg von Lilly unter dem Bett deponiert worden war. Die kleine blaue Schachtel, die ich bei Neeles Umzug hatte hochtragen wollen. Da stand sie, hinter einer Packung Trockentücher. Ob ich hineinschauen sollte? Nur einmal ganz kurz?

»Alles okay?«, rief Neele. »Wo bist du?«

»Hier!«, ich liebäugelte immer noch mit dem Karton. Ein Blick. Das konnte doch nichts schaden. Ich griff nach dem Pappdeckel.

»Was machst du denn da?« Neele stand im Türrahmen, und ich zuckte zusammen. »Ich versuche Lilly zu erwischen«, keuchte ich, während mir die Röte ins Gesicht schoss.

»Lilly, Fuß.« Die Hündin robbte unverzüglich unter dem Bett hervor und ließ sich meinen Turnschuh aus dem Maul ziehen. Ein bisschen versabbert war er, ansonsten aber unversehrt.

Zu dritt gingen wir in die Küche. Neele streifte mich dabei mehrfach mit einem kritischen Seitenblick. War sie misstrauisch? Wegen der Schachtel? Es kam mir zwar etwas seltsam vor, aber irgendwie hatte ich das Gefühl, dass sich in diesem unscheinbaren Behältnis ein Geheimnis verbarg. Oder sah ich Gespenster? Vielleicht sollte ich mir einfach weniger Gedanken machen. Und, wenn sich die Gelegenheit bot, einfach mal einen Blick in diese Schachtel werfen.

In der Küche stellte Neele mir Jenny Kramer vor. Zu Jenny Kramer gab es nicht viel zu sagen außer: kurzer Rock, kurzes Top, hohe Absätze. Selbst mir war gleich klar, dass sie bei der Arbeit besser ein zweckmäßigeres Outfit tragen sollte.

»Am besten zeige ich Ihnen jetzt einmal die ganze Wohnung.«

»Gerne.«

»Ich habe Parkettboden.« Neele blickte auf Jennys Stöckelschuhe.

»Schön. Sehr schön.«

»Wegen Ihrer Absätze.«

Die Kandidatin sah ebenfalls auf ihre Schuhe. »Ist kein Problem, ich rutsche schon nicht aus.« Neele schnaufte hörbar auf. »Frau Kramer, das gibt Kratzer. Ziehen Sie bitte Ihre High Heels aus.«

»Ach so!« Sie streifte ihre Schuhe ab und stand nun barfuß mit violett lackierten Nägeln im Flur. Nach einer kurzen Besichtigungsrunde, der ich schweigend beiwohnte, verabschiedeten wir uns wieder von der Kandidatin. »Das war nichts«, resümierte Neele.

Zwanzig Minuten später klingelte es erneut. Mathilde Bergmann, ein Bayernimport Ende fünfzig, betrat den Wohnungsflur. Sie trug zwar keine Kittelschürze, sondern ein gestreiftes Leinenkleid, hatte aber einen Korb dabei, aus dem zwei pinke Putzmittelflaschen und kanariengelbe Gummihandschuhe herausschauten. Sie war mit ihren geschätzten achtzig Kilo weniger wendig als ihre Vorgängerin, hatte aber in den mächtigen Oberarmen bestimmt mehr Kraft.

»Gggrrrrrhr.« Beim Anblick der kanariengelben Gummihände kam Lilly aus ihrem Häuschen geschossen. Sie baute sich vor Frau Bergmann auf und knurrte mit gesträubtem Rückenfell wie wahnsinnig los. Normalerweise hätte ich die Augen verdreht, in Neeles Nähe verzichtete ich natürlich darauf.

»Komm her!« Neele klopfte auf ihre Oberschenkel. Lilly stellte ihre Gremlin-Stehohren auf Durchzug.

»Was bist du denn fia a Zamperl?« Frau Bergmann kniete sich auf den Boden, was von einem kehligen Knurren quittiert wurde. Als wäre ihr der Teufel in Gestalt von zwei gelben Gummihandschuhen erschienen, postierte sich Lilly mit aufgesträubtem Rückenfell im Türrahmen und ließ die Fremde nicht mehr aus den Augen.

Frau Bergmann machte im Gespräch einen sehr motivierten Eindruck. Sie glänzte mit langjährigen Putzerfahrungen und hatte ziemlich genaue Vorstellungen von ihrer Bezahlung und den Arbeitszeiten. Im Vergleich zu der Vorgängerin war sie unflexibler und teurer, aber möglicherweise besser – und darauf kam es an.

»Das hat keinen Wert«, meinte Neele nach dem Gespräch. »Lilly mag sie nicht.«

»Das waren doch nur diese Gummiteile. Wenn ich Latex sehe, fange ich auch immer an zu knurren.«

Als ich Neeles irritierten Blick sah, ergänzte ich schnell: »Frau Bergmann könnte barhändig putzen.«

»Warten wir lieber noch auf die Dritte.«

»Was ist das für eine?«

»Eine Studentin. Am Telefon klang sie ganz nett.«

Zehn Minuten später klingelte Irina Petrow. Schon nach dem ersten Händeschütteln gab ich ihr einen heimlichen Spitznamen: die Elster. Irina hegte offenbar eine ausgeprägte Vorliebe für Glitzer-Accessoires. Nicht nur, dass ihre Ohrringe wie Mini-Discokugeln aussahen, ihr T-Shirt wartete zu allem Überfluss mit Silberpailletten und ihre Sandalen mit Strasssteinchen auf. Sogar der Bügel ihrer Hornbrille war mit Glitter besetzt. Die Abendsonne spiegelte sich in jedem noch so kleinen Glitzermolekül, sodass ich blinzeln musste. Auch Lilly saß in ihrem Körbchen und beäugte mit neugierigen Kugelaugen die junge Bewerberin, bevor sie auf ihre Silbersandalen zutrippelte und diese beschnupperte.

»Ja, challo, du aber ein Süßer bist«, sagte Irina. Ihr russischer Akzent würde Mats sofort verzaubern, das war klar. »Danke, sehr freundlich, aber seit wann duzen wir uns eigentlich?«, fragte ich mit bemüht ernstem Gesichtsausdruck. Einen Moment lang starrte sie mich an, dann brach sie in schallendes Gelächter aus.

»Sie ein Spaßkeks!«

Ich lächelte. Mats wäre stolz auf mich. Endlich mal ein Spruch, der richtig gut ankam! Neele lächelte ebenfalls und startete das Bewerbungsgespräch. Irina war mit allen Vorgaben einverstanden, zeigte sich bei den Arbeitszeiten flexibel und hatte keine allzu hohen Gehaltsansprüche. Ihre professionelle Einstellung überzeugte nicht nur mich.

»Wenn Sie möchten, sehen wir uns nächsten Montag zu einem Probenachmittag!«, sagte Neele. Irina nahm das Angebot dankend an. Als sie die Tür geschlossen hatte, schenkte mir Neele ein Zebra-Lächeln. »Das ist besser gelaufen, als ich gedacht hatte.«

Ich wollte zur Feier des Tages gerade einen zünftigen Schlager à la »Eine neue Putzfrau ist wie ein neues Leben« anstimmen, da klingelte Neeles Handy, beziehungsweise es bellte. »Das ist sicher meine Mutter«, sagte sie. »Die wollte unbedingt wissen, wie es heute Abend gelaufen ist.«

Ich grinste. Besorgte Mütter. Noch eine Gemeinsamkeit, die uns beide verband! »Ich rufe sie lieber mal direkt zurück, bevor sie sich noch Sorgen macht.« Ganz unverhofft nahm mich

Neele in den Arm. Ich war so perplex, dass ich kurzzeitig das Atmen einstellte und mich rebstockartiger aufführte, als es mir lieb war. Wie durch einen Nebel hindurch nahm ich ihr Parfum wahr, das wie schon beim letzten Mal nach Kokosnuss roch. »Danke für deine Hilfe.« Sie drückte mir einen Kuss auf die Wange. Die Knie sackten mir für den Bruchteil einer Sekunde weg, und ich musste mich an der Wand abstützen.

»Kein Problem.« Um nicht wie versteinert dazustehen, schlüpfte ich in meine Turnschuhe, was bei dem von Lilly bearbeiteten ein feuchtfröhliches Vergnügen war. Dann streckte ich Neele meine rechte Hand hin, zog sie wieder zurück, weil mir die Geste doch zu förmlich vorkam, machte einen Schritt in ihre Richtung, zögerte und beschränkte mich schließlich auf ein lässiges Winken. Sie winkte zurück. Den ganzen Abend über war ich so überwältigt, dass ich gar nicht mehr aufhören konnte zu grinsen. Unser erster Kuss! Der Beginn einer neuen Zeitrechnung.

Kapitel 14

Das Bett zu verlassen empfand ich schon immer als Zumutung. Jeden Morgen das gleiche Trauerspiel: Meine Beine schienen vor elf Uhr aus Magneten zu bestehen, die mit unbezwingbaren Naturkräften von meiner Matratze angezogen wurden. Hatte ich sie dann gegen alle Widerstände aus dem Bett gewuchtet, führten sie sich auf, als müssten sie einen Sack Zement hinter sich herziehen. Der Weg vom Bett zur Toilette zog sich endlos dahin, meine Wohnung schien das Achtfache ihrer Fläche angenommen zu haben. Zu guter Letzt musste ich auch noch zwei winzige Kontaktlinsen in die Sandwüste meiner Augen prügeln.

An diesem Montag war alles anders. Als ich am Morgen noch vor dem Weckerklingeln erwachte, fiel mir als Erstes auf, dass ich lächelte. Ungläubig tastete ich im Halbschlaf nach meinen Mundwinkeln. Ohne Zweifel – sie wiesen beide in Richtung Stirn. Das war mir seit Ewigkeiten nicht passiert. Aber es kam noch besser. Trotz der frühen Uhrzeit hatte ich keine Probleme damit, das Bett zu verlassen. Im Gegenteil! Meine Beine führten sich auf, als müssten sie sich für einen Marathon aufwärmen. Sie sprinteten zur Toilette, in die Küche, ins Bad. Sie federten die Treppe hinunter, auf die Straße, Richtung Garage. Da ich an diesem Tag eine Viertelstunde früher als gewöhnlich das Haus verließ, begegnete ich auf der Straße meinem Vermieter, dem ich sonst mit großer Gewissenhaftigkeit aus dem Weg ging.

»Guten Morgen, Herr Keppler!«

»Rrrrh-pff.«

»Heute wird es bestimmt wieder so richtig schön warm.«

»Einunddreißig Grad.«

»Vielleicht bekommen Sie ja hitzefrei.«

»Rrrrh-pff.«

Ich schwang mich auf den Ledersitz meines Motorrads und fuhr los. Nicht nur der Weg zur Garage, auch der Weg nach Köln erschien mir heute kürzer als sonst. Beschwingte Neele nicht nur mich, sondern auch meinen Fahrstil? Oder lag es ganz einfach daran, dass ich vor dem morgendlichen Berufsverkehr losgefahren war? Egal. Ich legte noch einen Zwischenstopp bei der Tankstelle ein und tankte für genau dreißig Euro. Ein guter Tag.

Beim Kölner Blatt angekommen, wartete ich auf Mats, um ihm die spannenden Neuigkeiten zu erzählen. Entgegen meiner Erwartung reagierte er alles andere als euphorisch.

»Schön, schön«, brummte er bloß.

»Ein bisschen mehr Begeisterung bitte.«

»Noch hast du die Schnitte nicht auf dem Teller.«

»Unser erster Kuss, Mats!«

»Auf die Wange.«

»Und sie war supernett zu mir!«

»Weil du ihr geholfen hast.«

»Freu dich doch mal für mich, Mensch«, bockte ich.

»Ich will nur nicht, dass du dir zu viele Hoffnungen machst.«

»Wie großmütig. Und warum, wenn ich fragen darf?«

»Nur so ein komisches Gefühl.«

»Bei dir und deinen Tussis hab ich auch immer so komische Gefühle.« Eingeschnappt tappte ich neben meinem Kumpel die Treppe hinauf und schwieg. Wenn es bei mir mit den Frauen nicht lief, hatte Mats sofort gute Ratschläge parat, aber einen Erfolg schien er mir nicht zu gönnen. Ob er neidisch war?

Oben angekommen trafen wir auf Christiane, die mal wieder mit Helena aus der Buchhaltung tuschelte. Als wir näher kamen, verstummten beide.

»Morgen, die Damen«, grüßte Mats.

»Hallo.« Christiane sah mich mit großen Augen an.

»Ist was?«

»Florian, du sollst sofort zum Chef kommen.«

»Warum?«

»Weiß nicht.«

Bestimmt ging es um die Hippelmann-Affäre. Vielleicht hatte die gute Frau mittlerweile mein Weinpräsent erhalten und sich bei Schülke gemeldet, um ihm zu sagen, dass die Sache damit für sie aus der Welt geräumt war.

Das Büro meines Chefs lag ganz am Ende des Gangs. Streber-Kai verließ gerade den Raum mit einem Aktenstapel in der Hand. Als ich kurz stehen blieb, um ihn nach Schülkes Stimmung zu fragen, klopfte er mir wortlos auf die Schultern. In seinem Blick war ein Hauch von Bedauern zu lesen. Verwirrt ging ich weiter.

Schülke saß hinter seinem perfekt aufgeräumten Eichentisch und deutete mit einer zackigen Handbewegung, bei der mir seine @-förmigen Manschettenknöpfe auffielen, auf den Besucherstuhl. »Herr Ziesel, ich will Sie nicht lange auf die Folter spannen.« Er zog einen Umschlag heran. Einen gewöhnlichen Briefumschlag. Weiß, länglich, mit Sichtfenster. Ich glaubte meine Anschrift entziffern zu können, und auf einmal fühlte ich einen tennisballgroßen Eisklumpen im Magen.

»Ich spreche Ihnen hiermit die Kündigung aus«, fuhr Schülke fort. »Und zwar fristlos.« Er fixierte mich durch seine Hornfenster hindurch. Starr, wie ein Falke kurz vor dem Sturzflug auf seine Beute. Ich konnte diesem Blick nur mit Mühe standhalten und klammerte mich an die Stuhllehnen, welche deutlich kühler waren als meine Handflächen. »Ich verstehe nicht.«

»Sie haben richtig gehört. Wir werden zukünftig auf Ihre Mitarbeit im Kölner Blatt verzichten.« Ich konnte seinen Worten nur mit Mühe folgen, da der Eisklumpen in mir mit jedem Satz größer wurde und schließlich meinen gesamten Brustkorb ausfüllte. Ich bekam fast keine Luft mehr. Von meinen Abmahnungen war die Rede, von Frau Hippelmann, meinem Arbeitsverhalten, den schlechten Monatsbilanzen – und von einer Kundengruppe, die ich nicht bedient, sondern auf eine Rabattaktion aufmerksam gemacht hatte. »Eine Rabattaktion, die es nie gegeben hat, Herr Ziesel.«

Der Junggesellentrupp! Dass die sich überhaupt an meinen Namen erinnert hatten, und dann auch noch an meine Notlüge!

»Aber Herr Schülke«, rief ich und verdrängte für einen Moment den Eisklumpen, »diese Männer waren betrunken! Es war halb sechs. Ich musste sie loswerden!«

»Das ist Arbeitsverweigerung. Und im Zusammenhang mit den vorangegangenen Abmahnungen ein Kündigungsgrund.«

»Sie machen wohl Witze.«

»Das ist kein Kavaliersdelikt, Herr Ziesel, sondern ein gravierender Verstoß gegen Ihre arbeitsvertraglichen Pflichten.«

Ich trommelte mit meinen Fingern auf der Stuhllehne herum. »Sie wollen mich doch bloß loswerden!«

»Unsere Rechtsabteilung erklärt Ihnen die Lage bei Bedarf gerne genauer.«

»Geben Sie wenigstens zu, dass Frau Hippelmann ihre Finger im Spiel hat!« Ich sprang auf und stemmte die Hände in die Seiten. Schülke blieb völlig gelassen.

»Auf Wiedersehen, Herr Ziesel.«

»Das ist doch der totale Beschiss!«

»Auf Wiedersehen.«

Er meinte es ernst. Benommen nahm ich den Umschlag mit dem schriftlichen Beweis für die Katastrophe in Empfang.

Wie in Trance rappelte ich mich hoch und knallte die Tür hinter mir zu. Mein Kopf brummte, als hätte mir Schülke einen Briefbeschwerer übergezogen.

Ich war draußen.

Kapitel 15

»Hallo Schätzchen! Ich bin nächsten Samstag in Köln und würde gerne mal nach dir sehen.«

»Samstag. Da weiß ich jetzt gar nicht …«

»Passt dir achtzehn Uhr?«

Ich unterdrückte ein Seufzen. »Klingt traumhaft.«

»Ist doch schön, dass wir uns mal wieder treffen.«

»Sag ich doch.«

»Aber wie.«

»Wie ein liebender Sohn zu seiner sorgenden Mutter.«

Ich ließ mich auf mein Sofa fallen und legte die Füße auf den Couchtisch. »Dein Besuch hat nicht zufällig etwas mit dem Kölner Blatt zu tun?«

»Was? Nein, natürlich nicht.«

»Du weißt, wovon ich spreche, oder?«

Meine Mutter räusperte sich. »Claudia hat mir alles erzählt.«

Schülkes goldbebrillte Assistentin. Das hätte ich mir ja denken können. Über sie hatte mir meine Mutter damals den Job vermittelt. Sie war schon immer eine alte Tratschtante gewesen und mit Sicherheit parteiisch.

»Lass mich raten: Sie hat mich als Versager und untragbare Witzfigur dargestellt.«

»Mit Ruhm hast du dich nicht gerade bekleckert.«

»Schülke wollte mich loswerden.«

»Herr Schülke sucht motivierte Mitarbeiter, die sich benehmen können.«

»Bin ich. Kann ich.«

»Das sieht Claudia anders.«

»Dann braucht sie wohl eine neue Brille.«

Wir hätten noch stundenlang weiterdiskutieren können, doch zum Glück klingelte es in dem Moment an der Tür, und ich betätigte mit Nachdruck den Aus-Knopf meines Telefons. Als ich öffnete, standen Mats und Gerd vor mir.

Wie meine beiden Kumpels berichteten, hatte sich die Nachricht über meine morgendliche Kündigung kugelblitzartig im ganzen Haus verbreitet. Die Aufregung war enorm gewesen. Nicht dass ich bei der Arbeit je viele Freunde gehabt hätte, aber die Kollegen hatten natürlich Angst bekommen. Angst, dass sie das gleiche Schicksal wie mich ereilen könnte. Schon oft waren Gerüchte hochgekocht, dass die Geschäftsleitung Mitarbeiter einsparen wollte. Vielen erschien meine Entlassung als böses Vorzeichen.

Gerd war völlig aufgelöst und beschwor mich immer wieder, gegen die Kündigung vorzugehen. »Das ist nicht korrekt gelaufen! Damit kommt Schülke vor Gericht niemals durch!«

»Vergiss es. Prozesse sind nichts für mich.«

»Ich leite alles für dich in die Wege.«

»Danke, ich verzichte. Ich habe in dem Laden sowieso schon viel zu lange gearbeitet.«

»Komm, Flori, wir ziehen das zusammen durch. Ich helfe dir.«

Gerds Hilfsangebot rührte mich. Ich wusste, dass ihn jedes Unrecht bis ins Innerste seines Mimosendaseins erschütterte. Nicht umsonst hatte er nach dem Abitur ein paar Semester Jura studiert. Trotzdem konnte ich ihm den Wunsch, als Kämpfer für einen Unterdrückten groß rauszukommen, nicht erfüllen. Gerd gab schließlich auf, mich vom Gegenteil zu überzeugen. Mats nutzte die Gelegenheit, um zu einer flammenden Rede über unerwartete Chancen anzusetzen. »Endlich kannst du etwas Sinnvolles aus deinem Leben machen!«, tönte er. »Eine Ausbildung. Ein Studium. Irgendetwas mit Motorrädern. Du bist zweiunddreißig, Flori. Wenn nicht jetzt, wann dann?«

Seine Begeisterung nervte mich. »Wenn du diese Anzeige nicht verunstaltet hättest, müsste ich mir über meine Zukunft gar keine Gedanken machen.«

»Willst du mir jetzt etwa deine Kündigung in die Schuhe schieben?«

»Vergiss es.« Für einen handfesten Krach fehlte mir die Kraft. Ich starrte mit trübem Blick in meinen Kaffee. Etwas Sinnvolles sollte ich also aus meinem Leben machen. Was war denn in meinem Alter schon sinnvoll? Die Idee mit dem Abitur und dem Fahrzeugbau geisterte mir zwar immer noch im Hinterkopf herum, aber in erster Linie brauchte ich Geld. Mir war auch schon fast egal, wo ich arbeitete, Hauptsache, ich konnte die Raten für mein Motorrad abbezahlen.

Die Sache hatte nur einen Haken: Einen Job findet man fast genauso schwer wie eine Frau. Mein Hauptproblem in beiden Fällen war, dass die meisten, auch wenn sie auf den ersten Blick attraktiv wirkten, einfach nicht zu mir passten. Außerdem stellten viele zu hohe Ansprüche, oder es waren jüngere beziehungsweise gebildetere Mitstreiter gesucht. Für meine jetzige Situation rechnete ich mir deshalb keine allzu großen Chancen aus. Welcher Arbeitgeber leckte sich schon nach einem Zweiunddreißigjährigen ohne richtige Berufsausbildung die Finger? Im Kölner Blatt hatte ich eine Einarbeitungsveranstaltung und zwei Schulungen besucht, in denen es ausschließlich um die Funktionsweise der Anzeigen-Software gegangen war. Dass ich damit nicht auf der Karriereleiter emporschießen würde, war klar.

Mit gemäßigtem Optimismus surfte ich am Abend im Internet herum und graste alle möglichen Jobportale ab. Auf den ersten Blick war kein auch nur annähernd geeignetes Angebot zu finden. Auf den zweiten Blick auch nicht. Fahrradkurier bei einem Pizza-Service? Bei meiner Kondition würde ich den hungernden Kunden höchstens eiskalte Teigplatten ausliefern. Als Putzhilfe war ich natürlich ebenfalls ungeeignet. Und Blutspender? Die waren immerhin gefragt. Aber leider wurde mir schon bei dem Gedanken an Spritzen so schlecht, dass ich mich am liebsten in die stabile Seitenlage gelegt hätte.

Ich sah es schon kommen: Die Suche nach einem neuen Job würde genau wie die Suche nach einer passenden Frau viel Zeit in Anspruch nehmen. Dumm war nur, dass mir die Zeit langsam davonlief. Außerdem hatte Suchen noch nie zu meinen Hobbys gehört. Als Kind schon fand ich es völlig weltfremd vom Osterhasen, meine Schokoeier aufwendig hinter irgendwelchen Blumenkübeln zu verstecken, anstatt sie mir zwanglos in die Hand zu drücken.

Die folgenden zwei Tage standen ganz im Zeichen der Arbeitssuche. Ich meldete mich bei der Agentur für Arbeit, studierte die Stellenanzeigen in diversen Tageszeitungen und versandte Blindbewerbungen an zwei Kölner Motorradläden. Aber ich ahnte schon, dass die Aussichten auf Erfolg gering sein würden. Die Anforderungen meiner potenziellen Arbeitgeber waren einfach zu problematisch. Ich war nun mal kein dreißigjähriger Akademiker mit zwanzigjähriger Berufserfahrung – und das würde sich auch auf lange Sicht hin nicht ändern.

Am Donnerstag fühlte ich mich so erledigt, als hätte ich monatelang in einem Bergwerk geschuftet. Ich hatte keine Ahnung mehr, wie ich meinen Körper davon überzeugen könnte, das Bett zu verlassen. Als es gegen Mittag klopfte, war ich immer noch nicht aus meinem Schlaf-Outfit, einer Trainingshose und einem Bärenmarke-Shirt, herausgekommen. Verstrubbelt und unrasiert öffnete ich die Tür.

»Hallo Neele.« Unter normalen Umständen hätte ich mich natürlich über den unerwarteten Besuch gefreut, vielleicht auch wegen meines verlotterten Zustandes geschämt, heute jedoch konnte ich mir kaum eine Begrüßung über die Lippen quälen.

»Ist alles in Ordnung?«

Ich schüttelte den Kopf. In diesem Moment wurde mir mal wieder klar, wie erschreckend schnell sich die Dinge ändern können. Bei unserem letzten Treffen hatte ich die Welt in Hellrosa aufleuchten gesehen, heute war nicht nur meine Hautfarbe fahl. Keine Spur von alpha mehr.

»Kann ich reinkommen?«

Schlapp, als hätte ich drei Nächte lang durchgefeiert, bat ich sie in die Wohnung, hockte mich aufs Sofa und erzählte, was passiert war. Neele setzte sich neben mich, hörte zu, verstand. »Und wie geht es mit dir jetzt weiter?«, fragte sie, als ich geendet hatte.

»Keine Ahnung.«

Ich raufte mir die fettigen Haare. Vor meinem geistigen Auge zog mein Motorrad vorüber, das ich womöglich bald wegen der unbezahlbaren Raten zurückgeben musste. Und die Wohnung in Neele-Nähe, die ich mir nicht mehr leisten konnte. Mein Klappergolf. Das Notebook. Mein Handy. Ich seufzte tief. Neele klopfte mir mit ihrer rechten Hand auf den Oberschenkel.

»Das wird schon.«

»Weiß nicht.«

»Bestimmt.«

Minutenlang sprach keiner von uns ein Wort. Eine Fliege kreiste über einem Pizzakarton, es interessierte mich nicht. Irgendwann räusperte sich Neele.

»Sag mal, Florian, weswegen ich eigentlich vorbeigekommen bin: Ich wollte am Sonntag zum Traktorrennen gehen. Hast du zufällig Lust, mitzukommen?«

»Zur Trecker Trophy?« Ich starrte abwesend auf die Spitzen meiner Turnschuhe. Graues Wildleder. Männlich, lässig, herb. Das Nachfolgemodell in Sandbeige würde ich mir wahrscheinlich nicht mehr leisten können. »Weiß nicht.«

»Komm schon, das wird bestimmt witzig. Das soll doch hier das absolute Highlight sein«, sagte Neele, doch ich reagierte nicht, weil mir in dem Moment einfiel, dass ich auch dringend neue Motorradschuhe brauchte.

»Florian?«

»Was?«

Neele stand auf und tätschelte mir die Schulter. Noch vor wenigen Tagen hätte mich ihre Berührung unter Hochspannung versetzt, heute passierte gar nichts.

»Ich lass dich jetzt besser mal.« Sie sah mich noch einmal mitleidig an und schloss die Tür hinter sich. Ich blieb auf dem Sofa sitzen, ließ meinen Blick zur Decke wandern und nahm ein ausgiebiges Bad in Selbstmitleid.

Als es irgendwann am späten Nachmittag klopfte, hatte sich weder an meiner Lage noch an meinem Look und schon gar nicht an meiner Laune etwas verändert. Wieder stand Neele auf der Fußmatte.

»Darf ich reinkommen?« Sie wartete meine Antwort gar nicht erst ab, durchpflügte den Flur und baute sich im Wohnzimmer auf. Ich ließ mich auf das nächstbeste Sofakissen fallen. Neele sah mir direkt in die Augen. »Ich habe eine Idee, wie wir dein Jobproblem lösen können.«

»Was denn für eine Idee?«

»In Lillys Hundehotel wird noch Personal gesucht.« Ich verzog meinen Mund zu einem schiefen Lächeln und schüttelte den Kopf.

»Die bezahlen bestimmt nicht schlecht.«

»Mit Hunden kenne ich mich nicht aus.«

Dass ich diese Fellträger nicht gerade ins Herz geschlossen hatte, musste ich ihr ja nicht unbedingt auf die Nase binden. Ich in einer Hundepension! Das war so absurd, als sollte ein Vegetarier Produkttester im Fleischwarengroßhandel werden. Ein Ding der Unmöglichkeit. Nach allem, was mir Neele bisher über diese Nobelherberge erzählt hatte, waren die Mitarbeiter den ganzen Tag damit beschäftigt, verzogenen Fellhintern diamantbesetzte Futterschälchen zu reichen und hochwohlgeborene Hundehaufen heiligzusprechen. Niemals.

»So schwer wird das nicht sein. Außerdem suchen die Leute für die Rezeption, da hast du nicht viel mit Hunden zu tun.«

»Mhm.«

Neele stemmte ihre Arme in die Hüften und warf ihre Locken zurück. »Jetzt lass dich nicht so hängen und freu dich gefälligst mal! Das ist vielleicht die Chance für dich!«

»Ich weiß nicht.«

»Aber ich. Oder willst du für den Rest deines Lebens hier rumhocken und an die Decke starren?«

Ich schüttelte nachdenklich den Kopf. Wenn man es von der Beziehungsseite her betrachtete, war die Idee vielleicht gar nicht so verkehrt. Immerhin hätte ich die Möglichkeit, Neele häufiger zu treffen, eine weitere Facette von ihrem Leben kennenzulernen. Außerdem war die Arbeit vielleicht gar nicht so unmännlich. Als Rezeptionist wäre ich schließlich eine Art Türsteher. Ein Wachmann. Oder auch Stierkämpfer, je nach Temperament der anwesenden Hunde. Das klang durchaus nach einem Job für Alpha-Männer.

»Na gut. Dann versuche ich mal mein Glück.« Ich riskierte ein zaghaftes Lächeln. Das erste für heute. Neele setzte sich neben mich und tätschelte meinen rechten Oberschenkel. Ein Hauch von Kokos wehte zu mir herüber. »Und schon sieht die Welt nicht mehr ganz so düster aus, oder?«, sagte sie. Ich streckte meine vom Herumlungern schmerzenden Knochen und nickte. Eigentlich war es wahnsinnig nett, dass sich Neele solche Gedanken um mich und meine Zukunft machte. »Danke für den Tipp«, sagte ich.

»Kein Thema.« Sie klatschte geschäftig in die Hände. »Und

jetzt geh mal raus an die frische Luft und fahr eine Runde Motorrad. Das wird dir guttun.«

»Ja, Mama.« Ich grinste. »Oder sollen wir zur Feier des Tages was trinken gehen?«

Neele winkte ab. »Geht nicht, ich muss gleich weg. Wir verschieben das auf Sonntag und gehen zur Trecker Trophy.«

Ich wagte ein zweites Lächeln. Ein Date und eine Job-Idee. Wer hätte gedacht, dass aus diesem Tag doch noch etwas werden würde!

Kapitel 16

Leider stand vor meiner Verabredung mit Neele noch ein Termin an, der meine Vorfreude erheblich trübte: der Besuch meiner Mutter. Dieses Ereignis fand zwar höchstens ein Mal im Jahr statt, war aber stets mit einem fast unerträglichen Aufwand verbunden. Aufräumen, Spülen, Saugen und Putzen standen auf dem Programm. Meine Lieblingsbeschäftigungen. Leider führte kein Weg daran vorbei. Kurz nach meinem Einzug war ich so nachlässig gewesen, im Vorfeld einer Elternvisite keinen Finger krumm zu machen. Ein schwerer Fehler. Der Aufschrei meiner Mutter, die sich aufführte, als hätte sie eine Messie-Wohnung betreten, klang mir heute noch im Ohr. Ihr anschließender Vortrag über Hygiene dauerte fast vierzig Minuten und brachte mich an die Grenzen dessen, was ein Sohn ertragen kann. Seitdem hatte ich mir geschworen, vor jedem ihrer Besuche einen Großputz zu veranstalten.

Ein Tag blieb mir, um das Chaos zu richten. Am nötigsten hatte es die Küche, und mit dieser startete ich am Freitagvormittag. Motiviert bis in die letzte ungeduschte Haarspitze ließ ich Wasser in das Spülbecken ein, entfachte ein Schaum-Inferno und schrubbte mein verkrustetes Geschirr, als würde ich pro Einzelteil honoriert werden. Eine halbe Stunde später reinigte ich mit gemäßigterem Tempo und ebensolcher Begeisterung den Campingtisch, die Arbeitsplatte und die eingestaubte Fensterbank. Als Letztes war der Boden an der Reihe. Ich verspritzte eine zitronige Scheuermilch und moppte planlos auf den Fliesen herum. Um Viertel nach zwölf war der Küchenboden voller Schlieren und ich komplett erledigt. Zeit für eine Kaffeepause.

Eine Stunde später war meine Putz-Motivation vollends verflogen. Der Flur war immer noch die reinste Müllhalde, und die Fenster wirkten so trübe, als hätte ich mir sandfarbene Milchglasscheiben einsetzen lassen. Was tun? Ich warf einen Blick auf die Straße. Der Polo von Neeles Putzfrau parkte vor der Tür. Vielleicht könnte sie ein paar Aufgaben übernehmen? Gegen Bezahlung natürlich. Ein Versuch war es wert. Ich wischte mir den Schweiß, der sich schon beim Anblick des Flures auf meiner Stirn gebildet hatte, ab und stapfte die Treppe hinauf.

»Hallo, Neele!«

»Was machst du denn hier?«

»Ich wollte Irina was fragen.«

»Irina?«

»Es geht um ihre Arbeit.«

»Seit wann interessierst du dich für Irinas Arbeit?«

Ich lächelte schief. »Seit meine Mutter zu Besuch kommt und das Tageslicht durch die Fenster sehen will.«

»Ach so, ich dachte schon, du würdest dich für einen Putzjob interessieren.«

»Hör bloß auf.«

»Ich habe mal unverbindlich die Lage in Lillys Hotel gecheckt. Sie suchen immer noch dringend Leute.«

»Klingt gut«, sagte ich. »Dann werde ich mich gleich heute Abend an die Bewerbung setzen.«

»Prima.« Neele hielt den Türgriff immer noch in der Hand und schien schon wieder vergessen zu haben, dass ich eigentlich zu Irina wollte. »Kann ich kurz?«, fragte ich.

»Ach so. Ja.« Sie öffnete die Tür. Die Elster Irina räumte gerade eine Kaffeetasse in die Spülmaschine. Nicht nur ihre kolibrifarbenen Fingernägel glänzten wie frisch lackiert, auch ihr Dekolleté sah aus, als ob sie es mit Glitzermolekülen bestäubt hätte. Sie begrüßte mich mit ihrem russisch klingenden »Challo«.

»Florian möchte dich in deiner Funktion als Reinigungsexpertin etwas fragen«, sagte Neele.

»Genau. Ich wollte wissen, ob Sie mir einmalig bei der Hausarbeit helfen könnten. Ich komme alleine nicht klar.«

»Helfen?«

»Wenn Sie hier fertig sind. Heute Abend. Egal wann.«

»Heute?«

»Zum gleichen Stundenlohn natürlich.«

Neele ließ ihren Blick wie ein Zuschauer eines ziemlich lahmen Tennismatches zwischen uns hin- und herwandern.

»Das ich schaffe leider nicht«, sagte Irina. »Fahre ich noch an die Uni nachher.«

Ich zog bedauernd die Unterlippe hoch. »Schade. Dann muss ich wohl selbst ran. Hätten Sie denn vielleicht einen Tipp, wie man am besten Fenster putzt? Mit Zeitungspapier, ist das richtig?«

Irina sah mich entgeistert an. »Mit Zeitungspapier?«

»Ja, oder wie machen Sie das hier?« Ich warf einen Blick auf Neeles Küchenfenster, die auch schon mal durchsichtigere Zeiten erlebt hatten – und stutzte. Da stand er wieder, der kleine blassblaue Schuhkarton. Auf dem Fensterbrett. Verschlossen. Drei dicke Gummibänder sicherten mittlerweile den Deckel. Was in aller Welt mochte sich bloß darin verbergen?

Ich kam gar nicht zum Nachdenken, genauso wenig wie Irina zum Antworten, denn Neele sah mich scharf an, klatschte in die Hände und griff nach ihrem Portemonnaie. »So, Irina möchte jetzt sicher weiterarbeiten. Florian, hier hast du zwei Euro, kauf dir im Lembacher Märktchen Glasreiniger.«

»Wie jetzt?« Ich starrte noch auf die Münze in meiner Hand, da hatte sie mich auch schon hinausgeschoben. Geplättet fand ich mich im Treppenhaus wieder. Wieso kehrte mich

Neele auf einmal so lieblos zur Tür hinaus? Gestern noch war sie so verständnisvoll und lieb zu mir gewesen! Ob der Rausschmiss etwas mit der kleinen blauen Schachtel zu tun hatte? Ich versuchte, den Gedanken zu verdrängen, doch er ließ mich den ganzen Tag über nicht wieder los.

Samstag, der erste Juni. Pünktlich um achtzehn Uhr betrat meine Mutter eine mäßig saubere Wohnung mit beinahe streifenfreien Fenstern. Trotz ihrer ökologisch wertvollen Alltagskleidung, die heute aus einer garantiert fair gehandelten Wickelbluse und einer unrauchbaren Hanf-Jeans bestand, wirkte sie modischer, als es mein ehemaliger Chef Schülke je sein würde. Als Erstes riss sie meinen Kühlschrank auf, den ich gestern in weiser Voraussicht ausgewischt hatte. Tatsächlich hatte sie Tupperdosen mit Möhren, Kartoffeln und einem biologisch abbaubaren Putenschnitzel im Gepäck.

»Mama, ich bin zweiunddreißig. Ich kann kochen!«

»Schätzchen, ich weiß, wie du kochst. Das ist keine Ernährung.«

»Ja, Muttchen.«

»Nenn mich nicht Muttchen. Ich bin keine alte Frau!«

»Natürlich nicht, Muttchen.«

Sie zupfte an meinem T-Shirt. »Du musst dir auch mal neue Hemden kaufen. Etwas Buntes. Vielleicht mit Streifen!«

»Tolle Idee.« Ich sah an meinem anthrazitgrauen T-Shirt hinunter, das ich aufgrund seiner Ähnlichkeit zu Neeles Augenfarbe am liebsten die ganze Woche über tragen würde.

»Sollen wir vielleicht morgen eine Runde gemeinsam in die Stadt gehen?«

Ich zuckte instinktiv zusammen. In Gedanken sah ich mich schon an Mamas Hand durch die Kaufhäuser ziehen. Schreckliche Erinnerungen an die Einkaufstorturen meiner Kindheit, an blassgrüne Leinenhemden und entzückte Verkäuferinnen zogen an mir vorüber.

»Nein, Mama, lass mal. Du kannst mir ja etwas Neues zu Weihnachten schenken.«

»Gute Idee, Schätzchen.« Meine Mutter nahm ihr Notizbuch zur Hand und machte sofort einen Eintrag.

»Dieses Ding da«, sie deutete auf ein T-Shirt, das ich zum Lüften an meine Stehlampe gehängt hatte, »musst du auch unbedingt entsorgen.« Dieses Ding da war, genau wie das Regenbogenshirt, ein Geschenk von Mats und Gerd. Ein kanariengelbes T-Shirt, bedruckt mit dem Spruch »Der frühe Vogel hat 'ne Meise.« Angeblich hatte ich diese geistreiche Bemerkung einmal im Rostigen Bert von mir gegeben, als mir eine Verehrerin erzählte, dass sie eine passionierte Frühaufsteherin sei und deshalb leider schon kurz vor Mitternacht nach Hause müsse. In Anbetracht meines damaligen Zustandes fand ich den Spruch durchaus gelungen.

»Ja, Mama. Entsorgen«, sagte ich, ohne diesen Plan ernsthaft in Betracht zu ziehen.

Meine Mutter musterte mich besorgt. »Wie sieht es denn jetzt eigentlich mit einer neuen Arbeit aus?«

»Die Sache läuft.«

»Du hast schon etwas gefunden?«

»Montag gebe ich die Bewerbung ab.«

»Ach wirklich? Und wo?«

Ich machte eine kleine Pause, um dem Moment ein wenig Spannung zu verleihen. »In einem Vier-Sterne-Hotel.«

Meine Mutter lächelte hoffnungsfroh. »Im Dorint?«

»Nein.«

»Mercure?«

»Falsch.«

»Holiday Inn?«

»Im Top Dog Deluxe.«

»Dem Hundehotel?« Meine Mutter atmete hörbar aus. Die Nachricht schien sie zu enttäuschen. Warum eigentlich? Sie war immerhin jahrzehntelang eine begeisterte Hundehalterin gewesen. Auch wenn ich vielleicht nicht den ersehnten sozialen Aufstieg vollziehen würde, gab es doch bei meiner Qualifikation weitaus schlechtere Alternativen.

»Die suchen Leute für die Rezeption«, sagte ich.

»Schätzchen, ich weiß nicht recht.«

»Es ist eine gut bezahlte, sichere Arbeit.«

»Ich könnte dir eine Stelle bei Lisbeth vermitteln. Sie braucht dringend einen Assistenten mit Computerkenntnissen. Das wäre doch etwas Handfestes.«

Das hätte mir gerade noch gefehlt. Lisbeth Kröger, eine Bekannte meiner Mutter, arbeitete als Hausverwalterin in einem winzig kleinen Büro, was besonders deshalb fatal war, weil sie sich hauptsächlich von Knoblauch zu ernähren schien. Schon als Kind hatte ich mich geweigert, ihr Kabuff zu betreten, und an dieser Einstellung hatte sich bis heute nichts geändert.

»Dieser Job ist handfest. Und abwechslungsreich. Ich könnte mit Menschen, Computern und Hunden arbeiten. Das ist besser, als in einem dunklen Büro zu verkümmern. Und Oskar wäre stolz auf mich«, sagte ich.

Die Erinnerung an ihr Malteser-Hündchen schien meine Mutter zu besänftigen. Sie beendete die Diskussion und begann so gemächlich durch mein Wohnzimmer zu schreiten, als besuchte sie eine Kunstausstellung. Ganz klar: Sie war auf der Suche nach Fotos, Lebkuchenherzen oder Haarspangen. Ihr Blick wanderte an meinem relativ staubfreien Regal entlang, fiel schließlich durch die beinahe streifenfreien Fenster. Draußen bellten zwei Hunde. Archimedes und Lilly?

»Da ist ja der liebe Herr Keppler«, sagte meine Mutter prompt. Ich stellte mich ebenfalls ans Fenster und musste zu meinem Leidwesen beobachten, wie sich mein Vermieter mit Neele auf dem Gehweg vor unserem Haus unterhielt. Beide schienen blendender Laune zu sein. Neeles Lachen war nicht zu übersehen. »Wer ist denn das?«, fragte meine Mutter.

»Herr Keppler ist mein Vermieter, weißt du? Soll ich ihn dir vorstellen?«

»Schätzchen, jetzt hör schon auf mit dem Unsinn. Wer die Frau ist, will ich wissen.«

»Neele Pfeiffer, eine Mieterin aus dem Haus.«

»Ah.« Meine Mutter sah ihr neugierig hinterher, und ich befürchtete schon, dass sie aus irgendeinem hinterletzten Zucken in meinem kleinen Zeh herausgelesen hatte, dass die junge Frau mehr als nur eine Mieterin war.

Ich klebte noch einen Moment lang am Fenster und beobachtete das Treiben auf der Straße. Abgesehen davon, dass vom Dorf her ein schwarz glänzender Luxuswagen im Schneckentempo an unserem Haus vorbeifuhr, passierte nichts. Neele und Keppler spazierten die Straße entlang, bogen um die Ecke und verschwanden.

Kapitel 17

Die Lembacher Trecker Trophy war ein Großereignis, das weit über die Grenzen von Nordrhein-Westfalen hinaus Beachtung fand. Warum sich so viele Menschen für knatternde Landmaschinen begeisterten, war mir ein Rätsel. Fünf Stunden lang quälte sich ein Pulk von etwa zwanzig Traktoren über Straßen, Wiesen und Feldwege, veranstaltete dabei einen Lärm, der einer gigantischen Flotte von Düsenjets Konkurrenz machen könnte und wirbelte an manchen Stellen so viel Staub auf, dass einige Festbesucher sogar mit Mundschutz auftauchten. Auf YouTube gab es unzählige Videos von packenden Überholmanövern, Beinahe-Überschlägen und jubelnden Landwirten. Die After-Race-Party auf dem Dorfplatz, das einzig Interessante an diesem Spektakel, dauerte grundsätzlich bis zum Morgengrauen.

Kaum zu glauben, dass sich ausgerechnet Neele für so etwas interessierte. Ich selbst hatte der Trecker Trophy vor Jahren einen Besuch abgestattet und konnte der Sache nichts abgewinnen. Nichts gegen Motorenlärm und Rennatmosphäre – aber bitte nicht mit Maschinen, die ein Flair von Kuhmist und Dünger verbreiteten.

Am Sonntag schlief ich trotz aller Vorfreude bis zum späten Vormittag. Mit einem breiten Grinsen im Gesicht widmete ich mich einem Koffeinfrühstück und räumte in einem Anfall von Aktivismus sogar meine Kaffeetasse weg. Vor dem Haus herrschte bereits Hochbetrieb, ganz Lembach war auf den Beinen. Immer wieder knatterten waldgrüne, rübenrote oder ackerbraune Landmaschinen vor dem Fenster vorbei. Scharen von Rennbesuchern pilgerten durch die Straßen. Den Startschuss für den Wettbewerb hörte ich sogar unter der Dusche. Zum Glück wollte Neele nicht dem kompletten Rennen beiwohnen, sondern lediglich der Endrunde, sodass wir im Anschluss daran direkt zum Partyteil der Veranstaltung übergehen konnten.

Als sie an meine Tür klopfte, öffnete ich mit trommelnden Zehen. »Du willst ohne Fanschal, Fahne und Halstuch los?«, witzelte ich zur Begrüßung und hoffte, dass ich lässiger wirkte, als ich mich fühlte. Neeles Anblick brachte mich heute besonders ins Schwitzen. Mit ihrem roten Minirock und der weißen Seidenbluse sah sie aus wie die Luxusversion eines Boxenluders.

»Ein Fanschal? So ein Quatsch kommt mir nicht ins Haus.« Neele schüttelte sich demonstrativ. »Aber schau mal, was ich für Lilly gekauft habe.« Sie zog eine Art Sturmhaube aus ihrer Handtasche, die an der Oberseite zwei gepolsterte Säckchen für tierische Stehohren besaß. »Ein Schallschutz. Ich kann Lilly nämlich leider nicht zu Hause lassen. Sie ist total aufgeregt, weil draußen so viel los ist.«

Ich betrachtete das grün-gelb geringelte Ungetüm mit fachmännischem Blick. »Schade, dass ich keine größeren Ohren habe.«

Neele schmunzelte, und allmählich beruhigten sich meine Zehen. Der Rausschmiss von Freitag war vergessen.

Mit Lilly im Schlepptau machten wir uns auf den Weg zur Rennstrecke, die unweit von Kepplers Haus mitten durch das Dorf führte und mit Strohballen, Netzen und Flatterbändern gesichert worden war. Wir quetschten uns in eine kleine Lücke zwischen johlende Trecker-Fans, die in Sprechchören »Hans-Jupp! Hans-Jupp!« oder »Schneller, Friedhelm, schneller!« grölten. Neele hielt ihre kleine Sturmhaubenträgerin dicht an sich gedrückt. Lilly schaute sich entspannt das bunte Treiben an. Der Schallschutz schien seinen Zweck zu erfüllen. Vor uns ratterten die Traktoren ihrer letzten Runde entgegen. Trotz des ohrenbetäubenden Lärms war ich auf einmal in Hochstimmung. Neele und ich, zusammen auf einer Trecker Trophy! Das war romantischer als eine Gondelfahrt in Venedig und mitreißender als eine Beachparty im Sonnenuntergang. Ich drückte mich ein paar Zentimeter näher an sie, was sie in dem ganzen Gedränge wohl kaum als plumpen Annäherungsversuch missdeuten konnte.

Ein Traktor mit gelbem Blinklicht auf dem Dach tuckerte an uns vorbei. »Guck mal, die haben sogar ein Safety-Car!«, brüllte ich Neele ins Ohr, um bei dem ganzen Dieselgestank ein paar Moleküle Kokosduft abzubekommen.

»Du Schwätzer.« Sie knuffte mich so fest in die Seite, dass ich ein unmännliches Quietschen nur mit Mühe unterdrücken konnte. »Komm, wir feuern mal die Rennfahrer an«, japste ich. »Nee, lass mal. Sollen wir nicht lieber zum Dorfplatz gehen?«

»Zum Dorfplatz? Da sehen wir doch gar nichts.«

»Die haben sogar eine Leinwand aufgebaut. Zum Public Viewing. Ist bestimmt auch angenehmer für Lilly.«

»Wie du meinst.«

Auf dem Dorfplatz war für Lembacher Verhältnisse zwar ebenfalls viel los, aber weitaus weniger als direkt an der Rennstrecke. Da sich auf drei Quadratmetern höchstens noch eine Person tummelte, war es leider nicht mehr nötig, eng wie zwei Stangenhühner nebeneinander zu stehen. Wir belegten stattdessen einen lauschigen Stehplatz am Dorfbrunnen und beobachteten auf der Großbildleinwand, wie Bürgermeister Guido Thielen die Zielflagge schwenkte.

»Der könnte sich auch mal kämmen«, brummte Neele neben mir. Ich musste schmunzeln. Dieser Thielen war schon ein Unikat. Mit seiner verstrubbelten Mick-Jagger-Frisur wirkte er vom Typ her überhaupt nicht wie ein seriöses Gemeindeoberhaupt, sondern eher wie ein Feierabend-Rocker, der auf dem Weg zur Bandprobe war. Wenn er normale Klamotten anziehen und von diesen komischen Lederslippern auf Turnschuhe umsteigen würde, wäre er mir fast sympathisch.

Die Siegerehrung fand gleich im Anschluss an das Rennen statt. Irgendein Jungbauer bekam von der Rennleitung den Gewinnerpokal überreicht und durfte dem Bürgermeister sowie dem Gemeindebrandinspektor die Hand schütteln. Die Zuschauer jubelten ihm wie einem gefeierten Superstar zu.

»Willst du auch einen Sekt?«, fragte Neele, nachdem der Rest der Platzierten zu Ruhm und Ehre gelangt war und sich die Lembacher Prominenz wieder unter das Volk gemischt hatte. »Lieber noch ein Bier. Aber lass mal, ich geh schon.«

Ich wollte sofort losstürmen, doch Neele hielt mich zurück. »Halte du mal kurz Lilly, ich kümmere mich darum.«

»Ich soll Lilly halten?«

»Oder ist das zu schwierig?«

»Natürlich nicht«, brummte ich eingeschnappt.

»Na dann.« Neele drückte mir Lillys Lederleine in die Hand und verschwand im Gedränge.

Ich sah mich unterdessen auf dem Dorfplatz um. Die After-Race-Party startete mit viel Musik. In der Nähe des Brunnens hatte sich eine Coverband postiert und brachte die Masse mit ›Are You Gonna Go My Way‹ von Lenny Kravitz zum Toben. Da ich im Takt mitwippte und immer mal wieder einen Kennerblick auf den Sänger mit der roten Lederjacke warf, konnte ich von meinem Stützpunkt aus in Ruhe das Gelände überblicken, ohne dass ich aussah wie ein verlassener Pfadfinder, der auf seine Mutter wartete.

Der Andrang an den Getränkeständen musste enorm sein. Selbst nach zwanzig Minuten war Neele noch nicht zurück. Wo sie nur blieb? Auch Lilly wurde langsam unruhig und zerrte immer wieder an ihrer Leine herum.

»Frauchen kommt gleich«, beruhigte ich die Hündin, doch

mein Hinweis stieß auf taube Fledermausohren. Ich stellte mich auf die Zehenspitzen und versuchte, Neele in der Menschenmenge zu entdecken. Ohne Erfolg. Da ich mich nicht allzu weit von unserem Stützpunkt entfernen wollte, beschloss ich, den am nächsten liegenden Aussichtspunkt aufzusuchen.

»Lilly, du machst jetzt mal fein Sitz, okay?«, sagte ich und sah die Hündin durchdringend an. Lilly gehorchte wider Erwarten, sodass ich die Leine auf den Boden legen konnte. Berggemsengleich erklomm ich den Rand des Dorfbrunnens, geriet zum Glück nur leicht ins Schwanken und stützte mich an der kugelförmigen Kuppel des Wasserspenders ab. Beim Sektstand war sie nicht, den Bierstand konnte ich von meiner Position aus nicht erkennen. Ich suchte mit den Augen den gesamten Platz ab. Na bitte! Wäre das Leben ein Film, hätte der Regisseur die Situation nicht eindrucksvoller inszenieren können: Die Sonne brach durch den bisher grau verhangenen Himmel, ein Windzug, der jeden Faltenrock und jede noch so langweilige Schnittlauchfrisur in Aufruhr brachte, wehte über den Dorfplatz – und da war sie. Mit einem Sektglas in der Hand. Meine Neele. Sie plauderte mit Bürgermeister Thielen und schien mich nicht weiter zu vermissen.

Einen Moment lang regte sich mein Alpha-Ich und bockte, doch ich brachte es sofort wieder zur Räson. Das war schon in Ordnung so. Auch wenn ich selbst keinen Bezug zum Landleben hatte, wusste ich, dass die Lembacher gerne Schwätzchen hielten. Und ganz besonders gerne mit der Dorfprominenz. Neele wollte sich offenbar integrieren. Gar keine schlechte Idee, wenn man neu im Ort war. Gedankenverloren sah ich zu Boden.

»Stopp! Hiergeblieben!« Die Hündin hatte ich fast vergessen. Ich konnte gerade noch sehen, wie sie mitsamt der hinter ihr herschleifenden Leine Richtung Fischbude raste, dann verschwand auch ihr Minischwänzchen aus meinem Blickfeld.

Jetzt aber schnell! Mit einem Panthersatz sprang ich vom Brunnenrand hinunter. Wo war Lilly? An der Fischbude nicht. Beim großen Müllcontainer? Fehlanzeige. Hinter dem Bratwurststand? Kein Miniaturkalb weit und breit. Ich streifte über den Platz. Plötzlich hörte ich lautes Gelächter.

»Och, wie süß!«

»Was ist das für eine Rasse?«

»Mama, was macht die denn da?«

»Lilly! Hierher! Sofort!«

Ich quetschte mich an einer Rentnergang, einem Pulk von Kinderwagen und der halben Dorfjugend vorbei. Lilly hatte ihr Frauchen gefunden. Immerhin. Aber ein anscheinend noch interessanteres Bein hatte ihre volle Aufmerksamkeit geweckt.

»Pfui! Hör sofort auf damit!«, rief Neele.

Hilflos musste ich mit ansehen, wie die kleine Hündin voller Begeisterung an den Beinen des Bürgermeisters hochsprang. Immer und immer wieder, so als wären sie ihr bestens vertraut. Die staubigen Pfotenabdrücke, die sie dabei hinterließ, harmonierten nur bedingt mit dem Kroko-Design von Thielens Lederslippern.

»Runter!«, rief Neele, doch Lilly hatte ihre Stehohren mal wieder auf Durchzug gestellt. Statt ihrem Frauchen zu gehorchen, umklammerte sie nun den Unterschenkel des Bürgermeisters und versuchte ihn mit aller Terriergewalt zu berammeln. Thielen sah aus, als müsste er einen Lachanfall unterdrücken, während er sein Bein schüttelte. Als ich die drei erreichte, hatte Neele die Lage zum Glück wieder im Griff.

»Sag mal, kannst du nicht aufpassen?«, zischte sie.

»Sorry, sie ist einfach abgehauen.«

»Das ist oberpeinlich!« Neele funkelte mich an und wandte sich dem Lembacher Bürgermeister zu. »Entschuldigen Sie bitte, Herr Thielen.«

»Kein Problem.« Der für seine Position recht jugendlich wirkende Anzugträger klopfte seine staubigen Hosenbeine sauber. »Sie hat bestimmt bloß die Snacks in meiner Hosentasche gerochen. Hier, bitte.« Er reichte Lilly einen knochenförmigen Keks. Neele bedankte sich im Namen ihres Terriers und verabschiedete sich mit einem Handschlag.

»Komm, lass uns gehen.«

»Nach Hause oder noch was zu trinken holen?«

»Nach Hause. Ich bin müde.«

»Oh.« Mit so einem abrupten Ende unseres Treffens hatte ich nicht gerechnet. Ob Neele sauer war? So schlimm war mein Vergehen nun auch nicht gewesen. Außerdem hatte dieser Thielen sie nicht rundgemacht, sondern Lilly sogar einen Keks geschenkt.

Während wir durch die verdreckten Straßen wanderten, nahm der Lärm vom Dorfplatz allmählich ab. Neeles Schweigen irritierte mich. »Wie gesagt, tut mir echt leid«, sagte ich, auch wenn sich meine Schuldgefühle in Grenzen hielten.

»Schon okay.« Neele klang etwas versöhnlicher. »Ist ja eigentlich nichts passiert.«

»Und ich habe jetzt wenigstens noch Zeit, um meine Bewerbung zu perfektionieren. Morgen wollte ich sie persönlich in deinem Hundehotel abgeben.«

»Kannst ja mal erzählen, wie es war.«

»Wenn ich direkt eine Führungsposition angeboten bekomme, informiert dich vielleicht sogar meine Sekretärin.«

»Quatschkopf.« Da war es, Neeles Zebra-Lächeln. Sie war mir also doch nicht böse. Beruhigt steckte ich meine Hände in die Hosentaschen, und wir schlenderten Richtung Heimat.

Kapitel 18

Das Top Dog Deluxe lag nicht weit entfernt von Lembach am Rande des Königsforstes. Da mir Neele bereits einiges über die Nobelherberge erzählt hatte, erwartete ich natürlich alles andere als eine heruntergekommene Absteige mit verblichenen Fenstern, hinter denen einäugige Straßenköter herumröchelten, trotzdem staunte ich über den gepflegten Eindruck, den das Gebäude auf mich machte. Helle Steinquader. Viel Glas. Ordnung und Sauberkeit, als würde Keppler persönlich nach dem Rechten sehen. Über der Eingangstür prangte der Name in vergoldeten Buchstaben. Top Dog Deluxe. Das »D« von »Dog« und »Deluxe« war jeweils in Form einer nach rechts ausgerichteten Hundepfote gestaltet. Ohne diesen Schriftzug könnte man tatsächlich meinen, dass in dem Laden reiche Geschäftsleute nächtigten.

Ich wischte mir die Hände an meiner Jeans ab, bevor ich den vergoldeten, kein bisschen abgewetzten Türknauf anpackte. Beim Betreten der Empfangshalle fiel mir als Erstes ein Springbrunnen-Arrangement ins Auge. Eine handball-, eine medizinball- und eine pezziballgroße Kugel, aus denen klares Wasser in ein Kieselbett sprudelte. Ob die Dinger als Tränke für die durstige Kundschaft gedacht waren? Bei der Arbeit würde mich das Wasserplätschern mit Sicherheit oft zur Toilette treiben.

Rechts neben dem Brunnen standen eine Reihe von Wildledersesseln und niedrigen Glastischen. Ein fuchsroter Hund leckte gerade eine der Tischplatten ab. Das wartende Frauchen störte sich daran kein bisschen. Angewidert wandte ich mich ab. Gut, dass ich mich hier nicht als Putzmann bewarb. Die Reinigungskräfte dieses Hotels hatten sicherlich keine Langeweile. Ob diese Vierbeiner mit ihrer schlabbrigen Zunge auch an die Theke der Rezeption heranreichten? Während ich mir mit wachsendem Grausen ausmalte, was das für Folgen haben könnte, lächelte mir eine dezent geschminkte Mitarbeiterin in einem dezenten Poloshirt dezent entgegen. »Guten Tag und herzlich willkommen im Top Dog Deluxe. Was kann ich für Sie tun?«

»Hallo. Ich würde gerne eine Bewerbung abgeben.«

Das Lächeln der mädchenhaften Rezeptionistin wurde noch eine Spur dezenter. »Die Chefin ist nicht im Haus, aber ich kann Ihr Schreiben gerne weiterleiten.«

Ein Glück. Auf ein Gespräch mit der Hotelleitung wäre ich mental gar nicht vorbereitet gewesen. Wenn schon beim ersten Treffen herausgekommen wäre, dass ich von Hunden so viel Ahnung wie von Molekulargenetik hatte, hätte ich meine Bewerbung gleich wieder mit nach Hause nehmen können. Dass ich nur deshalb persönlich hier aufkreuzte, um einen ersten Eindruck von dieser Hundehütte zu bekommen und nebenbei noch einen guten Eindruck zu hinterlassen, hätte die Chefin wohl kaum interessiert. Ich bedankte mich und legte den Umschlag auf die blitzblanke Theke. Die Mitarbeiterin nahm ihn entgegen. Mit dezentem Lächeln.

Am späten Nachmittag klopfte ich bei Neele, um sie über die erfolgreiche Abgabe meiner Bewerbung zu informieren. »Alles in Ordnung?«, fragte ich, als sie öffnete. Neele sah mit ihrer glänzenden Stirn und den hochroten Wangen aus, als hätte sie gerade einen Wüstenfuchs gejagt.

»Ja, ja. Ich baue nur einen Schrank im Wohnzimmer auf.« Sie schob mich in die Wohnung. »Lass uns in die Küche gehen. Da ist es im Moment gemütlicher.«

»Wegen des Schranks?« Ich spähte durch den Türspalt ins

Wohnzimmer. Neele hatte nicht übertrieben. Der Raum war komplett mit Brettern zugestellt, Werkzeug lag am Boden, Hunderte von Schrauben, Bauanleitungen und Glasböden darum herum. Das Alpha-Tier in mir erwachte. Ein Rudelmitglied brauchte meine Hilfe? Ich war zur Stelle.

»Weißt du was? Ich helfe dir.«

»Brauchst du nicht. Das schaffe ich schon.«

Ich spannte alle verfügbaren Armmuskeln an. Meine Leittier-Qualitäten waren gefragt!

»Ich bin stärker. Und schneller.«

»So, so. Schlauer auch?«, fragte Neele.

»Auf jeden Fall männlicher. Ich baue dir den Schrank auf, und nichts wird mich aufhalten.«

»Danke, du bist echt lieb.«

Ich klatschte in die Hände und hoffte, dass Neele meine roten Ohren nicht auffielen. Irgendwo hatte es ja auch seinen Reiz, ein bisschen an Neeles Mobiliar herumzuschrauben. Wobei sie mit der Projektbezeichnung »Schrank im Wohnzimmer« ein klein wenig untertrieben hatte. Ich wusste gar nicht, was mir mehr Kopfzerbrechen bereiten sollte: die Vitrine mit ihren sechs Glasböden, die Kommode mit den neun Schubfächern oder die drei Meter breite Schrankwand?

Wie mir im Laufe der nächsten Stunden klar wurde, hatte ich keine natürliche Begabung darin, eine Wagenladung voll Bretter, Dübel und Schrauben ohne IKEA-Superanleitung in einen Sinnzusammenhang zu bringen. Ich schwitzte und fluchte und stöhnte und schraubte. Neele kniete derweil neben ihrer Kugelaugen-Hündin auf dem Boden und kraulte ihr ausgiebig den Bauch. Schamlos lag Lilly mit in die Luft gestreckten Hinterbeinen auf dem Rücken und hatte die Augen geschlossen. Natürlich war ich neidisch. Natürlich hätte ich gerne mit ihr getauscht. Aber meine Zeit würde schon noch kommen.

Während ich versuchte, Ordnung in das Möbelchaos zu

bringen, erzählte ich Neele von meiner Bewerbung und dem Besuch im Top Dog Deluxe. Sie meinte, dass meine Chancen sehr gut ständen, da das Hotel großen Zulauf hätte und immer mehr Mitarbeiter benötigt würden.

»An der Rezeption wird es dir bestimmt gefallen.«

»Am besten trainiere ich schon mal mein dezentestes Lächeln.« Ich verzog meinen Mund zu einem gigantischen Strahlen.

»Gar nicht schlecht. Das musst du der Chefin zeigen. Sie legt großen Wert auf gute Umgangsformen.«

Ich salutierte und Neele lachte. »Du musst dich auch unbedingt mit der Hündin des Hauses anfreunden und sie über den grünen Klee loben. Die Chefin ist nämlich völlig vernarrt in ihre kleine Florentine.«

»Alles klar. Ich nehme eine Schärpe mit und erkläre sie zu Germany's next Top Dog.«

»Sag einfach, wie unglaublich hübsch du sie findest.«

»Ach so, sie sieht aus wie du?«

»Hey! Schleim dich bei der Chefin ein, nicht bei mir.«

Ich grinste. Lilly hörte unserem Gespräch mit gespitzten Ohren zu. Es sah fast so aus, als würde sie sich auf den neuen Mitarbeiter freuen. Ich streichelte ihr abwesend über die Stirn, was sie mit einem feuchten Schlecken über mein Handgelenk quittierte. Neele zuliebe tat ich natürlich so, als fände ich das lustig, während mir insgeheim ein paar Schauer über die Zehen jagten.

Gegen Mitternacht war ich fertig mit der Welt und mit dem Wohnzimmer. Neele und ich tranken noch einen Rotwein zusammen, meinen ersten seit Jahren, dann verabschiedete ich mich und wankte die Treppe hinunter.

Obwohl ich mich beim Möbelaufbau und insbesondere beim Umgang mit dem Akku-Schrauber nicht gerade wie ein Heinzelmännchen angestellt hatte, war der Abend hervorragend gelaufen. Neele hatte über mehrere meiner Witzchen gelacht, die Atmosphäre war entspannt gewesen und ihr Kokos-Duft lag mir immer noch in der Nase. Mir taten zwar jeder Knochen und der linke Daumen weh, aber an diesem Abend schlief ich mit einem breiten Grinsen im Gesicht ein.

Kapitel 19

Drei Tage später wurde ich per Telefon zu einem Vorstellungstermin eingeladen. Offenbar hatte mein Schreiben alle überwältigt. Oder der Mitarbeitermangel war wirklich enorm. Wie bestellt stiefelte ich am nächsten Morgen um kurz vor zehn auf die Glasfront der Hundepension zu. Theoretisch könnte sich jetzt ein erhabenes Gefühl einstellen. Ein einziger Schritt trennte mich vom Beginn eines neuen Lebensabschnitts. Fern vom Kölner Blatt. Fern von Schülke. Fern von nervigen Limettenblusen.

Das erhabene Gefühl war anderweitig beschäftigt. Kein Wunder. Ölfilter, Slicks und Zylinderköpfe konnte ich mir hier jedenfalls abschminken. Chrom würde ich höchstens in irgendwelchen Napfständern finden. Und wenn ich mal das Glück haben sollte, ein bisschen Lederfett in die Finger zu bekommen, durfte ich damit bestimmt keine Motorradkombis einschmieren, sondern allenfalls ein paar Hundeleinen. War das wirklich eine passende Arbeit für einen Mann?

Mit gemischten Gefühlen betrat ich die heiligen Hallen. Die Mitarbeiterin mit dem dezenten Lächeln stand wie bei meinem letzten Besuch am Empfang und führte mich in einen Nebenraum, in dem ich warten sollte.

Beklommen sah ich mich um. Wie konnte es anders sein, hier hatte sich ein Hundeliebhaber mit Dekowahn mal so richtig ausgetobt. Flohbeutel, so weit das Auge reichte. Fotos, Postkarten, ein Wandkalender, ein Tischkalender, zwei Zeichnungen, eine Vitrine voller Porzellanhunde, ein gigantischer Tondackel, der vom Schrank auf den Fußboden guckte. Direkt vor mir hing ein Poster, betitelt mit »Stammbaum der Rassen«. Zuoberst sah man einen Wolf, darunter mindestens hundert weitere Fellträger. Ob ich die alle kennen musste, um hier Fuß zu fassen? Ich schluckte.

Mit Rassen kannte ich mich so gut wie gar nicht aus. Meine Mutter hatte einen Malteser-Mischling besessen, Keppler hielt einen Mittelschnauzer. Das wusste ich, seit ich ihn einmal gefragt hatte, ob er das bärtige Untier eigentlich nie rasierte. Aber wie sah es eigentlich mit Lilly aus? War sie überhaupt ein Rassehund? Eine gute Gelegenheit, um mich zu informieren.

Ich überflog das Plakat, immer auf der Suche nach einem Paar Glubschaugen, zwei Fledermausohren und einem unförmigen Miniaturkalbskörper mit ebensolchem Schwanz. Rechts unten in der Ecke wurde ich fündig. Mich wunderte es nicht, dass dieses Tier so weit entfernt vom Wolf angesiedelt war wie kaum ein weiterer Hund. Ein Boston Terrier. Nie gehört. Ich kannte die Stadt und den Begriff »Terrier«, aber beides in Kombination war mir neu. Mir wurde schummrig. Im Angesicht des Posters und nur eine Schranklänge von einem überlebensgroßen Tondackel entfernt war das auch kein Wunder.

Wenig später kam eine vielleicht vierzigjährige Frau zur Tür herein, die mich mit ihrem kugelförmigen Kurzhaarschnitt an einen verdorrten Buchsbaum erinnerte. Sie stellte sich als Silvia Bartels vor. Und sie war nicht allein. Betroffen starrte ich auf das struppige Fellbündel, das neben ihr hertappte. Dieses Wesen, das aussah wie eine ausrangierte Felgenbürste, war also die kleine Florentine?

»Du bist ja eine, eine – ganz besonders Hübsche«, stammelte ich. »Toll siehst du aus.« Ich beugte mich mit den besten Streichelabsichten zu dem borstigen Wesen hinunter, aber es drehte seinen Kopf demonstrativ in die andere Richtung.

Frau Bartels sah mich ein wenig schief von der Seite an.

Hätte ich noch mehr Einsatz zeigen sollen? Na, egal. Sie setzte sich auf einen Korbstuhl und kam nach einem Wetter-Anfahrt-Smalltalk direkt zum Punkt. »Wie ich schon am Telefon gesagt habe, brauchen wir dringend Mitarbeiter. Besonders die Nachtschicht an der Rezeption ist unterbesetzt. Einer alleine kann die ganzen Aufgaben kaum noch bewältigen. Den Umgang mit Kunden und mit dem Computer sind Sie von Ihrer früheren Tätigkeit her gewohnt, nicht wahr?«

Ich fühlte mich etwas überrumpelt, da ich bisher noch nicht über Nachtarbeit nachgedacht hatte, ließ mir das jedoch nicht anmerken. »Was muss man denn eigentlich genau machen?«

»Telefondienst, Kontrolle der Überwachungskameras, Check-in, Check-out, ein bisschen Papierkram, Gästebetreuung, das Übliche eben. Kriegen Sie das in den Griff?«

»Gäste – damit sind die Hunde gemeint, oder?«

»Natürlich.« Frau Bartels sah mich mit leichtem Unverständnis an.

»Müssen die in der Nacht betreut werden?«

»Wie Sie sicherlich wissen, bieten wir besondere Angebote wie Mitternachtssnacks, Candle-Light-Kraulen, Vitalwickel oder die Schlaf-gut-Verwöhnmassage an.«

»Klar doch. Fangopackungen eigentlich auch?«, entfuhr es mir und ich musste lachen. Was veranstalteten die hier bloß für einen Zirkus mit den Tieren? Ich sah mich schon im weißen Masseur-Outfit einen goldlockigen Dickbauch durchkneten, während im Hintergrund Meeresrauschen eingespielt wurde.

»Fangopackungen, Aromatherapie und Thalassobäder«, sagte Frau Bartels so sachlich, als würde sie über die Bedeutung der Ampelfarben referieren. Mir kamen immer mehr Zweifel, ob die Entscheidung, mich hier vorzustellen, wirklich richtig gewesen war. Aber hatte ich eine Wahl? Die elftletzte Monatsrate für mein Motorrad stand an. Und Neeles verheißungsvolles Lächeln schwebte mir immer noch vor Augen. Also los.

»Fangopackungen. Thalassobäder. Klingt toll«, hörte ich mich wie durch Watte hindurch sagen.

»Prima. Wir arbeiten Sie in einer einwöchigen Probewoche ein. Wenn alles gut läuft, sind Sie im Team. Ihre erste Schicht beginnt am Montag um zweiundzwanzig Uhr.«

»Das ist aber spät. Oder besser gesagt früh. Na ja. Kommt eben drauf an, wann man ins Bett geht.«

»Seien Sie bitte pünktlich.«

»Natürlich. Ausgezeichnet. Ich freue mich. Bis dann. Und eine echt bezaubernde Hündin haben Sie. Wirklich.«

Ich taumelte aus der Tür.

»Also ich würde das nicht machen«, sagte Mats, als er mich nach Feierabend besuchen kam, um mir seinen neuesten Cartoon mit dem Titel »Mullschlucker« zu zeigen.

»Es gibt keine Alternative.« Ich betrachtete die großschlundige Boa, die sich als Abendessen einen haarlosen Nacktmull vornahm, und schmunzelte mit Kennerblick. Aus Mats würde mal ein ganz Großer werden, das hatte ich im Gefühl.

»Es gibt immer eine Alternative. Geh doch kellnern.«

»Und die Bezahlung?«

»Und deine Würde?«

»Immerhin hat Neele mir den Job vermittelt!«

»Das heißt aber noch lange nicht, dass sie es attraktiv findet, wenn du ab jetzt mehr Zeit mit Hundehäufchen als mit ihr verbringst.«

»Ich arbeite an der Rezeption. Da sind keine Hundehäufchen!«

»Mach doch irgendwas mit Medien.«

»Lass uns einen trinken gehen«, sagte ich, um die Diskussion abzukürzen. Mats fügte sich, und wir gingen die Treppe hinunter auf die Straße. Unsere Autos parkten direkt hintereinander vor dem Haus, der neue Reifen meines Klappergolfs schimmerte samtig in tiefem Schwarz.

»Nehmen wir deinen oder meinen?«, fragte Mats.

»Deiner ist sauberer.«

Während ich auf den Skoda zusteuerte, bemerkte ich aus den Augenwinkeln, wie Kepplers schnauzbärtiger Vierbeiner in den Vorgarten gerast kam.

»Zeckenalarm«, sagte ich und riss die Beifahrertür auf.

»Moment mal.« Mats stutzte. »Was hat denn der da im Maul?«

»Mir egal.«

»Guck doch mal!«

Widerwillig drehte ich den Kopf, und da sah ich es auch. »Einen Bikini!«

»Im Schäfchendesign!« Mats schlug sich japsend auf die Schenkel. Tatsächlich. Das schwarze Bikinioberteil hing Archimedes an beiden Seiten aus der Schnauze heraus. Viele weiße Schäfchen und noch mehr kleine rote Herzen waren darauf zu erkennen. Der Schnauzer drückte sich an unseren Beinen vorbei, machte es sich unter Kepplers Holunderbusch im Vorgarten bequem und begann mit Hingabe auf seiner Beute herumzuknatscheln. Auch ich musste lachen.

»Komm mal her, das hat dir dein Herrchen bestimmt nicht erlaubt.« Ich schwang mich über die Mauer und krabbelte unter die Hecke, um ihm das Wäschestück aus der Schnauze zu ziehen. Archimedes begann zu knurren, was Mats zu einem noch lauteren Japsen animierte und mich zurückschrecken ließ.

»Wo hat der den eigentlich her? Dein Vermieter ist doch gar nicht verheiratet«, fragte Mats.

»Keine Ahnung. Vermutlich hat er ihn irgendwo von der Leine geklaut. Oder Keppler putzt heimlich im Bikini. Oder …« Ich schlug mir an die Stirn. »Der gehört Neele!«

»Du kennst dich aber schon gut aus.«

»Nicht, was du denkst. Ich glaube, sie steht auf Schafe. Sie hat so ein ähnliches Vieh auf der Hutablage stehen.«

»Ach so.« Mats sah enttäuscht aus. Wieder machte ich einen Schritt auf Archimedes zu, doch er knurrte bloß, als wollte ich ihn zum Nahkampf auffordern. Hier waren sensible Tierliebhaber gefragt. Da ich keine Lust auf Keppler hatte, klingelte ich bei Neele.

»Was gibt's?«

»Archimedes hat einen Bikini im Maul. Willst du mal gucken, ob der von dir ist?«

»Einen Bikini?«

»Mit Schafen drauf.«

Sekunden später raste Neele zur Tür hinaus und baute sich vor dem Holunderbusch auf. »Sag mal, kannst du nicht mit Plastikbällen spielen wie jeder normale Hund?« Archimedes sah gar nicht hoch, sondern kaute weiter auf seiner Beute herum. Neele kroch unter die Hecke und streckte ihre Hand nach dem Wäschestück aus. Keine Chance. Archimedes verzog sich noch weiter in das Buschwerk hinein und lutschte so begeistert auf dem Stoff herum, als habe er es mit einem Eimer voller Mettwurst zu tun.

»Los! Her damit!«

Dafür, dass Neele ja selbst einen Hund hielt und eigentlich wissen musste, was diese Tiere so alles anstellten, war sie ganz schön auf hundertneunzig.

»Wo hat der das Teil überhaupt her?«, fragte ich.

»Bestimmt aus dem Heizungskeller«, sagte Neele. »Oder Irina hat ihn auf der Treppe verloren.«

Nach endlosen Versuchen entlockte sie dem Hund schließlich das Wäschestück. Sein Zustand war zum Glück ganz passabel: nass und schleimig, aber ohne Zahnspuren.

»Blöder Köter.« Mit hochroten Ohren verschwand Neele wieder im Haus und knallte die Tür hinter sich zu.

»Aber mit einem untrüglichen Sinn für Ästhetik.« Mats stieß mir in die Rippen und wir stiefelten grinsend zu seinem Auto.

Kapitel 20

Am Montagabend fand ich mich um kurz vor zehn am Empfang des Top Dog Deluxe ein. Frau Bartels, wie gehabt mit Buchsbaum-Frisur, erwartete mich an der Rezeption. Ihre struppige Begleiterin war wohl schon schlafen gegangen. »Herr Ziesel, schön, Sie zu sehen. Als Erstes machen wir einen Rundgang durch das Hotel, dann werde ich Sie einer Mitarbeiterin übergeben, die sie einweist.« Übergeben? Einweisen? Schlechte Stichworte. Mir wurde schon wieder flau im Magen. Ein Gefühl, das noch ein paar Stunden anhalten sollte.

Den Anfang machten die Luxussuiten, die sich auf drei Etagen verteilten. Ich konnte mich nicht entscheiden, welche von ihnen grässlicher war: Blue Dog, das Zimmer mit dem blauen Pfötchendesign? Pink Dog, das Pendant in Rosa? Der Leopardenlook im Wild Dog? Die Königssuite, in der es vor Krönchen und Thrönchen nur so wimmelte? Die Hochzeitssuite – mit Kissen vollgestopft und über und über mit Herzchen dekoriert?

Gelungen war eigentlich nur der Beach Room: ein Zimmer mit Strand-Fototapete und Yuccapalmen, in dem nicht nur ein Ministrandkorb, sondern auch eine Hängematte und eine Liege zum Ausruhen einluden. Bei dem Anblick fiel mir ein, dass ich dringend mal Urlaub brauchte. Ob die Hängematte wohl mein Gewicht aushielt? Leider war der Zeitpunkt, um das Thema zu vertiefen, denkbar ungünstig und die Besichtigung längst nicht zu Ende.

Es folgten das Massage-, das Pflege- und das Krankenzimmer im Erdgeschoss, der Indoor-Pool und Spielsalon im Keller sowie die Futterküche, in der jedes erdenkliche Trocken- und Feuchtgericht nicht nur bevorratet, sondern selbstverständlich auch frisch zubereitet wurde. Hundekekse gab es natürlich ebenfalls. In Knochenform. Ein Fußmarsch durch den riesigen Außenbereich mit Badesee, Hundestrand und diversen Spielflächen bildete den krönenden Abschluss der Führung.

Meine Augen wurden immer größer. Auch wenn sich sicherlich kein Hund zwingend eine Pfötchentapete wünschte oder auf knochenförmige Kekse bestand, hatten es die Tiere hier eindeutig besser als ich: Ihre Betten waren kuschelig, das Essen erlesen, das Wellnessprogramm durchdacht.

Endlich führte mich Frau Bartels zur Rezeption zurück und überließ mich meinem Schicksal, genauer gesagt Emma Schrapp, einer Mitarbeiterin der ersten Stunde. Sie sollte mich während meiner Schicht betreuen und in die verschiedenen Aufgabenbereiche einweisen.

»Na, wieder einer, der hier sein Geld verdienen will, ohne auch nur einen Tag zu arbeiten?« Die pferdebeschwanzte Mittzwanzigerin fixierte mich mit ihren dunkelgrün – beinahe in British Racing Green – schimmernden Augen. Ich musste schlucken. Las sie mir meine Einsatzbereitschaft etwa von der Nasenspitze ab? »Äh, also ich will natürlich …«

»Der neue Kollege von der Nachtschicht! Klar? Nachtschicht!« Emma lachte, als hätte sie den Brüller des Abends gelandet. Ich schwieg beeindruckt. Wahnsinn, diese Frau hatte ja noch flachere Witze drauf als ich! Während ich mich darauf konzentrierte, das eigentlich fällige Augenrollen zu unterdrücken, ergriff sie meine Hand und schüttelte sie enthusiastisch. »Willkommen im Team. Ich bin Emma. Lass uns loslegen!« Loslegen? Es war mittlerweile fast elf und ich hätte umfallen können vor Erschöpfung. Ein Bier würde Wunder wirken, aber das Einzige, was ich an Flüssigkeit in meiner näheren Umgebung ausmachen konnte, befand sich in einem Wassernapf neben der Eingangstür. Einem Wassernapf, der mit einem vergoldeten Knöchlein dekoriert war.

»Zacki, zacki.« Meine neue Kollegin sah mich an, als wollte sie mit mir auf der Stelle auf Braunbärenjagd gehen. Sicher trug sie in ihrer Freizeit Funktionskleidung und pirschte stundenlang durch den Königsforst. Allein der Gedanke an die bevorstehende Arbeit erschöpfte mich so sehr, dass ich mich an der Rezeption anlehnen musste. »Da geht's zum Aufenthaltsraum!« Emma drückte mir ein kamelfarbenes Poloshirt in die Hand und deutete auf eine Tür am Ende des Flurs. Ergeben tappte ich mit dem T-Shirt den Gang entlang und öffnete die Tür.

»Huch! Wer bist …?«

»Keine Angst, Pauline hat schon zu Abend gegessen«, rief mir Emma hinterher und lachte schon wieder. Anders, als der Name vermuten ließ, war Pauline kein niedliches Schoßhündchen, sondern eine breitschultrige Rottweiler-Dame, die mir entgegenpolterte und genau wie ihr Frauchen ein Flair von Gewaltmärschen und Braunbärenjagden verströmte. Da ich auf eine Auseinandersetzung mit diesem energiegeladenen Kraftpaket keinen großen Wert legte, knallte ich die Tür wieder zu und zog mich kurzerhand im Gang um. Das Hemd war gar nicht so geschmacklos wie befürchtet, wenn man von den stilisierten Pfoten absah, die den Top-Dog-Deluxe-Schriftzug schmückten.

»Pauline gehört zu mir«, erklärte Emma bei meiner Rückkehr. »Sie ist gut erzogen.«

»Bin ich auch. Aber nur, wenn ich will«, brummte ich und wischte mir unauffällig den Schweiß von der Stirn.

»Na, dann wollen wir mal.« Breitbeinig und mit leuchtenden Augen postierte sich meine Kollegin hinter der Rezeption. Ich schleppte mich neben sie und warf einen Blick auf den Computerbildschirm. »In zwanzig Minuten«, Emma tippte mit ihrem Zeigefinger auf ein rotes Kästchen, »erwarten wir einen Kunden zum Late-Check-in. Hier siehst du Name, Rasse, Alter, Kontaktdaten, das gebuchte Zimmer, Zimmergenossen, Mahlzeiten, die Aufenthaltsdauer, Zusatzleistungen, Zusatzinformationen und Sonderwünsche.«

»Verstehe.« Mir klingelten die Ohren. Was die wohl mit Sonderwünschen meinten? Bekam Rudi Rammler auf Wunsch einen Harem bereitgestellt? Wurde das Wasser von James geschüttelt und nicht gerührt?

Ich sah mir die Angaben im Computer genauer an. Eine dreijährige Dogge namens Clemens würde für eine Nacht und einen Vormittag das Green Field bewohnen. Zum Frühstück sollte er Trockenfutter mit einem Klecks Hüttenkäse bekommen. Pool und Badesee waren tabu, da Clemens zu Erkältungen neigte. Neidisch las ich, dass für zehn Uhr früh, also nach Schichtende, eine Pfotenreflexzonenmassage angesetzt war. Nicht, dass ich unbedingt darauf stand, meine Füße durchgeknetet zu bekommen, aber wieso bekam diese Dogge so ein Wellnessprogramm geboten und ich nicht? Irgendetwas hatte ich im Leben falsch gemacht.

Pünktlich um elf Uhr dreißig klingelte es. Wie uns ein Blick auf die Überwachungskamera verriet, wartete ein kuhfleckiger Riesenhund vor der Tür. Das musste Clemens sein. Am anderen Ende der Leine befand sich eine Frau in einem sackartigen gelben Knitterkleid. In dem Fummel sollte die Dame besser nie auf dem Bürgersteig einschlafen, wenn die Müllabfuhr unterwegs war.

»Ab zweiundzwanzig Uhr halten wir die Eingangstür geschlossen«, sagte Emma und drückte den Summer. Hund und Halterin kamen uns in semivollendeter Harmonie entgegen. Der Riesenhund zerrte wie ein Verrückter auf die Rezeption zu, die gelbe Lady stöckelte ungelenk hinterher.

»Herzlich willkommen im Top Dog Deluxe.« Emma strahlte, als wäre sie soeben zur Trapperin des Jahres gekürt worden und reichte dem Riesenhund einen Begrüßungskeks.

»Sie sind Frau Jäger, nicht wahr?«

»Frau Jäger-Jewelsbach«, verbesserte die Kundin. »Mit Clemens.«

»Entschuldigen Sie bitte, Frau Jäger-Jewelsbach. Haben Sie den Impfpass dabei?«

Die Kundin kramte in ihrer Krokodiltasche und zog ein gelbes Heftchen hervor, das wunderbar mit ihrem gelben Sackkleid harmonierte. »Wurde auch notiert, dass Clemens sein Trockenfutter mit Hüttenkäse bekommt?«

»Selbstverständlich.«

»Clemens frisst sonst nämlich nichts.«

»Seien Sie unbesorgt, Clemens ist bei uns in den besten Händen.«

»Und er darf nicht baden.«

»Weder im Pool noch im Badesee.«

»Wegen der Erkältungsgefahr.«

»Ist notiert.«

»Und die Reflexzonenmassage?«

»Findet morgen Vormittag um zehn Uhr statt.«

»Schön. Dann gute Nacht, Clemens. Schlaf gut. Frauchen denkt an dich.« Sie drückte der Dogge tatsächlich einen Kuss aufs Schlappohr und hinterließ dort einen Lippenabdruck in Rostrot. Meine Kollegin griff nach der Lederleine, die ihr Frau Jäger-Jewelsbach entgegenhielt, bevor sie von dannen schritt.

Sobald sie außer Sichtweite war, wurde der Riesenhund ruhiger. Der arme Kerl musste zu Hause wahrscheinlich einiges aushalten. »Die Kunden hier sind anstrengend, oder?«, fragte ich. Emma, die gerade das Anmeldeformular mit den Futter- und Badeinformationen ausdruckte, schaute kurz auf. »Die war doch nett. Wir haben auch wirklich anstrengende Kunden.«

Ich schluckte. Das konnte ja heiter werden!

Über eine Marmortreppe, die zu beiden Seiten extra für Hundepfoten mit Teppichboden abgedeckt war, steuerten wir das Green Field im ersten Stock an. Emma schob das ausgedruckte Formular in eine Sichttafel neben der Zimmertür und ließ die Dogge von der Leine.

Das Green Field entpuppte sich als ein in verschiedenen Grüntönen gestrichener Raum mit blau getupfter Decke. Eigenwillig, aber nicht völlig abstoßend. Clemens stürzte sich sofort auf einen Miniknochen, der auf einem Polster bereitlag und der Größe nach bequem in einem hohlen Hundebackenzahn Platz finden würde. Dann wischte er mit seiner Nase einmal quer durch den Raum. Ein feuchtes Spektakel, das seine Spuren hinterließ. Mit leichtem Schaudern wandte ich mich ab.

»Nach welchen Kriterien werden hier eigentlich die Zimmer gebucht?«, fragte ich.

»Das ist ganz unterschiedlich. Im Green Field übernachten häufig Großstadthunde, die ein bisschen Ruhe brauchen. Grün entspannt, weißt du?« Natürlich, dass ich da nicht gleich draufgekommen war! Die armen Stresspatienten, die unter Burn-out litten, weil sie den ganzen Tag über ihre Pinkelgänge managen mussten. Kopfschüttelnd folgte ich meiner Kollegin zurück zur Rezeption.

»Was steht denn noch so an?«

»Jetzt checken wir die Überwachungskameras.« Emma hackte auf der Tastatur herum und zeigte mir, wie ich die Aufnahmen mehrerer Kameras auf einem Bildschirm abrufen konnte. Alle Suiten wurden überwacht, jede Bewegung der Hunde aufgezeichnet. »So haben wir immer im Blick, ob alles in Ordnung ist«, erklärte meine Kollegin. Neidisch beobachtete ich Clemens, der sich auf einem Polster Richtung Fenster niedergelassen hatte und auf einem Kissen herumkaute. Emma fuhr mit der Demonstration des Sicherheitssystems fort. Jeder Winkel der Anlage war videoüberwacht. Einbrecher hatten keine Chance. Mitarbeiter, die ein gemütliches Päuschen einlegen wollten, leider auch nicht.

»Was war das?«, fragte ich und zeigte auf Kamera Nummer

vierunddreißig, die auf den Badesee am Ostrand des Geländes gerichtet war.

»War da was?«

»Ich bin nicht sicher. Wahrscheinlich nur ein Vogel.« Bloß kein Aufhebens machen. Doch Emma hatte schon den Rücklauf betätigt, und wir konnten die letzte Minute noch einmal miterleben. »Stimmt. Da kam etwas geflogen. Bestimmt haben irgendwelche Idioten mal wieder ihren Müll über die Mauer geworfen. Geh bitte nachsehen!«

»Ich? Jetzt?«

»Das ist dein Job, Prinzessin.«

Ich schlug mir innerlich an die Stirn. Natürlich war das mein Job. Tief durchatmen. Ein solcher Fauxpas würde mir nicht noch einmal passieren.

Draußen war es mittlerweile ziemlich frisch geworden. Bibbernd nachtwanderte ich zum Badestrand. Und hier sollte ich jetzt nach Müll Ausschau halten? Ich lief einmal quer über den Sand bis zur mannshohen Begrenzungsmauer des Außengeländes und suchte den Boden ab. Ein Tennisball, ein Frisbee, ein Kauknochen. Und tatsächlich, da lag der Stein des Anstoßes: eine zerknüllte Fast-Food-Tüte.

Als ich mich nach dem Abfall bücken wollte, traf mich auf einmal etwas Hartes am Rücken. Ich schrie auf vor Schmerz. Irgendein Fellträger im Hotel begann zu bellen. Hatte ich den etwa geweckt? Na prima. Dann musste ich wohl gleich noch ein Schlafliedchen bellen. Ein zweiter Hund stimmte mit ein. Und ein dritter mit einer brummigen Bassstimme. Ich rieb das getroffene Körperteil und suchte nach dem Geschoss. Eine Bierflasche.

»Hey, ihr Penner!«, brüllte ich in die Dunkelheit hinaus, »behaltet euren Müll gefälligst bei euch!«

Jenseits der Begrenzungsmauer hörte ich ein zweistimmiges Kichern. »Noch ein Wurf, und es kracht!«, drohte ich prophylaktisch, bekam aber keine Antwort.

Im Hotel war mittlerweile die Hölle los. In allen Lautstärken, in allen Tonlagen und auf allen Etagen wurde gejault, gekläfft, gewinselt. Die Sache mit der Nachtruhe hatte sich erledigt. Ich schnappte mir die Flasche und eilte zur Rezeption zurück. Je näher ich kam, desto lauter wurde das Konzert. »Du bist mir ja eine Riesenhilfe«, schnaufte Emma bei meiner Rückkehr.

Ich starrte beleidigt auf die Empfangstheke. Diese übereifrige Zicke ging mir mit ihren Kommentaren allmählich auf die Nerven. Dass ich fast von einer Flasche erschlagen worden wäre, kümmerte sie anscheinend kein bisschen.

»Steht eigentlich jeder Kunde im Computer?«, fragte ich nach einer Weile, um nicht für den Rest der Nacht Emmas frostigem Schweigen ausgesetzt zu sein.

»Aber sicher. Ordnung muss sein.«

Ich gab Neeles Nachnamen in die Suchmaske ein. Erfolgreich. Lilly war Stammgast, und zwar von montags bis freitags für jeweils sechs Stunden. Sie schien eine ziemlich anspruchslose Kundin zu sein: Verwöhnmassagen, Vitalwickel oder sonstiger Unfug waren nicht vorgesehen. Sie wohnte immer in einem Doppelzimmer, nahm an allen Spiel- und Laufaktivitäten teil und als Besonderheit musste lediglich ihre Rindfleischallergie berücksichtigt werden.

Als Stammkundin stand Neele, wie ich feststellen konnte, ein Preisnachlass zu. Sie zahlte pro Aufenthalt nicht 32, sondern bloß 28 Euro. Immer noch ein stolzer Preis. Und dabei übernachtete sie hier nicht einmal! Was das wohl in der Woche kostete? Und im Monat? Ich begann zu rechnen, starrte dabei angestrengt auf den Bildschirm.

»Willst du den Computer hypnotisieren oder was hast du genau vor?«, fragte Emma, als ich endlich den Wochenpreis von 140 Euro ermittelt hatte.

»Ich rechne aus, was das alles hier kostet«, knurrte ich. Kommentarlos klickte sie auf ein Feld mit der Aufschrift

»Preisauskunft«. Da stand es ja: 140 Euro in der Woche, 616 Euro in diesem Monat.

Wahnsinn. War es das wirklich wert? So ein Hund konnte ja wohl mal ein paar Stunden alleine bleiben! Oder wäre Lilly ohne das Top Dog Deluxe womöglich ein Fall für den Hundepsychologen? Bei dem Gedanken musste ich schmunzeln. Aber wie konnte sich Neele diese Unsummen überhaupt leisten? Immerhin hatte sie eine Wohnung mit einer nicht ganz billigen Einrichtung. Und sie fuhr einen nicht ganz billigen Mini. Sie hatte ja sogar eine Putzfrau. Ob man als Fitnesstrainerin so viel verdiente? War sie wohlhabender, als es auf den ersten Blick schien? Hatte sie einen reichen Onkel im Hintergrund? Oder liebte sie ihren Hund ganz einfach abgöttisch und sparte sich jeden einzelnen Cent für das Hotel vom Mund ab? Ach, verstehe, einer dieser Tierfreunde!

Das Gebell in den oberen Stockwerken war inzwischen endgültig verstummt. Wie wir mit einem Klick auf die Überwachungskameras sahen, hatten sich die meisten Gäste wieder auf ihrem Polster niedergelassen und schliefen. Lediglich Clemens testete die Kratzfestigkeit der Wände.

Noch vier Stunden. Ich war mittlerweile so müde, dass mein Kopf immer wieder nach vorne fiel. Wie schaffte es Emma nur, so fit und motiviert zu bleiben? Mit ihrem Bärenbändiger-Blick checkte sie laufend die Videokameras, sie bestätigte Onlinebuchungen, bereitete Rechnungen vor und erklärte am Telefon dem offenbar angetrunkenen Besitzer von Momo, dass seine Schäferhund-Dame friedlich schlief und nicht wie befürchtet unter dem Vollmond oder Albträumen oder der Abwesenheit seines Herrchens litt.

»Wie ist eigentlich die Chefin so?«, fragte ich gegen halb fünf, um mich irgendwie wach zu halten. Emma wischte gerade mit einem Staublappen ein Regal aus.

»Kein Kommentar.«

»So schlimm?«

»Was glaubst du, warum ich in der Nachtschicht arbeite?«

»Hätte ich nicht gedacht.«

»Du hast sie ja auch noch nicht kennengelernt.«

»Klar doch. Sie hat mir die Anlage gezeigt.«

Emma schüttelte den Kopf. »Das war Frau Bartels. Sie ist die Personalchefin. Die eigentliche Hotel-Leiterin ist die Frau Kimmlinger.«

Ich schluckte. »Ist nicht dein Ernst.«

»Wieso?«

»Eine Bekannte von mir hat gesagt, ich solle unbedingt loben, wie toll die Hündin der Chefin aussieht.«

»Und du hast den Hund von Frau Bartels …?«

»Dieses borstige Etwas …«

»Bruuah! Du bist ja echt ein Freak!«

Emma eröffnete mir, dass es sich bei dem struppigen Tier um einen spanischen Straßenhund handelte, den Frau Bartels erst kürzlich adoptiert hatte und seitdem liebevoll aufpäppelte. Seine inneren Werte mochten überzeugen, rein optisch gesehen und auch vom Geschlecht her hatte er mit dem preisgekrönten Retriever von Frau Kimmlinger jedoch recht wenig gemeinsam.

Endlich, nach einer gefühlten Ewigkeit, war die Nachtschicht zu Ende. Mein Körper fühlte sich an, als bestünde er aus gepresster Watte, mein Alpha-Ich hatte sich längst schlafen gelegt und jeden Widerstand aufgegeben. Geblieben waren viele bizarre Eindrücke und noch mehr Zweifel. Hundekekse und Vitalwickel – sollte so etwa meine berufliche Zukunft aussehen? War das Top Dog Deluxe wirklich die Lösung?

Kapitel 21

Um zwei Uhr mittags wurde ich gnadenlos von meinem Handy geweckt. »Hallo, Herr Ziesel. Ich habe schon gehört, dass die Nacht gut verlaufen ist«, sagte Frau Bartels.

»Mhmm.«

»Haben Sie noch irgendwelche Fragen?«

»Hmm-hmm«, brummte ich und war im gleichen Moment froh, dass ich nicht versehentlich um einen Urlaubsantrag gebeten hatte. »Prima. Dann kann ich Sie für die Woche fest einplanen?«

»Mhmm.« Ich musste meinen Kopf abstützen, so fertig war ich.

»Gut. Auf Wiederhören, Herr Ziesel.«

Und schon dämmerte ich wieder für zwei Stunden weg. Gegen fünf stand auf einmal Neele vor meiner Tür und lud mich zu einem Sekt-Umtrunk ein. Eigentlich mochte ich keinen Sekt, vor allem nicht am Nachmittag und schon gar nicht so kurz vor der nächsten Nachtschicht, aber für meine Traumfrau machte ich selbstverständlich eine Ausnahme. Wir gingen nach oben in Neeles Wohnung, damit wir, wie sie meinte, den wunderbaren Anblick der von mir errichteten Schranklandschaft genießen konnten. Ich war begeistert. Umso mehr, als mir beim Betreten ihrer Wohnung ein zartes Rauschen offenbarte, dass ihr Notebook eingeschaltet war. Schon oft hatte ich mich gefragt, welches Hintergrundbild sie wohl verwendete. Meine Fähigkeiten als Desktop-Psychologe waren schließlich legendär. Ich musste es nur irgendwie schaffen, einen unauffälligen Blick darauf zu werfen. Sicher würde sich bald eine Gelegenheit ergeben.

Wir stießen an. Neeles Sektflöte wirkte edler als ein Rückspiegel aus Kristallglas, sodass ich all meine feinmotorischen Fähigkeiten mobilisieren musste, um das kostbare Teil behutsam mit drei Fingern anzuheben. Meine Gastgeberin hatte weniger Berührungsängste. Sie kippte ihren Sekt in einem Zug hinunter und knallte das Glas auf den Wohnzimmertisch.

»Du bist aber durstig«, staunte ich, als sie erneut nach der Flasche griff.

»Geht so.« Neele klang niedergeschlagen.

»Ist irgendwas?«

»Ich hatte bloß einen miesen Tag bei der Arbeit.«

Mein Alpha-Ich erwachte aus dem Dämmerschlaf und krempelte sogleich die Ärmel hoch. Neele brauchte meinen Beistand? Ich war zur Stelle! »Magst du darüber reden?«, fragte ich so einfühlsam wie möglich.

»Nee, ist nicht so wichtig. Erzähl du lieber mal, wie deine Schicht gelaufen ist.«

Nichts leichter als das. Um Neeles Stimmung zu heben, berichtete ich in schillernden Details von meiner anstrengenden Kollegin, dem tierischen Nachtgebell und den Reflexzonenmassagen.

»Alles in allem lief es zwar, aber der Laden ist echt gewöhnungsbedürftig«, schloss ich.

»Es ist eben ein Hotel für den Hund von Welt.«

»Oder für die Herrchen und Frauchen von Welt.«

Neele nahm wieder einen gewaltigen Schluck Sekt. »Das Top Dog Deluxe hat einen sehr guten Ruf. Klar, manche Sachen finde ich auch übertrieben, aber grundsätzlich achten die sehr darauf, dass es den Tieren gut geht. Außerdem liegt es günstig.«

»Aber es ist teuer.«

»Dafür brauche ich wegen meiner Arbeit kein schlechtes Gewissen zu haben. Lilly wird optimal betreut.«

»Kein Wunder, bei dem Personal! Besonders in der Nachtschicht sollen die ja unheimlich fähige Mitarbeiter haben.« Neele grinste, wir quatschten noch ein bisschen über Vitalwickel, und ich hatte tatsächlich den Eindruck, dass sich ihre Stimmung langsam besserte. Dann klingelte das Telefon in der Küche.

Neele erhob sich und ich witterte meine Chance, endlich einen Blick auf ihren Bildschirm werfen zu können. Ein Glück, sie schloss sogar die Tür hinter sich. Mit klopfendem Herzen sprintete ich zu ihrem Notebook. Was wäre, wenn mir jetzt eine rosa Katze mit Sonnenbrille entgegenstarrte? Oder kulleräugige Hundebabys? Ein Blick genügte, und ich konnte aufatmen.

Neele hatte zwar kein Hintergrundbild, aber eine Desktop-Animation. Schafe. Genauer gesagt eine ganze Schafherde, die von einem wolfsähnlichen Großhund kreuz und quer über den Bildschirm getrieben wurde und dabei die Icons überspringen musste. Gut, es waren kein Motorrad, keine Serpentinenstraße und kein Cocktail-Stillleben, aber dank des Wolfshundes auch kein kitschiges Plüschszenario. Beruhigt wanderte ich wieder zum Sofa zurück.

Und auf einmal erblickte ich ihn. Den blassblauen Schuhkarton. Unter dem Beistelltisch. Nach wie vor durch drei dicke rote Gummis gesichert. In der Küche hörte ich Neele sprechen, sie telefonierte noch. Ob ich einen schnellen Blick riskieren sollte?

»Sorry, ich muss noch mal weg.« Sie erschien so plötzlich im Türrahmen, dass ich zusammenzuckte.

»Jetzt?«

»Schon wieder die Arbeit. Kann man leider nichts machen.« Neele griff nach einem Pullover und schien es auf einmal sehr eilig zu haben.

»Na dann.« Ich trank meinen Sekt in einem Zug aus und erhob mich.

»Wir sehen uns, Flori.« Mit diesen immerhin versöhnlichen Worten verabschiedete sich Neele und schenkte mir sogar ein winziges Zebra-Lächeln.

Kapitel 22

Als ich um kurz vor zehn ins Top Dog Deluxe kam, begrüßte mich Emma mit einem Naserümpfen. »Aus welcher Kneipe bist du denn gefallen?« Augenrollend kramte ich in meiner Hosentasche nach einem Kaugummi. Nie wieder Sekt am Nachmittag.

»Umziehen! Zacki, zacki!« Emma hatte wieder dieses Bärenbändiger-Leuchten in den Augen, während sie einen auf der Rezeptionstheke residierenden Porzellandackel abstaubte. Mit unerträglicher Begeisterung rubbelte sie über den wurstförmigen Rücken, entfernte jedes Schmutz-Atömchen aus seiner Gesichtspartie, benutzte sogar ein Ohrenstäbchen, um das mit Kunstkristallen verzierte Halsband zu säubern. Bloß weg hier! Sosehr ich die Arbeitsfreude anderer Menschen normalerweise auch begrüßte – bei Feinkeramik in Kleinhund-Form hörte der Spaß auf.

Auf möglichst leisen Sohlen schlich ich in den Aufenthaltsraum, um meine Motorradmontur abzulegen. Pauline wachte sofort aus dem Tiefschlaf auf und kam mit ihrer bedrohlich schlabbrigen Zunge auf mich zugestürzt. »Ich lege das nur hier hin«, erklärte ich, warf meine Sachen in die nächstbeste Ecke und schoss wieder hinaus.

»Guten Abend.« Frau Bartels spazierte aus ihrem Büro heraus und begrüßte uns mit Handschlag. Ihr struppiger Anhang ignorierte mich mal wieder komplett und trabte wie ferngesteuert auf meine Kollegin zu.

»Hat der Kleine ein bisschen zugenommen?«, fragte Emma

und streichelte den Rüden am Kopf. Bei der Erinnerung an die peinliche Verwechslung musste ich ungewollt grinsen.

»Ein halbes Kilo schon.« Frau Bartels lächelte. »Und es gibt noch eine weitere gute Neuigkeit: Guido Thielen wird uns am Tag der offenen Tür besuchen und eine Rede halten.« Ich unterdrückte ein Gähnen. Der Lembacher Bürgermeister würde eine Rede halten? Wie spannend. »Wann ist denn dieser Tag der offenen Tür?«, fragte ich gedehnt.

»Am ersten Juli. Ich wollte Ihnen sowieso noch Bescheid geben. Alle Mitarbeiter müssen helfen. Es gibt eine Menge zu tun.«

Ich sah auf meine Schuhe. Das klang nach Arbeit. Emma freute sich sicher wie verrückt auf dieses Event. Frau Bartels zeigte mir einen beinahe vollgeschriebenen Dienstplan, der in einer Schublade hinter der Rezeption auslag. Dreißig Aufgabenfelder standen zur Wahl. Dass ich weder Massagen noch Gehorsams- oder gar Hundetanzvorführungen mitgestalten konnte, verstand sich von selbst, aber Blumentöpfe oder Kindergesichter wollte ich genauso wenig bemalen. Nein, für einen echten Mann gab es nur eine Aufgabe: eine Schicht auf dem Bierwagen. Zum Glück war da noch ein Platz frei.

»Wir veranstalten jedes Jahr einen Tag der offenen Tür«, sagte Emma, als Frau Bartels wieder hinausspaziert war. »Das ist eine Supersache.«

»Wie könnte es anders sein.« Ich legte meinen Kopf auf die Rezeption und wäre am liebsten gleich wieder nach Hause gefahren.

»Hey, nicht einschlafen, Prinzessin. Heute kümmerst du dich um die Fotos«, sagte Emma.

»Was denn für Fotos?«

»Wir schicken jedem Gast, der bei der Anmeldung eine E-Mail-Adresse angegeben hat, pro Woche ein Foto von seinem Hund.«

Pro Woche ein Foto? Das wurde ja immer schöner! So etwas müsste es mal in einem ganz normalen Hotel geben! Bei meinem letzten Mallorca-Urlaub hatte man mir jedenfalls kein einziges Foto gemailt. Im Grunde genommen war das auch besser so, denn ich wollte gar nicht daran erinnert werden, wie ich hackedicht mit einer Schwimmwindel auf dem Kopf im Pool herumtrieb.

Emma zeigte mir, in welchem Verzeichnis die Bilder abgelegt waren, die die Kollegen von der Tagschicht aufgenommenen hatten, und erklärte mir die Verwendung von Textbausteinen und der Mailingliste.

Das erste Bild, das ich verschickte, war natürlich eine Aufnahme von Lilly. Sie pflügte darauf durch den Badesee, ihre schwarz glänzende Nase keck in der Luft. »Sehr geehrte Frau Pfeiffer!«, schrieb ich und beschloss, den vorgegebenen Text minimal abzuwandeln. »Lilly hat einen wunderbaren Tag am Strand verbracht und freut sich schon sehr darauf, demnächst mal wieder mit Ihnen und einem unserer unheimlich fähigen Mitarbeiter aus der Nachtschicht spazieren zu gehen. Viele Grüße! Ihr Team vom Top Dog Deluxe.«

Zufrieden schickte ich die Mail an Neeles Adresse und widmete mich dem unspektakulären Rest der Liste.

Um Viertel vor elf stand zur Abwechslung eine Schlaf-gut-Verwöhnmassage an. Emmas Part. Auf der Überwachungskamera konnte ich live mitverfolgen, wie sie eine CD einlegte, sich neben den hüftkranken Lupo auf den Boden kniete und gemächlich seinen Rücken sowie die Pfoten abkreiste. Schien tatsächlich gut anzukommen, denn der Schäferhund dämmerte nach wenigen Minuten ein. Um elf musste eine blasenschwache Dackeldame noch einmal zum finalen Geschäft nach draußen. Mein Job. Pipi, Bierflaschen, E-Mails. Wahnsinn, wie viel Verantwortung ich schon hatte. Mein Körper wurde immer schwerer, die Zeiger meiner Armbanduhr kamen einfach nicht voran – und dann checkte zu allem Unglück auch noch Henriette ein.

Schon als ich im Computer sah, dass eine gewisse Frau von Stein die Königssuite gebucht hatte, schwante mir Böses. Die Königssuite war der mit Abstand größte, teuerste und entsetzlichste Raum im ganzen Hotel. Es gab darin drei thronartige Hundesofas mit Samtbezug, dazu Bodenpolster, Liegekissen und Kuscheldecken bis zum Abwinken. Einen vergoldeten Wassernapf, Spielzeug in allen Formen und Farben, eine Ministereoanlage, sogar einen Fernseher. Und eine Krönchen-Tapete, die mir Tränen in die Augen trieb. Ob die Pudelhündin von vier Bediensteten in einer Sänfte hereingetragen wurde? Umgeben von Jünglingen, die ihr mit Palmwedeln Luft zufächerten und alle paar Meter einen Happen Straußenfleisch in das geöffnete Maul legen durften?

Meine Horrorvisionen waren gar nicht so abwegig. Frau von Stein überreichte mir eine ganze Liste mit Fütterungs-, Einschlaf- und Bespaßungsvorgaben. Über zwanzig Punkte mussten beachtet werden. Am erschreckendsten fand ich beim Überfliegen Punkt vier: Medien. Laut ihres Frauchens schätzte Henriette tagsüber, wenn gerade keine Massage, kein Yoga und kein Spaziergang anstand, ein buntes Programm aus klassischer Musik und Meditationsklängen. Nach dem Abendessen, das sie an diesem Tag bereits eingenommen hatte, sah sie üblicherweise einen Tierfilm.

»›Friedhof der Kuscheltiere‹?«, musste ich einfach fragen und fing mir einen Fußtritt von Emma ein. Frau von Stein, eine pelzige Dame, die aussah, als würde sie täglich in Champagner baden, überhörte meinen ironischen Unterton. »›Scott und Huutsch‹, ›Snow Dogs‹ und ›Lassie‹. Besonders gerne mag sie ›Kommissar Rex‹.«

»Sehr wohl«, sagte ich und zwang mich, weder die Augen zu verdrehen noch zu salutieren. »Dann bis morgen, mein kleiner Schatz.« Frau von Stein küsste die Pudeldame auf die Lefze und entschwebte winkend.

Emma drückte mir Henriettes Leine in die Hand. Das Leder fühlte sich weicher an als meine Motorradjacke – und das will was heißen. Ganz im Gegensatz zu meinem liebsten Kleidungsstück war die Leine jedoch mit bestimmt zwanzig roten und gelben Glitzersteinen bestückt, die mich vom Farbton und von der Anordnung her an die Warnleuchten einer Autobahn-Baustelle erinnerten. Wie geschmackvoll.

Emma verschwand unbeeindruckt in einem Nebenraum und kam mit einer DVD in der Hand wieder heraus. Dann nahm sie mir die Leine samt Hündin ab und führte sie zur Treppe. Kopfschüttelnd beobachtete ich über die Kamera, wie sie die Tür zur Königssuite öffnete und einen Knopf neben dem Lichtschalter drückte. Eine unscheinbare Klappe in Bodennähe sprang auf und brachte einen Minibildschirm zum Vorschein, der mit einer Plexiglasscheibe geschützt wurde. Henriettes Abendprogramm war gesichert. Allerdings nicht besonders lange. Um ein Uhr musste ich bei einem Routineblick auf den Bildschirm zu meinem Leidwesen beobachten, wie die Hündin anfing, unruhig in ihrer Suite auf und ab zu laufen.

»Guck mal, Emma, hat die was? Kotzt sie jetzt, weil ihr das Fernsehprogramm nicht gefallen hat?«

»Quatsch, die muss bloß Gassi. Also los, ab in den Wald!«

Emmas Ton gefiel mir nicht. Mein übermüdetes, aber immer noch existierendes Alpha-Ich wurde langsam bockig. Wir waren doch Kollegen! Sie hatte kein Recht, mich pausenlos herumzukommandieren!

»Ich? Warum gehst du nicht?«

»Weil ich Rechnungen schreiben muss. Also los, jetzt stell dich nicht so an, Prinzessin.«

»Jetzt hör endlich damit auf, mich Prinzessin zu nennen! Außerdem …«, begann ich, und da passierte es auch schon. Ob es tatsächlich am Fernsehprogramm lag oder ob ihr die Zimmerdeko nicht gefiel, konnte ich nicht sagen, jedenfalls entweihte Henriette ein königliches Samtpolster und machte sich umgehend daran, die Spuren ihrer Tat überall im Raum zu verteilen.

»Das müssen wir jetzt wegmachen, oder?«, fragte ich peinlich berührt.

»Alternativ können wir warten, bis sie noch ein paarmal mittendurch marschiert ist, damit wir auch noch den Rest des Zimmers sauber machen dürfen. Also los. Tüten, Tücher und Desinfektionsmittel liegen da hinten im Schrank.«

»Ich soll das machen?«

»Wer ist denn an diesem Mist schuld? Du schwätzt doch die ganze Zeit, anstatt endlich mal in die Gänge zu kommen! Also los. Zacki, zacki!«

Ich brummte vor mich hin, doch Emma ließ nicht locker. Nach einer erhellenden Erklärung, wie man solche Hinterlassenschaften mit einer Tüte aufgreifen konnte, ohne sich die Finger schmutzig zu machen, machte ich mich ans Werk. Henriette war über meine Ankunft begeistert. Sie hielt mich anscheinend für menschliches Toilettenpapier und machte Anstalten, ihr dreckiges Vorderpfötchen an meinem Hosenbein abzureiben. Ich reinigte schleunigst Hund und Boden, nahm das entweihte Samtpolster an mich und suchte das Weite.

»Gab es Anzeichen für eine Erkrankung?«, fragte Emma nach meiner Rückkehr.

»Woher soll ich das wissen?«

»Zeig mal her.«

Mit spitzen Fingern reichte ich ihr das braune Plastiktütchen, das ich eigentlich sofort in den hinterletzten Müllcontainer auf dem Hof katapultieren wollte. Meine Kollegin beäugte den Inhalt im Stil eines Molekularbiologen, der eine Zellprobe auf gefährliche Mutationen hin untersuchte. Sie kam zu dem Schluss, dass Henriette auf den ersten Blick gesund schien, tippte aber einen längeren Eintrag in den Computer. Welche Angaben sie wohl machte? Frikadellen- oder haselnussbraun? Schnecke oder Wurst?

»So. Jetzt gehst du mit ihr noch eine Runde raus.«

»Ich schon wieder?«

»Auf jeden Fall!«

»Supi.« Irgendwie war ich zu müde, um mich zu wehren. Mein Alpha-Ich hatte bereits ein Auge geschlossen. Vielleicht sollte ich es in der nächsten Nacht mal mit Koffeintabletten probieren, das würde auch meiner Selbstachtung guttun.

Direkt hinter der Hotelanlage begann ein Waldgebiet, auf das Henriette ohne zu zögern zueilte. Da ich davon ausging, dass die Hunde hier häufig hingeführt wurden und den Weg zum schönsten Pinkelhalm im Schlaf kannten, folgte ich ihr. Schon nach wenigen Metern war es so düster, dass ich kaum noch den Hund vor Augen erkennen konnte. Henriette zerrte mich immer weiter in die Dunkelheit hinein. Ich ahnte, dass sie mehr Lust auf Bäume als auf Krönchen hatte, und gönnte ihr das kleine Vergnügen. Trotzdem begann ich in meinem Poloshirt zu frösteln.

Fünfzig Meter weiter wurde es noch dunkler und stiller als zuvor. Ich hatte Mühe, dem Sandweg zu folgen. Immer wieder stolperte ich über herumliegende Äste und dahergelaufene Maulwurfshügel. Auf einmal raschelte ganz in der Nähe etwas im Gebüsch. Ein Vogel? Ein Fuchs? Ein Massenmörder? Mein Alpha-Ich begann sich ein wenig unwohl zu fühlen, doch die Pudeldame kümmerte das nicht. Sie machte an einem kniehohen Busch einen kleinen Zwischenstopp, zog mich weiter zu einem Pfosten, der einsam wie ein Marterpfahl am Wegesrand herumstand, dann blieb sie abrupt stehen und rührte sich nicht mehr. Ich versuchte, irgendetwas im Dunkeln zu erkennen. Da war nichts.

»Komm, wir gehen zurück.«

Henriette reagierte nicht. Sie hob das rechte Vorderbein, sah fast aus, als wollte sie einem imaginären Kollegen die Pfote schütteln. Vor uns war nichts weiter als ein tiefschwarzer Wald. Wieder knackte etwas im Gebüsch. Ich spürte, wie mein Herz schneller klopfte. Mein Alpha-Ich zog sich schon mal die Schuhe an und begann sich von mir zu verabschieden.

»Na, komm schon.« Meine Stimme klang kläglicher als beabsichtigt. Henriette ignorierte mich völlig. Schemenhaft konnte ich ihre Ohren zucken sehen. Sie schien irgendetwas zu wittern. Aber was? Ich zupfte an ihrer Leine herum. Ohne Erfolg. »Los, Mädchen.« Henriette machte sich steif, als mimte sie die Sphinx von Gizeh.

»Bing! Bing! Bing!« Mein eigenes Handy erschreckte mich so sehr, dass meine Hände zu zittern begannen und ich das Gerät, nachdem ich es endlich aus meiner Hosentasche bugsiert hatte, auch noch auf den dreckigen Boden fallen ließ. Zum Glück funktionierte es noch. Ich klopfte den Staub ab und suchte nach der Anruferliste. Vielleicht hatte Neele angerufen. Diesen kleinen Moment der Unaufmerksamkeit nutzte Henriette und flüchtete. Die Leine, die ich nur locker um das Handgelenk hängen hatte, zog sie einfach hinter sich her.

»Henriette! Bleib stehen!«, rief ich halblaut, da es mir komisch vorgekommen wäre, in der Dunkelheit wie ein Stadionsprecher herumzubrüllen. Die Pudeldame hatte leider andere Pläne. Ich hörte sie mitten im Wald grunzen und knacken, glaubte einen Moment später, sie auf einem Parallelweg zu erspähen, dann war nichts mehr von ihr zu sehen und zu hören. Ich zögerte. Sollte ich ihr hinterherlaufen? Mein Alpha-Ich hatte sich längst über alle Berge gemacht. Ich atmete tief durch und trabte los.

Der Weg führte mich mitten in den Königsforst hinein. Schon längst hatte ich vergessen, aus welcher Richtung ich gekommen war, wohin ich später wieder zurücklaufen musste. Ich hörte mich keuchen, nach Luft schnappen, Henriettes Namen in die Nacht hinausrufen. Eins war sicher: Ich musste diese Hündin wiederfinden, sonst war ich meinen Job los. Aber wie? Und wo?

»Henriette! Henriette!« Auf einmal knackte es direkt vor mir. Das musste sie sein!

»Huch! Was …« Ich schlug mir auf den Mund, machte drei Schritte zurück und erstarrte. Wildschweine. Ein ganzes Rudel. Sie überquerten direkt vor mir den Weg und waren so nah, dass ich sie zählen konnte, obwohl ich nur ihre Umrisse erkannte. Sechs kleine und zwei große. Waren Wildschweine angriffslustig? Fraßen sie Fleisch? Offenbar hatte ich es mit einer ganzen Sippschaft zu tun. So eine Bache verteidigte doch sicher ihre Jungen. Ich hielt die Luft an und schloss die Augen.

»Bing! Bing! Bing!« Mir blieb fast das Herz stehen. Die Schweine mussten noch ganz in der Nähe sein! Das war es dann wohl. Panisch fingerte ich nach dem Aus-Knopf meines Handys, fand ihn endlich, das Bimmeln verstummte. Immer noch knackte es ganz in der Nähe, und ich wagte es nicht, mich auch nur einen Millimeter vom Fleck zu bewegen. Ich ging in die Hocke. Wartete. Atmete schließlich auf. Das war gerade noch mal gut gegangen.

Trotzdem traute ich mich nicht, weiter nach Henriette zu rufen. Zu groß war die Angst, noch mehr Freiwild anzulocken. Also weiter. Der Weg wurde jetzt immer sandiger, die Umgebung nebliger. Minuten später drangen durch die Stille auf einmal Stimmen an mein Ohr. Ich stutzte. Stimmen? Mitten im Wald? Um diese Uhrzeit? Aber eindeutig: Ich hörte eine Frauenstimme. Und sie klang entfernt wie – ich stutzte wieder – wie Neele! Neele? Normalerweise neigte ich eigentlich nicht zu Halluzinationen!

Hastig näherte ich mich einer Weggabelung, die vom Mondlicht minimal beleuchtet wurde. Da stand ein Auto. Aber kein Mini. Irgendein größeres. Wäre ja auch wirklich komisch gewesen. Ich spähte durch die Dunkelheit, erkannte schemenhaft zwei Gestalten hinter dem Wagen, wurde jedoch plötzlich von einem leisen Plätschern abgelenkt.

Henriette!

Augenblicklich waren die Gestalten vergessen. Ich stolperte gut zwanzig Meter durch das Dickicht, immer dem Plätschern nach – und endlich fand ich sie. Sie war bis zu den Oberschenkeln in einen nebelverhüllten Weiher gelaufen und schlabberte gerade das halbe Gewässer leer. Wenn das Frau von Stein sehen würde! Zu Hause durfte das holde Tier sicherlich nur aus Goldschälchen trinken. »Komm her, Henriette!«, rief ich mit schmeichelnder Stimme. Sie ignorierte mich, blieb einfach mitten im Weiher stehen. Abgesehen von den Schlabbergeräuschen war alles still.

»Henriette«, flötete ich durch die Dunkelheit. Sie drehte sich zu mir um. Ein gutes Zeichen. Dann machte sie einen Schritt in die entgegengesetzte Richtung. Ein ganz schlechtes Zeichen.

»Na, warte!« Ich sprintete los, geradewegs in den eiskalten, kniehohen Weiher, rutschte aus, landete im Wasser, rappelte mich hoch, watete weiter, abwechselnd lockend und fluchend. Noch einmal würde mir dieses Biest nicht entkommen, noch einmal nicht!

Henriette galoppierte durch das Wasser. Sie schien zu ahnen, dass es mir ernst war. Zu meinem Glück verfing sich ihre Leine an einem Baumstumpf. Triefend grabschte ich nach dem völlig verdreckten Lederstück. Geschafft! Ich stieß einen gurgelnden Triumphschrei aus, der unwirklich durch den Wald hallte.

Nächstes Problem: Wie sollte ich jetzt nach Hause kommen? Mein Handy ließ sich seit dem ungewollten Tauchgang nicht mehr anschalten, sonst hätte ich Emma oder vielleicht sogar Gerd angerufen. Egal. Heim. Duschen. Schlafen. Mit dem Hund an der Leine irrte ich durch den Wald, sah irgendwann Lichter, erreichte die Landstraße, schlappte immer weiter. Trampen fiel flach, die Gegend war menschenleer. Zitternd vor Kälte, verdreckt und erledigt erreichte ich zwei Stunden später in Henriettes Begleitung das Hundehotel. Emma kam mir auf den letzten Metern aufgeregt entgegen.

»Na endlich, wo warst du denn so lange?« Anders als erwartet freute sie sich sichtlich, mich wiederzusehen. »Du bist nicht an dein Handy gegangen. Ich habe mir Sorgen um dich gemacht!«

»Henriette und ich sind noch ein bisschen um die Häuser gezogen«, sagte ich matt.

»Ist sie abgehauen?«

Ich nickte mit letzter Kraft.

»Oh je, du Ärmster! Zum Glück habt ihr heil wieder hierhergefunden«, sagte Emma. »Jetzt komm aber schnell rein, sonst erkältest du dich noch. Ich lege dir Handtücher und ein frisches Poloshirt raus.«

So viel Anteilnahme und Fürsorge hätte ich meiner Kollegin gar nicht zugetraut, aber irgendwie gefiel mir das. Mit schlotternden Knien wankte ich in den Aufenthaltsraum, um mich umzuziehen. Pauline warf mir zum Glück nur einen müden Rottweilerblick zu und bettete ihren Kopf auf einem Plastikhähnchen.

»Du siehst ja immer noch völlig verfroren aus«, sagte Emma, als ich zurück zur Rezeption kam. »Ich habe dir einen Tee gemacht.«

»Danke, das ist aber lieb.« Ich lächelte sie an und folgte ihr in die Personalküche. Eigentlich war ich kein Teetrinker, aber in meinem derzeitigen Zustand war mir jede Wärmequelle willkommen. »Welche Sorte ist es denn?«

Emma zeigte mir die goldgelbe Schachtel. Ich schluckte. Roibusch-Vanille! Ausgerechnet ... Aber hatte ich eine Wahl? Ich griff nach der heißen Tasse.

»Was ist eigentlich genau passiert?«, fragte meine Kollegin.

»Eine ganze Menge.«

Wir setzten uns an den Küchentisch, und ich begann ihr von meinen Abenteuern im Königsforst zu erzählen. Hier im

Warmen, im Hellen, mit Emma, konnte ich auf einmal sogar über die nächtlichen Erlebnisse lachen. Nach dem Tee ging es mir wieder richtig gut. Klar passte Roibusch-Vanille nicht zu meiner männlichen Würde, aber wegen so ein bisschen Wohlfühltee würde ich mich schon nicht in eine Alpha-Ruine verwandeln.

Kapitel 23

Bis zum nächsten Tag schaffte ich es zum Glück, die erniedrigende Nacht aus dem Bewusstsein zu verdrängen. Nur das gute Gefühl, das ich mit Emma in der Küche gehabt hatte, wirkte noch nach. Jetzt war es mal wieder an der Zeit, meine besten Freunde auf ein Feierabendbier zu mir nach Hause einzuladen. Gerd klopfte pünktlich um sieben, Mats trudelte eine halbe Stunde später ein. »Lange nicht gesehen, deine Mülldeponie«, sagte er beim Reinkommen. »Warum fragst du eigentlich nicht Irina, ob sie deinen Haushalt macht?« Ich runzelte die Stirn. Mats kannte mich und meine Unordnung seit Jahren, bisher hatte er sich nie darüber beschwert.

»Wer ist denn Irina?« Gerd klang enttäuscht, so als hätte er eine spannende Neuigkeit verpasst, über die bereits die ganze Welt Bescheid wusste.

»Neeles Putzhilfe.« Mats klopfte ihm im Vorbeigehen auf die Schulter. »Ich habe sie gerade kennengelernt.«

»Sie liebt Glitzersteine und Silberpailletten«, fügte ich hinzu.

»... die ihren Typ hervorragend unterstreichen.« Mats klang wie ein Stilberater, der mit seinem Schützling zufrieden war. »Außerdem ist sie Studentin.« Er hob vielsagend die Augenbrauen.

Ich rümpfte die Nase. »Du und diese Elster? Das würde noch fehlen!«

»Wieso nicht? Sie sieht top aus«, sagte Mats, und das Glänzen in seinen Augen war unübersehbar. Dass sich mein Kumpel für Irina interessierte, passte mir gar nicht. Er kannte einfach zu viele nur bedingt schmeichelhafte Seiten von mir, die über Irina an Neele weitergetratscht werden könnten. Gerd, der von Mats' Frauengeschichten sowieso längst genug hatte, klopfte auf den freien Platz neben sich. »Erzähl lieber mal was von Neele, Flori. Wie läuft es denn so?«

Ich setzte mich zu ihm und sah an die Decke, als könnte ich sie mit Röntgenaugen durch den Beton hindurch beobachten.

»Es läuft langsam an, aber es läuft.«

»Aha.« Gerd nickte bedächtig.

»Ich finde, ihr müsstet allmählich mal zu Potte kommen«, sagte Mats. Ich schüttelte den Kopf. »Wir lassen uns Zeit.«

»Wie lange wohnt sie jetzt schon hier?«

»Einen Monat und eine Woche.«

»Eine halbe Ewigkeit!«

»Nur für eine Eintagsfliege.«

»Ich wäre zu gerne dabei gewesen, als ihr euch kennengelernt habt«, sagte Gerd mit einem Hauch von Sehnsucht in der Stimme. »Das erste Treffen ist immer etwas ganz Besonderes.«

»In dem Fall war es ja wohl nur ganz besonders peinlich. Erinnerst du dich nicht?« Mats grinste. »Das hätte ich allerdings auch gerne miterlebt.«

Ich wusste nicht genau, warum, vielleicht lag es an der Sommerhitze oder dem Bier, aber ich beschloss, den Herzenswunsch meiner Freunde zu erfüllen. Ich würde ihnen das Ausmaß des Dramas so plastisch wie möglich demonstrieren.

»Wartet mal«, sagte ich und verschwand im Bad. Mein Regenbogenshirt gammelte nach wie vor im Wäschesack. Die Superman-Boxershorts ebenfalls. Ich streifte beides über und wickelte mir ein Handtuch um den Kopf. Zur Vollendung der optischen Grausamkeit fehlte nur noch das blutige Tüpfelchen auf dem »i«, das ich mir in Form von Ketchup auf die Stirn schmierte. Perfekt. Ich sah genauso wahnsinnig aus wie am Tag des Grauens. »Tadaaaaa.« Mit Primaballerina-Schrittchen tänzelte ich durchs Wohnzimmer.

Gerd klopfte sich bei meinem Anblick prustend auf die Schenkel, Mats begann hysterisch zu wiehern. »So hast du ausgesehen? Die muss dich echt gut finden, wenn sie dich nach so einer Aktion noch mal getroffen hat!«

Ich drehte mich langsam um die eigene Achse. So hatte ich die Sache noch nie gesehen. Da war bestimmt etwas dran.

Mats machte mit seinem Roten Telefon ein Handyfoto, das bestimmt ziemlich verwackelt war, weil er seine Hände vor Lachen kaum ruhig halten konnte. »Wenn du das jemandem zeigst, kracht es«, drohte ich.

»Willst du nicht mal bei Neele klingeln?«

»Sehr witzig.« Ich legte noch ein pirouettenlastiges Ausdruckstänzchen ein und wollte gerade ins Bad zurück – da klopfte es an meiner Tür. Einmal laut, zweimal leise.

Ich erstarrte. Das Regenbogenshirt. Der Ketchup. Ein zweites Mal würde ich ihr nicht wie ein kompletter Vollidiot gegenübertreten.

»Wenn sie das ist …« Mats' Mundwinkel zuckten bedenklich. Gerd tappte zum Türspion. »Kleine Nase, blonde Locken.« Meine Zehen spielten eine imaginäre Tonleiter einmal rauf und wieder runter. »Sag ihr, sie soll warten!« Ich raste an Mats vorbei ins Bad, wusch mir das Gesicht und riss mir die Klamotten vom Leib.

»Hallo!«, hörte ich Gerd im Flur sagen.

»Ist Florian nicht da?« Neele klang verwirrt, das konnte ich selbst durch die gemauerte Wand hindurch hören. Ich hüpfte rumpelstilzchengleich durchs Bad, da mir der Versuch, gleichzeitig Hose und T-Shirt anzuziehen, weniger leicht fiel als gedacht.

»Komme sofort!«, rief ich in den Flur und hoffte, dass Neele nicht gleich wieder abziehen würde. Ich hatte Glück. Selbst Mats zeigte sich von seiner besten Seite und stellte sich ohne geistreichen Verweis auf sein Dasein als Hobby-Gynäkologe vor. Gerd begrüßte auch Neeles Begleiterin Lilly und bot den beiden einen Sitz- beziehungsweise Liegeplatz an. Sekunden später war ich bereit.

»Hallo.« Neele kraulte ihrer Hündin, die auf ihrem Schoß Platz genommen hatte, die Fledermausohren. »Ich wollte nur mal hören, wie es gestern bei der Arbeit gelaufen ist.«

Ich ließ mich auf meinen Drehstuhl fallen und setzte ein Gewinnerlächeln auf. »Bestens. Ich bin zwar die halbe Nacht im Wald umhergeirrt und dann auch noch in einen Weiher gefallen, aber die Algen haben echt lecker geschmeckt.«

Neeles zweifelnder Blick zeigte mir, dass diese Story weniger alphatauglich rüberkam als gewünscht. Ich lachte, als ob ich bloß einen Scherz gemacht hätte, und sagte: »Nee, Blödsinn. Ich wurde in die Schlaf-gut-Verwöhnmassage eingewiesen und habe sie so gut wie perfektioniert. Wenn du willst, kann ich sie dir gerne mal demonstrieren!« Aus den Augenwinkeln bemerkte ich, wie Mats anerkennend nickte. Der Spruch hätte von ihm kommen können.

»Lass mal.« Neele lächelte minimal. »Aber danke.«

Lilly schien mehr Interesse an dem Angebot zu haben als ihr Frauchen. Sie sprang von Neeles Schoß hinunter und rollte sich auf den Rücken. Ich kniete mich neben sie und kreiste ihre rosafarbene Bauchpartie ab, die sich wie weiche Babyhaut anfühlte. Die Hündin hielt still, schloss sogar einen Moment lang die Augen. Sie schien die Prozedur zu genießen. Hoffentlich sah ihr Frauchen, was für sensible Hände ich hatte und welche Wellnesseinheit ihr gerade durch die Lappen ging.

Neele räusperte sich. »Was ich fragen wollte: Kannst du Lilly heute Abend vielleicht mit ins Top Dog Deluxe nehmen?«

»Kein Problem. Musst du noch weg?«

»Sieht so aus.« Sie räusperte sich wieder. »Und ich möchte sie ungern in der Nacht alleine lassen, da macht sie immer so viel Terror. Du würdest mir echt einen Riesengefallen tun.«

»Soll ich sie morgen früh wieder mitbringen?«

»Brauchst du nicht, danke. Ich hole sie nach der Arbeit ab.«

Nachdenklich massierte ich den Bauch der kleinen Hündin. Was ihr Frauchen wohl vorhatte? Party machen? Eine Freundin treffen? Einen anderen Mann? Sie hatte ja wohl hoffentlich kein Date!

»Hast du eigentlich schon deine Mails gecheckt?«, fragte ich betont fröhlich, während ich aus den Augenwinkeln beobachtete, wie Neele eine SMS tippte.

»Nein, wieso?«

»Sie haben Post.«

»Muss ich mir zu Hause am Computer ansehen. Mein Smartphone spinnt zurzeit ein bisschen.«

Ich ließ von der Hündin ab und setzte mich wieder auf meinen Drehstuhl. Neele starrte schweigend auf den Teppichboden. Sie war eindeutig mit ihren Gedanken woanders. Mein Blick wanderte zu Mats und Gerd, die auch keinen Ton von sich gaben. Ich durchbohrte sie fast mit meinem Blick, während ich fragte, ob jemand Kaffee trinken wollte. Wider Erwarten verstanden sie den Wink und folgten mir in die Küche.

»Neele ist irgendwie komisch drauf«, sagte ich. »Findet ihr nicht auch?«

Mats sah mich mit seinem Spezialblick an und zischte: »Dann unternimm endlich was. Frag nach einem Date!«

Ich gehorchte. Ohne Erfolg. »Bis Freitag sieht es bei mir ganz schlecht aus«, sagte Neele bloß.

»Und am Wochenende?«

»Weiß ich noch nicht. Im Moment habe ich viel um die Ohren.«

Ich schwieg. Irgendwie wurde ich aus dieser Frau nicht schlau. Gestern hatte sie mich zu einem Sekt-Umtrunk eingeladen, und jetzt war sie verschlossener als eine Schlaufenkette. Ob das mit ihrer nächtlichen Unternehmung zu tun hatte?

Meine Freunde kamen mit jeweils zwei Kaffeetassen in der Hand wieder ins Wohnzimmer. Gerd hatte sogar noch eine Packung Dinkel-Ingwer-Kekse in meinem Schrank gefunden, die jedoch abgesehen von ihm selbst niemand anrühren wollte.

»Na sdorowje!«, sagte Mats, reichte mir ein Heißgetränk und begann, in seiner Tasche herumzukramen. »Hier ist übrigens mein neuester Cartoon.« Das Bild zeigte einen männlichen Nacktmull, der seiner Angebeteten mit hoffnungsvollem Blick eine Rose entgegenstreckte. Das Nacktmull-Weibchen hatte den Kopf zur Seite gedreht und sah ihn nicht an. Untertitel: Mullabfuhr. Neele kicherte beim Anblick der Zeichnung, aber irgendwie konnte ich über den Witz nicht lachen.

Mats, der in seinem Leben wahrscheinlich noch nie einen Korb bekommen hatte, wandte sich an Neele. Seine Augen glänzten verdächtig. Ein Junghund beim Anblick der Welpenspielgruppe konnte nicht unternehmungslustiger aussehen.

»Ich habe übrigens deine Irina kennengelernt«, sagte er aufgeräumt. Neele gähnte. »Ach ja?«

»Sie hat echt süße …« Mats verzog schmerzlich das Gesicht, da er sich einen unsanften Rippen-Rempler von Gerd eingefangen hatte. »Echt süße Putzläppchen dabeigehabt! Was hast du denn gedacht?«

»Suchst du eine Putzfrau oder warum fragst du?«, sagte ich und sah Mats über den Rand meiner Kaffeetasse hinweg scharf an. Der Kerl brauchte sich bloß nicht einzubilden, er könne sich über Neele an Irina heranmachen.

»Schon möglich. Hat sie denn noch Kapazitäten frei?«

»Ich kann ja mal fragen.«

»Hast du vielleicht ihre Telefonnummer? Dann frage ich sie einfach selbst!«

»Nicht hier.« Neele rutschte auf ihrem Stuhl herum und schielte auf ihr Handy. Ihre Unruhe schien sich auf Lilly zu übertragen. Sie sprang auf, lief eine Runde suchend im Kreis und verließ das Wohnzimmer. Ein Rumpeln in der Küche sagte mir, dass sie eine äußerst vielversprechende Futterquelle gefunden hatte: meinen Mülleimer. Mit Gerd an meiner Seite folgte ich der Hündin. »Mats lässt echt nichts anbrennen«, sagte ich, während ich Lilly daran hinderte, die Reste des letzten Abendessens auf dem Fußboden zu verteilen.

»Das ist manchmal gar nicht so verkehrt«, bemerkte Gerd. »Du solltest vielleicht auch ein bisschen mehr Gas geben.«

»Meinst du?«

»So richtig verknallt wirkt sie nicht. Eher abwesend.«

»Liegt vielleicht an den Umständen. Erst glotzt ihr sie an wie einen Alien, und dann nervt Mats sie pausenlos wegen ihrer Putzfrau.«

»Kann sein.« Gerd zuckte mit den Schultern. »Aber irgendwie habe ich da so ein Gefühl.«

Ich musste plötzlich daran denken, dass Mats vor Wochen schon einmal Ähnliches gesagt hatte. Hatten meine Freunde womöglich recht? War Neele vielleicht gar nicht besonders interessiert an mir? Hatte ich doch einen unbekannten Konkurrenten? Nun ja, wenn ich ganz ehrlich war, gab es tatsächlich ein paar Anzeichen, die darauf hindeuteten. Aber konnten die mich aufhalten?

»Das wird schon«, sagte ich trotzig und marschierte mit Lilly im Schlepptau ins Wohnzimmer zurück. Gerd folgte mir und sagte nichts mehr weiter zu dem Thema. Trotzdem musste ich an diesem Abend noch lange über seine Worte nachdenken.

Kapitel 24

Als meine Probewoche im Top Dog Deluxe endlich vorbei war, fühlte ich mich, als hätte ich Monate auf einem anderen Planeten verbracht. In einer Welt voller bizarrer Aufgaben und Anweisungen, die mich nicht selten erbleichen ließen. Wie verrückt freute ich mich daher auf zwei freie Tage, in denen ich endlich wieder ich selbst sein durfte. Schlafen, Motorrad fahren, essen und trinken waren angesagt.

Nachdem ich die ersten beiden Punkte erfolgreich erledigt hatte, führte mich mein Weg unweigerlich ins Lembacher Märktchen. Um meinen ersten freien Abend würdig zu zelebrieren, brauchte ich Fleisch. Mindestens fünfhundert Gramm. Während ich noch mit einem T-Bone-Steak liebäugelte, kam mir ein Gedanke: Eigentlich könnte ich doch mal wieder eine kleine Balkonparty schmeißen. Seit der desaströsen Veranstaltung bei Gerd hatte ich grilltechnisch gesehen eine Durststrecke durchlitten. Besonders schön wäre natürlich eine Feier, zu der auch Neele eingeladen war. Oder noch besser: ein Grillabend nur mit ihr alleine! Wenn sie denn zusagen würde. Unser letztes Treffen spukte mir noch genauso im Kopf herum wie die Kommentare von Gerd. Aber letztendlich gab es nur eine Möglichkeit, um Gewissheit zu erlangen.

Ich warf einen Blick auf meine Armbanduhr. Halb sechs. Wenn ich Lillys Wochenplan richtig im Kopf hatte, müsste Neele sie um sechs Uhr abholen. Ich war zwar nicht besonders versessen darauf, mich an meinem freien Tag bei meiner Arbeitsstätte blicken zu lassen, aber zum einen war mein Handy immer noch kaputt und zum anderen kam eine persönliche Einladung einfach besser. Außerdem könnte ich sie gleich fragen, ob sie lieber Steak, Bratwurst oder Schwenkbraten essen wollte. Ich schlängelte mich unauffällig Richtung Ausgang, da Marktleiter Moosberg am Joghurtregal aufgetaucht war.

Um Punkt sechs Uhr erreichte ich das Top Dog Deluxe. Neeles Mini stand verlassen unter einer Linde. Ich parkte direkt daneben, setzte mich in den Schatten und starrte den gläsernen Eingang des Hundehotels an. Minuten später kam Neele heraus. Mit ihrem zackigen Gang und dem Handy am Ohr wirkte sie wie eine Geschäftsfrau, die gerade ihrem Flugzeug entstieg und auf dem Weg zu einem Meeting war. Sie machte winzig kleine Trippelschritte, sah gestresst aus, nahezu gehetzt. Je näher sie kam, desto deutlicher hörte ich, dass sie mit jemandem am Telefon herumstritt. Ich hätte gerne gewusst, worum es ging, es drangen jedoch nur Gesprächsfetzen an mein Ohr.

»Glaube ich nicht, dass sie das …«

»… totaler Schwachsinn.«

»Lass sie doch, das kann …«

Neeles Stimme klang schroff, streng, ganz anders als sonst. Mit wem redete sie da überhaupt? Einem Kollegen? Einer Freundin? Ihrer Mutter? Vielleicht war der Moment gar nicht so günstig, um sie zum Grillen einzuladen. Vielleicht stand ihr gar nicht der Sinn nach Steaks. Vielleicht sollte ich besser unter irgendeinem Vorwand im Top Dog Deluxe verschwinden und die Einladung vertagen.

Zu spät. Jetzt hatte sie mich gesehen. Ich machte ein paar Schritte in ihre Richtung und winkte, damit es nicht so aussah, als hätte ich gelauscht.

»Ich muss Schluss machen. Bis dann.« Neele steckte ihr Handy in die Handtasche und kam mir entgegen. »Was machst du denn hier?«, fragte sie barscher, als erwartet. Offenbar steckte ihr der Streit noch in den Knochen.

»Ich wollte Steaks kaufen.« Ich stockte.

»Die gibt es hier nicht.« Neele begann hektisch in ihrer Handtasche herumzukramen. Was war denn bloß los mit ihr? Irgendetwas stimmte nicht.

»Sag mal, ist alles in Ordnung?«

Neele fuhr sich durch die Locken. »Ja, klar. Ich habe mich nur wieder über meine Chefin geärgert. Hast du ja sicher mitbekommen.«

Ich schüttelte den Kopf. »Nicht im Detail. Magst du darüber reden?«

Neele packte nacheinander ihren Handtascheninhalt aus und knallte ihn auf die Motorhaube. Handy, Portemonnaie, ein Notizbuch, zwei Kugelschreiber. Der arme Autolack musste einiges aushalten. »Da bist du ja!« Sie griff nach ihrem Schlüsselbund und warf die zwischengelagerten Gegenstände wieder in ihre Tasche zurück. »Also das ist jetzt wirklich nicht so wichtig«, sagte sie so patzig zu mir, als hätte ich sie mit meinem Gesprächsangebot um einen Gefallen gebeten.

»Noch mal wegen der Steaks«, begann ich und räusperte mich. »Also, ich wollte fragen, ob du heute vielleicht bei mir zum Grillen vorbeischauen möchtest. Wenn du Zeit hast.«

Neele schloss mit der rechten Hand ihre Autotür auf, fuhr sich mit der linken erneut durch die Locken. »Normalerweise gerne, ehrlich, aber ich muss noch tausend Sachen erledigen.«

»Ach so.« Ich biss mir auf die Lippe. Abgeblitzt. Ich hätte es wissen müssen. Mein Timing war katastrophal. Neele ließ sich auf ihren Autositz fallen und wischte sich mit ihrem Ärmel den Schweiß von der Stirn. »Andererseits ... Warum nicht?« Sie klang versöhnlich. Ob sie meine Enttäuschung bemerkt hatte? »Wie wäre es denn mit Sonntag? Da ist doch hier der Tag der offenen Tür.«

Mein Herz begann vorfreudig zu klopfen. »Ich muss eine Schicht am Nachmittag übernehmen«, quetschte ich so gelassen wie möglich heraus. »Aber danach gerne. So ab vier vielleicht?«

»Das passt.« Neele startete den Motor, und ich glaubte, ein Zebra-Lächeln auf ihren Lippen zu erspähen. Na bitte! Ich hievte meine müden Knochen auf meine Maschine und brauste nach Hause. Endlich, ein Date! Mit mir würde Neele den ganzen Arbeitsstress vergessen. Wir würden lachen, herumblödeln, Spaß haben. Und dann? Mal abwarten. Vielleicht rückte ja der Tag aller Tage endlich näher …

Kapitel 25

Einen Tag der offenen Tür hatte ich bisher noch nie besucht. Die Gebäude, die mich interessierten, verschlossen ihre Türen sowieso nicht für die Öffentlichkeit. Tankstellen, Bahnhofstoiletten und Ullas Imbissbude kannte ich schon, eine Uni würde ich ebenso wenig besuchen wie ein Zentrum für Heilgesang und Klangschalenmassage, für Seniorenresidenzen war es noch zu früh. Und der Rostige Bert ließ wohl aus guten Gründen niemanden hinter die Kulissen seines Ladens blicken. Frittenfett aus dem letzten Jahrtausend, eine putzige Schaben-Kolonie oder museumsreif versteinerte Kalbsschnitzel – ihm war alles zuzutrauen.

Unser Tag der offenen Tür startete am Sonntag um zwölf Uhr. Alle Mitarbeiter waren von Frau Kimmlinger dazu angehalten worden, pünktlich im Top Dog Deluxe aufzulaufen und sich repräsentabel zu verhalten. Ich hatte mir extra von Gerd eine schwarze Stoffhose geborgt, die am Bund nur wenig spannte. Der Bierwagen befand sich auf der Terrasse hinter dem Hotel. Wir arbeiteten zu viert in unserer Schicht. Die ständig vor sich hin summende Beatrix und Linda mit den Spinnenwimpern kannte ich flüchtig. Der bärige Johannes mit seiner beeindruckenden Körpermasse war mir bisher noch nicht über den Weg gelaufen.

Es war ein Sommertag, der jedem Hobbyfotografen die Freudentränen in die Augen treiben musste. Besucherhorden flanierten über das Gelände. Wie angekündigt ließ sich sogar Bürgermeister Thielen blicken. Mit Labrador und Gattin slipperte das Lembacher Gemeindeoberhaupt über die Terrasse und verströmte jede Menge Bürgernähe. Es roch nach Menschen, nach Hunden, nach Schweiß und Parfum. Am Getränkewagen herrschte schon bald Hochbetrieb. Während ich Bier zapfte, als müsste ich einen ganzen Fußballclub versorgen, hielt ich immer wieder Ausschau nach Neele.

»Wird das heute noch was mit meinem Radler?« Gerd klopfte direkt vor mir auf den Tresen. Ich zuckte zusammen, da ich weder ihn noch Mats in dem ganzen Gewühl hatte kommen sehen. »Hallo, Jungs.« Ich stellte den beiden ein Bier und ein Radler vor die Nase.

»Tolle Veranstaltung«, sagte Gerd. »Vielleicht ein bisschen hundelastig.«

»Ach was, das meinst du nur.«

»Prost.« Ohne abzuwarten nahm Mats einen gewaltigen Schluck, dann donnerte er das halb leere Glas auf die Theke.

Die Botschaft war eindeutig. »Prost« hatte Mats seit Jahren nicht gesagt. Was war passiert? Leider fehlte mir die Zeit, um dieser Frage nachzugehen, denn in genau diesem Moment entdeckte ich Neele. Sie stand in einem gelb geblümten Sommerkleid am Sektstand an, eingekeilt zwischen Bürgermeister Thielen und einem rotköpfigen Besucher, der aussah wie ein Koch mit Bluthochdruck.

»Beatrix, Linda, ich bin mal kurz weg«, murmelte ich und öffnete die hüfthohe Tür, um aus dem Wagen zu klettern.

»Spinnst du? Siehst du nicht, was hier los ist?« Linda hielt mich an einem Zipfel meines Poloshirts fest.

»Lass das«, murrte ich und schüttelte ihre Hand ab. »Es ist wichtig.«

Meine Kollegin deutete auf die überfüllte Terrasse. Rund um den Getränkewagen standen Scharen von Menschen, teilweise mit Vierbeinern bewaffnet, die aussahen, als würden sie im nächsten Moment die Theke entern, um für ihr Herrchen ein Kaltgetränk zu erkämpfen. »Wichtig ist, dass du hier und jetzt deinen Job erledigst. Geschwätzt wird später.« Linda schob mich wieder an meinen Platz zurück. Missmutig beobachtete ich aus den Augenwinkeln, wie Neele bestimmt zwei Minuten lang mit dem bürgernahen Guido Thielen plauderte, ihren Sekt trank und schließlich Richtung Foyer verschwand.

Meine beiden Freunde blieben an der Theke stehen, während ich schwitzte wie ein Galeerensklave. Mats kippte ein Bier nach dem anderen. Es war über dreißig Grad warm, und ich konnte ihm schon nach zwanzig Minuten ansehen, dass der Alkohol seine Wirkung tat. Als er zum sechsten Mal sein Glas erhob, musste er sich mit der linken Hand an der Theke des Bierwagens abstützen.

»Sag mal, habt ihr eigentlich auch Schnaps?«

Ich schüttelte den Kopf. »Wir haben drei Uhr, Mats.«

»Gibt es Schnaps erst ab vier oder was?« Er klammerte sich mit glasigen Augen an die Theke.

»Du machst jetzt besser mal langsam«, sagte ich. »Ganz taufrisch siehst du nicht mehr aus.«

Mats knurrte irgendetwas Unverständliches in sich hinein.

»Lass mich raten. Es geht um eine Frau«, sagte ich.

»Um eine Frau?« Er beugte sich nach vorne und hielt sich eine Hand ans Ohr, als hätte er mich akustisch nicht verstanden.

»Wenn du gefrustet bist, lass es nicht an uns aus, okay?«, zischte ich unwillig und kassierte eine Kundin ab.

»Gefrustet? Ich? Niemals!« Mats schrie so laut, dass sich die Umstehenden nach ihm umdrehten. Auch ein höchst kritischer Blick von Frau Thielen, der ganz in Flieder gekleideten Gattin des Bürgermeisters, streifte den Bierwagen.

»Pschscht.« Ich senkte meine Stimme. »Lass uns später in Ruhe quatschen. Wenn ich hier fertig bin.« Mein Kumpel sah aus, als müsste er sich gleich übergeben. Gerd setzte seinen Mimosenblick auf.

»Vielleicht sollten wir besser gehen. Was meinst du?«

»Gehen? Ich will nicht gehen!«, röhrte Mats.

Linda stieß mir im Vorbeigehen in die Rippen. »Sag deinem Kumpel, dass er sich gefälligst benehmen soll. Wir sind hier nicht auf einer Dorfkirmes, wo man sich einfach volllaufen lassen kann!«

»Eine Zumutung«, ätzte Frau Thielen, die sich neben dem Bierwagen postiert hatte und das Geschehen beobachtete. »Schaffen Sie diesen Querulanten hier weg!«

»Ganz recht, wir gehen jetzt.« Gerd packte Mats am Arm und versuchte, ihm das Bierglas aus der Hand zu drehen. Ohne Erfolg.

»Wir reden später, okay?«, sagte ich.

»Später? Wieso später? Ich will noch nicht nach Hause!« Mats fuchtelte erregt mit den Armen und versäumte dabei völlig, sein Bierglas festzuhalten. Scheppernd prallte es gegen die Betonwand hinter ihm und zerbrach in tausend Stücke.

»Das darf ja wohl nicht wahr sein!« Frau Thielen stellte ihr Glas ab und rauschte davon.

»Bravo.« Ich kletterte vom Bierwagen hinunter und lief durch einen Seiteneingang ins Hotel, um einen Besen und eine Schaufel zu besorgen. Als ich wenige Minuten später mit meinem Kehrwerkzeug zurückkam, waren Mats und Gerd verschwunden. Dafür hörte ich vom Bierstand her ein lautes Stimmengewirr.

»Alles voller Scherben!«

»Sie blutet!«

»Wir brauchen einen Tierarzt!«

»Das ist doch der Hund von Herrn Thielen!«

Auch das noch.

Beatrix winkte mir hektisch zu. Ausnahmsweise summte sie nicht. »Wir wollten eigentlich aufpassen, dass niemand in die Scherben tritt, aber es war so viel los! Und plötzlich kam Emma mit dem Labrador auf die Terrasse.«

»Ich wollte Lady in einen unserer Ausläufe bringen«, sagte meine Kollegin, die für eine potenzielle Bärenbändigerin mal recht kleinlaut klang. Ich kniete mich auf den Boden und sah mir die blutende Vorderpfote an. Ein centgroßer Splitter steckte noch, und die Hündin zitterte fürchterlich. Sie musste zum Tierarzt, das war klar. »Wir dürfen keine Zeit verlieren. Ich fahre sie in die Klinik«, sagte ich und drückte Beatrix meine Kehrwerkzeuge in die Hand.

»Ich komme mit«, sagte der bärige Johannes, »die packst du nicht alleine.« Mit vereinten Kräften hievten wir den Labrador hoch und schleppten ihn durch das Foyer bis zu meinem Klappergolf. Wir fuhren erst die Rösrather Straße entlang, nahmen dann die Autobahn bis zum Kreuz Köln-Ost, überquerten die Zoobrücke und bogen zum Konrad-Adenauer-Ufer ab. Und dort, nur etwa fünfzig Meter weiter, sah ich auf einmal am Straßenrand einen beigen Mini stehen. Direkt vor dem Hotel Bengali. Neele? Das war doch ihr Auto! Oder nicht? Ich versuchte das Nummernschild zu entziffern, musste aber genau in dem Moment weiterfahren, da hinter mir ein Taxi herangerast kam.

Eine Viertelstunde später erreichten wir die Tierklinik. Eine Dame mit vielen Lachfältchen begrüßte uns freundlich. Während Johannes mit Lady im Behandlungsraum verschwand, verzog ich mich ins Wartezimmer und dachte über die vergangenen Stunden nach. Mats hatte sich tierisch über eine Frau geärgert, und ich wurde den Verdacht nicht los, dass Irina dahintersteckte. Ob ich ihn in einer ruhigen Minute mal darauf ansprechen sollte?

Als Johannes und ich eine Dreiviertelstunde später wieder im Hotel waren, empfing uns eine erboste Frau Thielen auf der Terrasse. »Dieser Mann da«, sie zeigte mit ihrem ausgestreckten Zeigefinger direkt auf meine Nase, »der ist an allem schuld!«

Beatrix erklärte mit Säuselstimme, dass ich nichts mit dem Vorfall zu tun hatte. Miss Fliederkostüm beruhigte sich nicht. »Ich will sofort die Chefin sprechen«, schrillte sie.

»Das ist im Moment leider nicht möglich.«

»Dann machen Sie es gefälligst möglich!«

»Frau Kimmlinger hat einen Pressetermin.«

Schnaubend stampfte Frau Thielen mit einem ihrer weißen Glanzschuhe auf, als ihr Mann erschien.

»Ich habe gehört, dass sich meine kleine Lady verletzt hat?«, fragte er, wobei er fast wie ein besorgter Vater klang, dessen Tochter einen Unfall gehabt hatte.

»Da bist du ja endlich«, zischte seine Gemahlin.

Der Bürgermeister griff sich an den Krawattenknoten. »Wie geht es meinem Mädchen?«

»Sie liegt in meinem Auto«, sagte ich und warf ihm einen Blick des Bedauerns zu. »Die Pfote wurde verbunden, ansonsten ist aber alles in Ordnung.«

Der besorgte Anzugträger atmete tief durch und blickte in die Runde. »Danke, dass Sie so schnell reagiert haben.«

»Der Dank gilt vor allem unserem lieben Kollegen Florian Ziesel. Er hat sich sofort um Lady gekümmert und sie in die Klinik gefahren.« Emma, die mit ihrer Rottweiler-Dame auf der Terrasse erschienen war, deutete auf mich. Ich war gerührt. Was für eine nette Geste!

Guido Thielen schüttelte mir die Hand, und wir quetschten uns durch das Gedränge Richtung Ausgang. Emma ging neben mir, Miss Fliederkostüm war uns direkt auf den Fersen. »Ich habe genau gesehen, dass Ihr betrunkener Freund randaliert hat«, zischte sie von hinten. Ich war kurz davor, dieser Zicke das nächstbeste Kaltgetränk in den Ausschnitt zu kippen, doch dann bemerkte ich einen kleinen schwarzen Mops, der gerade sein Geschäft erledigte. Genau auf unserem Weg. Das war die Chance.

»Oh, sieh mal, was ist das denn?«, rief ich Emma überlaut zu und deutete mit ausladender Geste Richtung Himmel. Viel zu sehen gab es dort nicht, abgesehen von einer vereinzelten Wolke, aber die war Nebensache.

Flatsch. Volltreffer.

»Das darf ja wohl nicht wahr sein!« Frau Thielens Gesicht war wutverzerrt. »Meine neuen Schuhe!«

»Eine schöne Kumuluswolke«, sagte Emma und lachte. »Im Volksmund auch Haufenwolke genannt.«

Ich grinste ihr zu. Erstaunlich. Ich hätte nicht gedacht, dass meine Kollegin so locker drauf sein konnte. Diese Bärenbändigerin war wirklich viel netter, als ich anfangs gedacht hatte.

»Das wird Ihnen noch leidtun!« Frau Thielen hüpfte in Ermangelung einer Sitzgelegenheit auf ihrem rechten Bein herum und versuchte mit hochrotem Kopf das Verdauungsprodukt des Mopses von ihrer Schuhsohle abzustreifen. »Das, das ist ja, das ist wirklich ...«

»... dumm gelaufen.« Meine Kollegin zwinkerte mir zu.

»Du sagst es.«

Ich sah Emma an. Emma sah mich an. Und tatsächlich, ihre Augen strahlten in British Racing Green, meiner Lieblingsfarbe. Für einen Moment vergaß ich das Rumpelstilzchen hinter uns, dann fiel mir unsere eigentliche Mission wieder ein. »Lass uns zum Parkplatz gehen«, sagte ich. Emma nickte, und wir drängten uns durch das Getümmel.

»Was ist denn hier los?« Während ich die Labradorhündin von meinem Wagen in den BMW des Bürgermeisters verfrachtete, war Neele auf einmal neben uns aufgetaucht.

»Es gab eine Verletzte«, sagte ich. »Ich musste zur Tierklinik.«

»Ach so.«

Ich verabschiedete mich von Guido Thielen, der die Hündin erst sicher nach Hause bringen wollte, bevor er für seine Rede bereit war. Neele wandte ihren Blick von dem gepflegten Wagen ab. »Und ich dachte schon, du hättest unsere Verabredung vergessen.« Sie hakte sich an meinem labradorbehaarten Arm unter.

»Wie könnte ich.« Ich lächelte sie an.

»Na, dann mache ich jetzt besser mal die Terrasse sauber«, sagte Emma mit gerunzelter Stirn. »Ist ja auch eine schöne Beschäftigung.« Sie warf mir einen grimmigen Blick zu, den ich ignorierte. War meine Kollegin etwa eifersüchtig auf Neele? Egal. Die Schicht war zu Ende, und in meiner Freizeit wollte ich Spaß haben.

Neele und ich schlenderten zum Bratwurststand, der uns verheißungsvoll in der Sonne entgegenstrahlte. Unterwegs konnte ich mir ein seliges Lächeln nicht länger verkneifen. Der Ärger mit Mats, der Ausflug zur Tierklinik und Miss Fliederkostüm waren vergessen. Was für ein Tag! Sonne, Fastfood und meine Traumfrau – konnte das Leben schöner sein?

Mit zwei Bratwürsten bewaffnet sahen wir uns einen Mini-Agility-Wettbewerb an, bei dem eine Reihe von Kleinhunden in einem halsbrecherischen Tempo einen Parcours voller Sprunghürden, Slalomstangen, Wippen und Tunneln bewältigen musste. Das Bild der rasenden Ratten erinnerte mich unangenehmerweise daran, dass ich dringend wieder mehr Sport machen musste.

Als Nächstes stand eine Dog-Dancing-Vorführung auf dem Programm. Mäßig begeistert beobachtete ich vier mit Mützen, Schal und Socken bekleidete Doggen dabei, wie sie ausdrucksvoll um ihre Frauchen herumtrabten und mit den Hinterteilen wackelten, während Joe Cocker im Hintergrund ›You can leave your hat on‹ röhrte.

»Sollen wir vielleicht noch was trinken?« Meine Begleiterin blickte auf ihre Armbanduhr.

»Was, du willst dir entgehen lassen, wie drei Kampfmöpse Limbo tanzen?«

»Das ist Samba, Florian.« Neele zog mich an der Hand Richtung Terrasse. »Und außerdem habe ich Durst.«

Am Bierstand war mittlerweile erfreulich wenig los, da sich ein Großteil der Besucher in der Nähe des Podiums herumdrückte, von dem aus Bürgermeister Thielen gerade seine Rede hielt. Mit halbem Ohr bekam ich mit, wie er Frau Kimmlinger zu ihrer gelungenen Einrichtung beglückwünschte, über die Bedeutung von artgerechter Tierhaltung referierte und das Top Dog Deluxe als »Oase des Hundeglücks« bezeichnete. Ich musste an den Fernseher in der Königssuite denken und schüttelte instinktiv den Kopf.

»Was hast du?«, fragte Neele von der Seite.

»Nichts, nichts. Nur wegen der Oase.«

»Gefällt dir die Rede nicht?«

»Ein bisschen übertrieben finde ich das Gesülze schon.«

»Du fändest es wohl besser, wenn er über Spoiler und Schalldämpfer sprechen würde«, meinte Neele spitz.

»Blödsinn.« Ich verschränkte die Arme und mimte den begeisterten Zuhörer, während ich die Ohren auf Durchzug stellte. Als Thielen endlich fertig war, klatschten die zahlreichen Zuhörer frenetisch und zerstreuten sich wieder auf dem Festgelände. »Sollen wir noch was trinken?«, fragte ich.

»Nee, sorry, ich bin jetzt echt müde.« Neele rieb sich die Augen. »War alles irgendwie stressig heute.«

»Ach so. Schade.«

»Vielleicht ein andermal.« Neele steckte zu meinem Leidwesen die Hände in ihre Hosentaschen. Ich überlegte kurz, ob ich meinen Arm um ihre Schultern legen sollte, entschied mich jedoch dagegen. Zu aufdringlich. Außerdem fehlten mir die Signale von ihr. Wir wandten uns Richtung Parkplatz.

»Warst du eben eigentlich noch mal in der Stadt?«, fragte ich beim Anblick des beigen Minis.

»In der Stadt?«

»Ich dachte, ich hätte dein Auto gesehen. Vor einem Hotel in der Nähe der Zoo-Brücke.«

»Natürlich. Da habe ich doch eben noch den Rezeptionisten vernascht. Wie jeden Nachmittag.« Neele öffnete die Fahrertür und ließ sich auf ihren Sitz fallen.

»Na dann.« Ich lehnte mich an die Motorhaube, wartete

ab. Sie würde doch jetzt nicht einfach wegfahren. Eine kleine Umarmung müsste doch noch drin sein. Immerhin hatten wir uns die ganze Zeit über super verstanden!

»Wir sehen uns, Flori.« Neele schloss die Tür, ließ aber immerhin das Fenster auf ihrer Seite herunter. Ob sie sauer war? Hätte ich sie besser nicht nach ihrem Auto gefragt? Hoffentlich hielt sie mich jetzt nicht für eine eifersüchtige Klette mit Verfolgungswahn!

»War ein schöner Nachmittag.« Ich rang mir ein Lächeln ab, obwohl mir eher nach einem unmännlichen Seufzer zumute war. »Und danke für die Bratwurst.«

»Kein Thema. Bis bald!« Neele ließ den Motor an und rollte über den staubigen Parkplatz. Ich zwang mich, ihr nicht allzu lange nachzustarren. So viel zu meinem Date …

Kapitel 26

Die Sonne knallte vom Himmel, als wollte sie aus dem Biergarten einen Brutkasten machen. Während Gerd noch intensiv mit einer Tube Sonnencreme beschäftigt war, hob Mats bereits sein Weizen.

»Na, hoffentlich bleibt dein Glas heute ganz«, brummte ich. »Meine Güte.« Mats verdrehte die Augen.

»Du hast unseren Laden ja ordentlich aufgemischt.«

»Reg dich ab. Ist doch gar nichts passiert.«

Mats' Gleichgültigkeit nervte mich. »Wenn meine Chefin mitkriegt, dass ich es war, der diesen besoffenen Randalierer bedient hat, bin ich geliefert.«

»Das passiert schon nicht«, meinte Gerd, doch ich sah seinen tragisch gewölbten Brauen an, dass er sich trotzdem Sorgen machte. »Warum hast du dich überhaupt so volllaufen lassen?«, fragte ich Mats. »Doch nicht etwa wegen Irina?«

»Nee. Wie kommst du denn darauf?« Mein Kumpel knibbelte an dem Etikett seiner Bierflasche herum.

»Du hast sie angebaggert, stimmt's?«

»Ich habe niemanden angebaggert. Und selbst wenn.« Mehr war aus Mats nicht herauszubekommen. Gerd nutzte die Chance, um mit wieder abgeflachten Brauen über seine temporäre Schlaflosigkeit zu referieren, die er sich aus noch unspezifischen Gründen eingefangen hatte. Zu Beginn der zweiten Getränkerunde startete ich einen neuen Versuch und hob mein Glas in Mats' Richtung.

»Na sdorowje? Oder wie würde Irina sagen?«

Mein Kumpel fixierte angestrengt sein Bierglas. Auf der nahe gelegenen Autobahn rauschten die Autos vorbei. »Also gut. Du gibst ja sowieso keine Ruhe«, sagte er schließlich mit einem gequälten Lächeln. »Sie hat mir gefallen, vom ersten Augenblick an.«

»Aber?«

»Ich kam einfach nicht an sie ran. Jeden Tag habe ich sie an der Uni abgepasst, aber nichts wollte sie mit mir unternehmen. Nicht einmal ein Mitternachts-Picknick!«

Mats war schon ein Phänomen. Wenn ich bei jedem Korb so reagieren würde wie er, hätte ich mir längst einen persönlichen Anti-Aggressions-Trainer suchen müssen.

»Und an dem Tag bist du wieder abgeblitzt?«, fragte Gerd.

Mein Kumpel schnaubte. »Ich hatte ihr eine Kette gekauft, so ein Glitzerteil für dreißig Euro.« Er warf seine Stirn in drei zornige Falten. »Die habe ich dann einem Schlumpfinchen umgehängt und ihr das Ganze als Geschenk verpackt in den Briefkasten gesteckt. Aber? Keine Reaktion. Nur eine kümmerliche SMS!«

Ich schwieg beeindruckt. Solche Geschenke machte Mats? Er legte sich ja ganz schön ins Zeug. Ich dagegen war schon stolz darauf, wenn ich Neeles Hund einen Kauknochen mitbrachte. Dass er sich über die Abfuhr ärgerte, konnte ich voll verstehen. »Was stand denn in der SMS?«, fragte Gerd.

»Wir danken. Irina und Besen.«

»Verstehe ich nicht«, sagte ich.

»Na, wegen des Schlumpfinchens.«

»Wie jetzt?«

»Ich hatte ihr ein Schlumpfinchen mit einem Besen geschenkt. Weil sie doch putzen geht.«

Ich starrte Mats an. Machte er Witze? Ganz sicher machte er Witze! »Das ist jetzt nicht dein Ernst, oder?«, fragte Gerd.

»Na klar, wieso denn nicht?«

Meine Mundwinkel begannen zu zucken. Zunächst nur ein bisschen, dann immer stärker, und Sekunden später hämmerte ich prustend mit beiden Handflächen auf den Tisch.

»Sag mir einfach Bescheid, wenn du fertig bist.« Mats klang ernsthaft beleidigt.

Ich wischte mir die Lachtränen aus den Augen und bemühte mich um Fassung. »Nee, also die Idee mit dem Schlumpfinchen war ja echt nett«, japste ich.

»Was denn sonst?« Mats checkte die Sache offenbar immer noch nicht.

»Glaubst du wirklich, dass Besen ihr Lebensinhalt sind?«, fragte Gerd in einem sachlich-interessierten Psychologen-Tonfall. »Immerhin studiert sie. Und hat sicher Hobbys.«

»Ja und? Ich wollte ihr etwas Persönliches schenken!«

»Du hättest ihr besser einen Schlumpf mit einem Blumenstrauß geschenkt. Oder ein –«, sagte ich, doch Mats setzte seinen Pavian-Spezialblick auf und würgte meinen Ideenstrom ab.

»Hör mal, du Schlauschlumpf, ich habe in meinem Leben mehr Dates gehabt, als du jemals Motorradkilometer schrubben wirst. Also erzähl du mir nicht, wie man Frauen rumkriegt!«

»Diesmal hat es ja wohl nicht geklappt«, sagte ich bockig.

»Was nicht meine Schuld war.«

»Der Besen hat dir das Genick gebrochen.«

»Sprach der Experte.« Mats rollte mit den Augen. »Und wo wir schon beim Thema sind. Wann tütest du eigentlich die Sache mit Neele ein?«

Während ich an meinem Bier nippte, spürte ich, wie meine Zehen aus der Mittagspause erwachten. Gerd verabschiedete sich zu einem Toilettenbesuch, Bert wedelte mit einem Bauernteller vorbei, am Nebentisch grölte die Lembacher Dorfjugend die Ortshymne ›Viva Lembachia‹.

»Ach, läuft es nicht, Date-Doktor?«, fragte Mats.

»Themawechsel«, knurrte ich, denn ich verspürte wenig Lust, mit meinem Kumpel die möglichen Gründe für meine nach wie vor kaum ansteigende Erfolgskurve durchzuhecheln.

»Alles klar.« Mats lehnte sich mit verschränkten Armen auf seinem Stuhl zurück. »Große Reden schwingen, aber selbst nichts auf die Reihe kriegen!«

»Jetzt hör aber auf!« Ich verschränkte ebenfalls die Arme. »Nur weil ich nicht die halbe Welt flachgelegt habe.«

»Du schaffst es mit Neele ja nicht mal in eine Kneipe«, ätzte Mats. Ich hämmerte mit der Faust auf den Tisch.

»Wir sind so gut wie zusammen!«

»Seid ihr nicht.«

»Aber bald! Dafür sorge ich schon!«

»Und wie genau willst du das anstellen, du Superschlauschlumpf?« Mats sah mich so provozierend an, als würde er gleich eine Schlägerei vom Zaun brechen.

»Ich werde …« Meine akute Planlosigkeit zwang mich, eine lange Pause zu machen, in der ich winnetougleich in die Ferne sah, auch wenn sich vor meinen Augen keine weitläufige Landschaft, sondern lediglich ein muffiger Gastraum erstreckte. »Ich werde ihr bei unserem nächsten Treffen sagen, wie toll und witzig und hübsch und intelligent sie ist.«

Mats schnaubte. »So einen Spruch hat sie bestimmt noch nie gehört. Das wird sie umhauen.«

»Vielleicht schreibe ich ihr auch einen Brief. Einen richtig romantischen.«

Mein Kumpel fasste sich theatralisch an die Stirn. »Warum nicht gleich ein Gedicht? ›Neele, oh Neele, wir sind doch ein Herz und eine Seele!‹«

»Witzig. Zum Kranklachen.« Ich begann, den Werbeaufdruck meines leicht schmierigen Bierdeckels abzuzupfen. Gerd kam von seinem Toilettengang zurück und ließ sich neben mir auf die Holzbank fallen. »Was ist zum Kranklachen?«, fragte er.

»Florians neueste Ideen, um endlich mit Neele zusammenzukommen.« Mats grinste abfällig.

»Was hast du denn vor?«, fragte Gerd.

»Bin noch in der Planungsphase.«

»Erzähl doch mal!« Wenigstens Gerd zeigte ernsthaftes Interesse an meinem Vorhaben. »Im Moment denke ich über ein Herz aus Teelichtern auf der Fußmatte nach«, sagte ich nachdenklich, während ich weiter meinen Bierdeckel häutete.

»Teelichter? Wie gewagt.« Nach dieser außerordentlich hilfreichen Aussage vertiefte sich Mats wieder in sein Glas.

»Finde ich auch etwas abgelutscht.« Gerd schloss einen Moment lang meditativ die Augen. »Bring doch ihrer Hündin was Witziges bei. Dass sie sich vor ihr niederkniet zum Beispiel!« Er strahlte mich an. »Und dann schnallst du ihr ein Kissen mit einem Ring auf den Rücken.«

Ich kratzte mich am Kopf. »Die Idee ist gar nicht so schlecht. Das könnte ich ja sogar bei der Arbeit trainieren.«

Mats rümpfte die Nase. »Du hast doch überhaupt keinen Plan von Hunden. Nachher pupst sie bloß, anstatt sich hinzuknien.«

»Mag sie nicht noch etwas anderes außer Hunde?«, fragte Gerd. Ich überlegte.

»Ihren Mini. Und Schafe. Sie hat diesen Bikini mit Schafen drauf. Außerdem fährt sie auf ihrer Rückbank ein schwarzes Stofflamm durch die Gegend. Und als Bildschirmschoner hat sie auch so Viecher.«

»Kein Wunder, dass sie nach Lembach gezogen ist. Schafe gibt es ja dort in rauen Mengen«, sagte Gerd.

»Flori.« Mats sah mich auf einmal so ernst an, als wäre ihm die entscheidende Idee zur Rettung des Weltklimas gekommen. »Ich wüsste da was.«

Zwanzig Sekunden später tippte ich mir an den Kopf. »Du spinnst.«

»Nein, das ist genial!« Selbst Gerd klang begeistert. »Also, wenn das nicht zieht, zieht gar nichts mehr!«

»Vergesst es, Leute. So einen Quatsch mache ich nicht mit!«

»Ich kann dir nur sagen, wo das Zündschloss ist«, raunte Mats verschwörerisch. »In die Gänge kommen musst du schon selbst.«

Ich schüttelte den Kopf. »Danke, ich verzichte.«

Kapitel 27

Drei Tage später hockte ich in der Dämmerung hinter einer Brombeerhecke und kam mir vor wie ein Mitglied von ›Ocean's Eleven‹ kurz vor dem Casinoraub. Die Hecke war so groß, dass Mats, Gerd und ich uns bequem dahinter in die Wiese hocken konnten, ohne von der Straße aus gesehen zu werden. Schade, dass wir weder Bier noch Chips dabeihatten, die Szenerie war nämlich mindestens so spannend wie ein Kinoabend. Der Himmel hing voller Wolken, ein leichtes Lüftchen wehte über die Weide. Aufgekratzt zerrupfte ich alle erreichbaren Grashalme in meiner Nähe in winzig kleine Einzelteile.

Unser Vorhaben fand ich zwar immer noch abgedreht, aber bei näherer Betrachtung waren die Aussichten auf Erfolg gar nicht mal so schlecht. Um das Herz einer außergewöhnlichen Frau zu erobern, muss man eben außergewöhnliche Wege gehen. Auch wenn einen diese Wege über eine Schafweide führen. Originell war die Idee auf jeden Fall. Originell, witzig und ganz schön romantisch. Ja. Mittlerweile war ich mir sogar ziemlich sicher: Mit dieser Aktion würde ich Neeles Herz erobern. Und zwar für immer!

»Und Keppler ist wirklich unterwegs?«, fragte Gerd schon zum dritten Mal.

»Ja doch. Der hängt samstags bei seinen Sängerknaben ab und trällert Volkslieder. Vor Mitternacht kommt der nicht wieder.«

Mats schüttelte unentwegt zwei Sprühdosen. Leuchtende Nachtfarbe. Reste von einem Kunst-Wettbewerb, bei dem er mit seinem gigantischen fluoreszierenden »Atom-Mull« den zweiten Platz belegt hatte. »Eine Viertelstunde noch, dann ist es dunkel genug.«

»Und wie machen wir das jetzt genau?« Ich spielte mit einem der drei Stricke, die ich extra für unsere Aktion gekauft hatte.

»Ganz einfach«, sagte Mats, der Chefstratege. »Wir fangen jetzt diese Wollviecher ein, sprühen ihnen mit Leuchtfarbe Herzen ins Fell und parken sie in Kepplers Garten. Dann rufst du Neele an und bittest sie, einen Blick aus dem Wohnzimmerfenster zu werfen.«

»Sie sieht dich. Um dich herum wuseln die Schafe mit den Leuchtherzen«, fuhr Gerd fort.

»Und dann stürmt sie zu dir herunter und nimmt dich in die Arme. Happy End.« Mats klatschte in die Hände. Er fühlte sich in seiner Rolle als Beziehungsstifter sichtlich wohl und schien so überzeugt von unserem Vorhaben, dass ich ihm einfach glauben musste. Er war ja schließlich auch ein Frauenflüsterer, wenn man mal von dem Ausrutscher mit Irina absah.

Eine Viertelstunde später stand ich am Gatter der Schafweide und war mir auf einmal gar nicht mehr sicher, ob unser Superplan wirklich so genial war. Ob sich diese stinkenden Schafsköpfe überhaupt einfangen ließen? »Auf geht's!«, rief Mats und schwang sich über den Bretterzaun, der zum Glück nicht mit Stacheldraht verstärkt war. So leise wie möglich stiefelte ich hinter ihm her. Leider war ich nicht leise genug. Die unkooperativen Viecher begannen zu blöken, als wären drei Metzger mit ihren Schlachtmessern auf der Weide erschienen. Völlig planlos nahmen sie Reißaus, stürmten durcheinander und sammelten sich neben ihrem Futtertrog.

»Wir müssen sie einkesseln!«, befahl Mats und schlich in tiefster Bodenhaltung über die Wiese. Ich folgte ihm mit etwas Abstand.

»Hier ist alles voller Kacke!«, moserte Gerd durch die Dunkelheit. »Du kannst den Viechern morgen gerne ein Dixi-Klo kaufen«, zischte ich zurück.

»Leute, haltet doch mal die Klappe!« Mats hatte das Ende der Weide fast erreicht. Ich konnte erkennen, wie er im Halbdunkel den Strick bereithielt – und wieder stürmte die Herde mit lautem Geblöke von dannen, genau auf mich und Gerd zu. Vor lauter Schreck rutschte ich auf der feuchten Wiese aus und landete mitten in einer Ladung Schafsköttel. Angewidert klopfte ich meine Hände an der Hose ab. Wenn Neele mich jetzt sehen könnte, würde sie mich sofort in den Wind schießen.

»Läuft spitzenmäßig, was?«, fragte Gerd.

»Egal. Wir ziehen das jetzt durch.« Ich rappelte mich hoch und knotete meinen Strick zu einer Schlinge.

Lange Zeit blieben unsere Bemühungen ohne Erfolg. Immer wieder rasten uns die Wolltiere unter den Fingern weg und suchten in wilder Hektik das Weite. Eine kombinierte Anschleich- plus Hechtsprungtechnik erschien mir schließlich am erfolgversprechendsten. Irgendwann schaffte ich es sogar, einen verwackelten gelben Fleck auf die linke Hinterflanke eines recht kleinwüchsigen Wollträgers aufzusprühen. Leider war es mir nicht möglich, aus dem Fleck eine Herzform herauszuarbeiten, was hauptsächlich daran lag, dass sich das biestige Tier nach einem wilden Galopp über die Weide wieder in seiner Herde versteckte.

Mein zweiter Versuch war nur unwesentlich erfolgreicher. Gerd schaffte es zwar, die Seitenpartien von drei etwas pummeligen Schäfchen mit mehr oder weniger formschönen Herzen zu verzieren, aber festhalten oder zum Tor treiben konnte auch er sie nicht.

Der Wind wurde langsam stärker. Ich begann mich unwohl zu fühlen. Hoffentlich würden wir von Regen und Sturm verschont bleiben. »Ist die Farbe eigentlich wasserfest?«, raunte ich Mats zu, der sich gerade einem schmalen Jungschaf näherte.

»Nee, die lässt sich auswaschen.« Er grinste. »Bei dreißig Grad.«

Eine Viertelstunde später wurde das Wetter immer ungemütlicher. Ich hörte dicke Äste in der Dunkelheit knarzen und spürte den Wind im Rücken. Die Schafe rasten immer aufgekratzter durcheinander und blökten unablässig.

»Sag mal, Gerd, sollen wir die Sache vielleicht abblasen?«, fragte ich meinen Kumpel, als ich zum gefühlt zwanzigsten Mal erfolglos über die Wiese eierte.

»Von mir aus gerne. Die Tiere sind eh schon total gestresst.« Gerd klang erleichtert.

»Ich kann ja auch einfach ein Herz auf einen Luftballon malen und vor ihrem Fenster steigen lassen.«

»Ich glaube, das wäre für uns alle das Beste.«

»Bis gleich, Jungs!«, rief Mats in dem Moment. Wir drehten uns beide nach ihm um. Alle Achtung. Er hatte es nicht nur geschafft, ein Schaf mit einem tellergroßen Leuchtherz zu besprühen, sondern es sogar durch das Tor hinaus auf die Straße zu treiben. Blökend versuchte es, wieder zur Herde zurückzulaufen, doch Mats versperrte ihm den Weg. »Wir gehen dann schon mal vor!« Unser Kumpel schwang seinen Strick und wedelte wild mit einem Stock in der Luft herum, um das Tier in die richtige Richtung zu treiben. Das Herz leuchtete so eindrucksvoll in der Dunkelheit, dass ich einen Moment lang fast ehrfürchtig die Luft anhielt.

»Hey, Sie da!«

Mist.

Ein Wagen kam direkt vor der Weide zum Stehen. »Was machen Sie denn da?« Die donnernde Männerstimme kam mir bekannt vor. Aber woher? Ich spähte mit zusammengekniffenen Augen auf die Straße, konnte aber das dazugehörige Gesicht nicht erkennen.

»Ja, Sie da auf der Weide!«

»Ich? Ich ...«

»Hier ist ein Schaf ausgebrochen«, rief Gerd geistesgegenwärtig durch die Dunkelheit, während mir aus allen Poren der Schweiß ausbrach.

»Und was haben Sie dann auf der Weide verloren?« Der Dorfbewohner klang nicht gerade so, als habe er Lust auf ein nettes Gespräch unter Lembachern.

»Wir schauen, wo der Zaun kaputtgegangen ist. Damit nicht noch mehr Tiere abhauen!« Wahnsinn. Die Erklärung hätte ich Gerd niemals zugetraut. Ich stolperte auf die Straße.

Der Fahrer des Wagens stampfte auf mich zu. Augenbrauen-Moosberg. Der Supermarktleiter. Der hatte mir gerade noch gefehlt. Ich befahl mir innerlich, Ruhe zu bewahren. Er konnte mir nichts nachweisen. Ich hatte lediglich ein Loch im Zaun gesucht. Das war beileibe kein Kapitalverbrechen.

»Haben Sie denn das Schaf wieder eingefangen?«, fragte Moosberg streng. Ich räusperte mich, war aber nicht zu einer Antwort fähig. »Das ist Richtung Wald gelaufen.« Gerd, der sich immer noch hinter mir auf der Weide herumdrückte, klang ein wenig gestresst.

»Na, dann werde ich schnell mal Bauer Leukenthal anrufen. Das sind nämlich seine Tiere.« Der Supermarktleiter zückte sein Handy, und ich atmete auf. Das war gerade noch mal gut gegangen.

Auf einmal kam Mats mit einem wilden Triumphschrei auf uns zugestürmt. Den Wagen am Straßenrand schien er nicht zu bemerken. »Das Schaf steht jetzt in Kepplers Garten. Und das Herz leuchtet supertoll! Weiter, weiter, wir kriegen sie alle!«

Moosberg musterte mich mit zusammengekniffenen Augen. »Was – ist – hier – los?« Ein Schweißtropfen rann mir den Rücken hinunter. Mats, das sah ich aus den Augenwinkeln, stoppte abrupt. Der Wind wehte mir direkt ins Gesicht und zerstörte meine Out-of-bed-Frisur.

»Ach, Sie sind das!«, polterte Moosberg. Jetzt hatte er mich erkannt.

»Guten Abend.« Ich versuchte, souverän zu klingen.

»Na, dann schauen wir mal nach, was das Schaf in Mannis Garten so treibt.« Er packte mich wie einen entlaufenen Sträfling an der Schulter. Ich schüttelte seine Hand ab und räusperte mich erneut.

»Nicht nötig, Herr Moosberg. Das kriegen wir schon hin. Aber danke für das Angebot.«

»Nein, nein, nein. Wir klären das schön gemeinsam. Momentchen mal! Hey! Warten Sie!«

Kapitel 28

Leuchtende Liebes-Schafe in Lembach

Lembach – Eine ungewöhnliche Liebeserklärung führte am Abend des 7. Juli zu einem nächtlichen Polizeieinsatz in Lembach.

Der Romeo, ein 32-jähriger Hotelangestellter namens Florian Z., besprühte sechs Merinolandschafe mit fluoreszierenden Leuchtherzen und plante, diese vor das Fenster seiner Angebeteten zu treiben. Alois M., Leiter des Lembacher Supermarktes, ertappte ihn auf frischer Tat und alarmierte die Polizei.

Florian Z. versuchte zu flüchten, wurde jedoch von Alois M. gestellt. Bei der Flucht ging ein Teilstück des Weidezauns zu Bruch, sodass acht Merinolandschafe die Flucht ergreifen konnten. Mithilfe von Alois M. konnten die entlaufenen Tiere wieder eingefangen und der Zaun provisorisch repariert werden. Ein weiteres Schaf wurde im Morgengrauen aus dem Garten des Studienrates Manfred K. befreit.

Zwei Polizisten von der Bereitschaftspolizei Köln vernahmen den geständigen Täter. Zu den Gründen für sein nächtliches Treiben wollte er sich nicht äußern.

Der Herdeninhaber Ludwig L. erstattete Anzeige wegen Sachbeschädigung, Gartenbesitzer Manfred K. wegen Hausfriedensbruch. Des Weiteren droht dem liebestollen Lembacher ein Bußgeld wegen groben Unfugs (§ 118 OwiG).

Emma ließ die Zeitung sinken. »Du machst ja Sachen.«

»Was tut man nicht alles für die Liebe?«

»Hat die Aktion denn ihren Zweck erfüllt?«

»Wenn ich das wüsste.«

Neele war seit dem besagten Abend nicht mehr in ihrer Wohnung aufgetaucht. Zwei Tage schon wartete ich am Küchenfenster vergeblich auf ihren Mini. Zwei Tage lang checkte ich immer wieder meine Mails und das Handy. Nichts. Im Top Dog Deluxe war keine weitere Buchung für Lilly vorgesehen. Es war zum Davonlaufen! Halb Lembach lachte sich über mich kaputt, und ich wusste nicht einmal, ob Neele überhaupt etwas von der Aktion mitbekommen hatte. Irgendwie hatte ich mir das alles anders vorgestellt.

»Und wie gehst du jetzt weiter vor?«, fragte Emma.

»Keine Ahnung.« Ich seufzte.

»Finde ich schon merkwürdig, dass sie dir nicht direkt klar sagt, was Sache ist.« Emma faltete lieblos die Zeitung zusammen. »Ist ja nicht besonders nett, dich so im Regen stehen zu lassen.«

»Sie wird schon ihre Gründe haben. Ganz bestimmt sogar«, sagte ich matt.

»Du musst es wissen.« Meine Kollegin stopfte die Zeitung in eine Schublade unterhalb der Rezeption. »Aber wenn sie wirklich so toll ist, wie du sagst, müsste sie sich schleunigst bei dir melden. Die Idee war ja echt süß. Hätte ich dir gar nicht zugetraut.«

Ich lächelte Emma an. Eine süße Idee. Das war ja schon mal was! Immerhin eine Frau, die Sinn für das Außergewöhnliche hatte.

Mit gemischten Gefühlen machte ich mich am nächsten Tag auf den Weg zu Neeles Arbeitsstätte. Das Fit Bo war ein Fitnesscenter der günstigen Sorte, wie ich an einer Werbetafel im Eingangsbereich, die ein Trainingspaket für 12,99 Euro im

Monat anpries, erkennen konnte. Die dominierende Farbe des Studios war pylonenorange. Das Ganze sollte wohl modern und frisch aussehen, trotzdem kam ich mir so vor, als würde ich einen Laden für Müllarbeiter-Bedarf betreten.

Am Empfangsschalter des Studios, das gleichzeitig Information, Bar und Kiosk darstellte, strahlte mir eine hyperaktiv winkende Angestellte im orangefarbenen Ensemble entgegen. »Hallo, möchten Sie vielleicht einen Kiwi-Rhabarber-Saft? Der ist im Angebot.« Die Stimme der Hyperaktiven überschlug sich fast vor Freundlichkeit.

»Danke, nein«, wehrte ich schnell ab. »Ich wollte bloß fragen, ob Ihre Kollegin Neele Pfeiffer im Haus ist.«

»Die ist nicht da. Sorry.« Die Mitarbeiterin zuckte mit den Schultern, wobei sie ihre Oberarme fast bis zu den Ohren anhob und wieder fallen ließ. Dieses theatralische Getue fiel mir auf die Nerven.

»Wann ist sie denn da?«, fragte ich unwillig.

»Kann ich nicht sagen.«

»Weil Sie es nicht wissen oder weil Sie es nicht dürfen?«

»Wie – dürfen? Nee. Ich habe die Pläne ja nicht.«

»Könnten Sie mal nachfragen?«

»Momentchen.« Die Mitarbeiterin zappelte von dannen und erschien kurze Zeit später mit einer ebenfalls in Pylonenorange gekleideten grimmigen Amazone. »Kann ich Ihnen weiterhelfen? Was wollen Sie denn von Frau Pfeiffer?«

»Ist privat«, knurrte ich.

»Dann kann ich leider nichts für Sie tun.« Sie hob beide Hände, als würde sie diesen Umstand bedauern. Lächerlich. Trotzdem kam ich so nicht weiter.

»Ich war in einem ihrer Kurse. Und sie hat da was vergessen.«

»Sie können alles gerne bei mir abgeben.«

»Ich würde es ihr gerne selbst geben. Wenn das geht. Wann hat sie denn wieder Dienst?«

Unwillig warf die Amazone ihre Stirn in ein Faltenmeer. »Das dauert noch ein paar Tage. Sie hat Urlaub. Ihre Stunden werden natürlich vertreten. An welchem Kurs haben Sie doch gleich teilgenommen?«

»Einem Sportkurs. Ist ja auch egal.«

»Body Pump? Step Aerobic? Theraband-Workout?«

»Ich gebe ihr die Sachen einfach beim nächsten Mal.«

»Hanteltraining?«

Diese Frau gab ja wirklich keine Ruhe. Krampfhaft versuchte ich mich daran zu erinnern, was Neele mir über ihren Job erzählt hatte. Da war doch irgendwas mit einer Krankheit gewesen. Ja, einer ihrer Kurse wurde wie eine Krankheit abgekürzt. Aber welche? Typhus? Tollwut? Keuchhusten? »Das war, der hieß, also abgekürzt wurde er so ähnlich wie PMS. Fällt mir gleich wieder ein. Aber ist auch echt egal, ich kann diese Woche sowieso nicht«, faselte ich und wandte mich zum Gehen.

»Meinten Sie PS? Pilates für Schwangere?«, fragte die Amazone streng, und ihre Kollegin begann zu kichern. Ich krampfte die Fäuste zusammen. Musste ich mich hier wie ein Vollidiot behandeln lassen? Ganz bestimmt nicht! Bevor die Amazone womöglich noch einen Kommentar zu meinem Bauchansatz von sich gab, drehte ich mich um und verließ das Studio.

Trotz meiner Lederhose fröstelte ich auf dem Weg zum Rostigen Bert. Sechzehn Grad waren einfach zu mager zum Wohlfühlen und eine meteorologische Zumutung für einen Juliabend. Da der Biergarten aus genau diesem Grund geschlossen war, besetzten Mats, Gerd und ich notgedrungen einen Ecktisch in dem vertäfelten Innenraum, im Angesicht eines Hirschgeweihs, umweht von Frittenfett-Aroma.

»Da sitzt ja das schwarze Schaf.« Bert brachte uns drei Bier.

»Jetzt lass bloß unser Unschuldslamm in Ruhe«, drohte Gerd mit einem breiten Grinsen im Gesicht. Ich rollte mit den Augen. »Macht euch nur lustig. Ihr müsst ja nicht zur Schlachtbank.«

»So schlimm wird das nicht werden.« Gerd sah mich aufmunternd an. »Und danke übrigens noch mal, dass du uns aus der Sache rausgehalten hast.«

»Kein Thema. Moosberg und Keppler haben euch sowieso nicht erkannt. Außerdem passt es denen ganz gut in den Kram, dass die Sache allein mir angelastet wird.«

»Wenigstens hast du genug Zeit, um dich auf die Verhandlung vorzubereiten. Mit meiner Hilfe, versteht sich.« Gerd setzte sich noch aufrechter hin, als er wegen eines akuten Rückenleidens ohnehin schon saß. Er sah aus, als würde er den Prozess am liebsten gleich einmal durchspielen.

»Wichtiger ist im Moment, dass ich mit Neele spreche«, sagte ich schnell, bevor er noch einen Gummihammer anschleppte, eine Abbildung von Justitia mit der Waage an die Wand projizierte und »Ruhe im Gerichtssaal!« brüllte.

»Hast du dein Schäfchen immer noch nicht ins Trockene gebracht?«, fragte Mats.

»Ich weiß nicht mal, ob sie etwas von der Aktion mitbekommen hat. Als die Polizei endlich weg war, stand ihr Mini nicht mehr vor dem Haus.« Ich seufzte.

»Früher oder später wird sie Wind davon bekommen. Und dann fällt sie dir voller Begeisterung in die Arme.« Selbst ich merkte, dass Mats nicht völlig überzeugt von seiner Prognose war. Müde griff ich nach der Speisekarte, auf der zum Glück weder Lammkoteletts noch Schafskäse verzeichnet waren.

Gerd verschränkte die Arme vor dem Bauch. »Wenn ihr diese einzigartige Liebeserklärung nicht gefallen hat, ist sie sowieso nicht die Richtige.«

»Mag sein. Ja. Vielleicht hast du sogar recht.«

»Komm, jetzt überlegen wir erst mal, wo wir eine neue Wohnung für dich herbekommen. Ich hätte ja nicht gedacht, dass dich Keppler gleich rausschmeißt, nur weil wir ein Leuchtschaf in seinem Garten abgestellt haben.«

Ich sah Mats an. »Eine Idee für den Übergang hätte ich.«

»Ach ja?«

»Ich dachte so an vier Zimmer, Parkett, Blick auf den Dom und eine Küchenwand voller Cartoons.«

»Du willst zu mir?« Mats klang wenig begeistert.

»Oder hast du zurzeit irgendein Mädel in deinem Gästezimmer einquartiert?« Mein Kumpel antwortete nicht direkt, prostete mir jedoch nach einer kleinen Pause zu.

»Klar kannst du kommen.«

»Dass ich bis Sonntag raus sein soll, habe ich gesagt, oder?«

»Nein. Macht aber nichts. Dann hast du ein paar Tage Zeit zum Packen, und am Wochenende ist Umziehen angesagt. Ich helfe dir natürlich.«

»Am Samstag kann ich leider nicht«, sagte Gerd. »Thielen weiht den neuen Radwanderweg ein, und ich soll über dieses spektakuläre Ereignis einen Artikel schreiben.« Er verdrehte die Augen.

»Na super. Nur weil das Sommerloch ruft, müssen wir alleine schleppen«, brummte Mats.

»Ich gebe Gas. Das wird ja nicht ewig dauern.«

»Na dann!« Ich erhob mein Glas. »Auf euch.«

In meiner ersten Nacht bei Mats schlief ich schlecht. Mein hügeliges Notbett trieb mich früher als gewohnt in die Vertikale. Obwohl ich noch müde war, zog ich mir einen Espresso und setzte mich in die Küche. Auf dem Tisch lag ein Cartoon von Mats. Er zeigte zwei Nacktmulle vor dem Scheidungsrichter, der Untertitel lautete »Mulltrennung«. Beim Anblick des traurigen Mullmannes musste ich sofort an Neele denken. Auch ich fühlte mich leer wie nach einer Trennung, kraftlos wie der Nager auf dem Bild, der seinen Kopf nebst den Riesenzähnen im Sand schleifen ließ. Wie lange würde dieser Zustand wohl noch anhalten? Wann bekam ich endlich Klarheit?

Mats, der die Irina-Schlappe mittlerweile halbwegs verarbeitet hatte, brach zu einem Frühstücksdate mit einer neuen Flamme auf. Nachdem er verschwunden war, konnte ich nichts Richtiges mit mir anfangen. Das Gästezimmer war mit Kisten derart zugestellt, dass ich mich kaum rühren konnte. Aufräumen zwecklos. Wohlfühlen leider auch.

Ich wanderte wie ein Tiger hinter Gittern im Wohnzimmer umher, betrachtete die gerahmten Cartoons an den Wänden und das Bataillon von Plastikfiguren auf der Kommode. Ob Asterix, Bugs Bunny, Garfield, SpongeBob oder die Schlümpfe – bei Mats staubte fast jedes bekannte Comic-Gesicht herum. Vor lauter Frust hätte ich fast angefangen, Homer Simpsons Gelbkopf zu polieren.

Am Abend kam ich zum ersten Mal zwanzig Minuten zu früh ins Top Dog Deluxe. Endlich Ablenkung. Emma spielte noch mit ihrem Rottweiler im Aufenthaltsraum und sah mich mit großen Augen an. »Was machst du denn schon hier?« Sie versteckte Paulines Plastikhähnchen hinter ihrem Rücken, was die rüstige Hündin zu einem popowackelnden Ausdruckstanz veranlasste. Ich legte meine Motorradsachen auf einem Stuhl ab.

»Kontrollieren, ob du pünktlich bist. Was sonst?«

Emma schmunzelte. »Geht's dir besser?«

»Das wird sich gleich zeigen.« Ich schnappte mir Paulines Plastikhähnchen und pfefferte es einmal quer durch den Raum. Begeistert raste die Hündin ihrer Beute hinterher und wäre fast gegen einen Schrank geprallt.

»Witziges Teil.« Ich versuchte ihr das erstaunlich lebensechte Kunststofftier zu entwinden. »Und Pauline scheint es echt zu lieben.« Die Hündin wedelte vor Freude über unser Spiel fast ein Loch in die Wand.

Leider hatte ich keine Zeit zu verlieren. Ich verließ die Höhle des Rottweilers wieder und trabte auf den Computer an der Rezeption zu. Die ewig summende Beatrix, die gerade am Telefon die neusten Sonderwünsche unserer Lieblingskundin Frau von Stein entgegennahm, räumte freiwillig das Feld. Ein paar schnelle Klicks – und tatsächlich. Da stand es schwarz auf weiß. Am Mittwoch würde Lilly wieder im Top Dog Deluxe einchecken. Am Mittwoch um neun!

»Gute Neuigkeiten?« Emma sah mir über die Schulter.

»Sie kommt hierher.« Ich begann zu rechnen. »In etwa siebenundvierzig Stunden.« Das war absehbar. Überschaubar.

»Und dann?«

»Dann weiß ich endlich, was Sache ist.«

»Also ob sie dich für einen Blödhammel hält?«

»Pass bloß auf.« Ich knuffte sie in die Rippen. »Sonst kenne ich eine Frau, der mal gehörig die Hammelbeine lang gezogen werden.«

»Du meinst wohl meine Gazellenbeine.« Emma zog ihre schwarze Arbeitshose ein Stückchen hoch und gestattete mir einen Blick auf ihre unerwartet schlanken Unterschenkel. Ich stutzte. Meine Kollegin war alles andere als eine Bärenbändigerin. Sie war eine attraktive Frau, die elegante offene Sandalen trug und ihre Fußnägel lackierte! Erstaunlich, dass ich das bisher noch gar nicht bemerkt hatte. Aber das war bei meiner derzeitigen Gefühlslage ja auch kein Wunder.

»Ein bisschen mehr Euphorie bitte«, unterbrach Emma mein stummes Staunen. Sie beugte sich vor und zog mein linkes Hosenbein ebenfalls ein paar Zentimeter empor. »Oder wer ist hier der Hammel?«

»Nein, nein. Deine Beine sind der Knaller. Mindestens so schön wie die von Pauline.« Wir sahen uns einen Moment lang an, dann prusteten wir los.

Noch siebenundvierzig Stunden!

Die zwei Arbeitstage krochen nur so dahin. Ich hatte größte Probleme damit, mich auf meinen Job zu konzentrieren, weil ich pausenlos an Neele dachte. Was kümmerte mich Lupos Verwöhnmassage, Aikas Gute-Nacht-Keks oder der Schnupfen von Beagle Smarty? Viel wichtiger war doch: Was dachte Neele über die Schaf-Aktion? Und wie ging es mit uns beiden weiter?

Natürlich wartete ich am Mittwoch trotz bleierner Müdigkeit drei Stunden lang an der Rezeption. Ich wollte unter gar keinen Umständen riskieren, Neele zu verpassen. Emma, Pauline und ihr Plastikhähnchen waren so nett, mir dabei eine halbe Stunde Gesellschaft zu leisten. Wir verbrachten die Zeit mit Wurfspielen auf dem Parkplatz, und ich freundete mich entgegen allen Erwartungen immer mehr mit der Hündin und ihrem glitschigen Spielzeug an. Um zwei nach neun war alle Müdigkeit wie weggeblasen und ich fühlte mich, als hätte mir jemand einen Bienenstock in den Magen transplantiert. Ich konnte eigentlich gar nicht mehr still sitzen und hockte doch wie angenagelt auf einem Besuchersessel.

Um fünf nach neun ging die Glastür auf, und Neele schwebte herein. Entspannt, als wäre sie einem Werbespot für einen Wellness-Tempel entsprungen. Ich fing sie und Lilly kurz vor dem Springbrunnen-Arrangement in der Mitte des Foyers ab.

»Hallo, Neele.«

»Ach, du bist es.« Sie klang überrascht.

»Lange nicht gesehen.«

»Mhmm.«

Ein unguter Schauer lief über meine Zehen.

»Wo warst du denn?«, presste ich heraus.

»Weg halt.«

Ich schluckte. »Wie, weg? Du warst fast zwei Wochen von der Bildfläche verschwunden. Ich habe mir schon Sorgen gemacht!« Meine Zehen, die vor einer Minute noch in ihrer Leder-Lounge gechillt hatten, setzten zu einer Stepptanz-Performance an.

»Meine Güte, man wird ja wohl mal in Urlaub fahren dürfen, ohne sich bei der ganzen Welt abzumelden!« Anstatt irgendeine weitere Information herauszurücken, drückte Neele mir Lillys Leine in die Hand. »Kannst du übernehmen? Ich muss los.«

Wortlos griff ich nach der Lederschlaufe. Neele machte auf dem Absatz kehrt und schritt auf die gläserne Eingangstür zu. »Sag mal, hast du …«, stammelte ich mit brüchiger Stimme, da meine Zunge einem eingetrockneten Lederlappen glich, »hast du eigentlich mitbekommen, was ich mit den Schafen …?«

Neele drehte sich wieder um. »Ach ja, die Schafe.« Sie sah mich fast bedauernd an. »Da müssen wir mal in Ruhe drüber reden.«

»Ich habe Ruhe.«

Sie fixierte mich wortlos.

»Also?«, ächzte ich mit letzten Kräften.

»Na, die Idee war wirklich nett, Florian.« Neele klang wie eine Grundschullehrerin, die ein verkorkstes Blockflötensolo lobte, um den angehenden Musiker nicht völlig zu demotivieren. »Aber hättest du nicht einfach mit mir reden können?«

»Reden? Hätte ich. Ja. Wollte ich auch noch. Eigentlich.«

»Mir ist es ziemlich peinlich, dass die Sache im ganzen Dorf breitgetreten wird. Jeder hält uns jetzt für das Lembacher Traumpaar!«

»Oh.« Meine Zehen, meine Fußsohle, selbst meine Fersen schienen sich plötzlich für den Marathon ihres Lebens warm zu machen.

»Und irgendwie war das mit den Schafen auch nicht so ganz mein Stil.« Neele zuckte mit den Schultern. »Aber trotzdem danke.«

Peinlich. Nicht ihr Stil.

So sah die Sache also aus. Warum hatte sie mir eigentlich nicht gleich einen Tritt in den Hintern gegeben? Das wäre mir sogar lieber gewesen als diese Mitleidsnummer! Mit einem Schlag fühlten sich meine Zehen in ihrer Lederkammer so kalt an, dass ich mir ein zweites Paar Socken oder, noch besser, ein überheißes Fußbad herbeisehnte. Sie zuckten noch einmal und erstarrten.

Kapitel 29

»Diese Frau hat dich gar nicht verdient.« Emma stellte sich neben mich an die Rezeption und drückte mir einen dampfenden Kaffee in die Hand.

»Ich verstehe das nicht.« Ich seufzte tief und kümmerte mich kein bisschen darum, dass ich in diesem Moment alles andere als männlich rüberkam. »Es hatte doch so gut angefangen.«

»Wirklich nett«, äffte meine Kollegin Neeles Worte nach. »Für wen hält die sich eigentlich? Du überlegst dir so eine tolle Überraschung und das ist der Dank?«

»Sie fand es einfach peinlich.«

»Meinst du, sie hat einen anderen?«

»Einen anderen?«

Ganz abwegig war der Gedanke nicht. Neele hatte mir ja nicht verraten, mit wem sie in Urlaub gefahren war. Emma griff nach einem Lappen und wischte einmal über die Glasplatte. »Der würde ich echt gerne mal die Meinung geigen«, knurrte sie.

»Du?« Ich sah sie von der Seite an. »Warum?«

»Weil ich es unmöglich finde, dass sie dich so behandelt. Das ist doch einfach nur erbärmlich!«

»Emma, lass gut sein. Das kriege ich schon alleine hin.« Ein Alpha-Mann konnte unmöglich eine Kollegin vorschicken, um sein Privatleben in Ordnung zu bringen. Außerdem wollte ich Neele nicht die Meinung sagen, sondern mich mit ihr aussprechen. Die große Frage war nur: wie?

Meine Kollegin stupste mich in die Seite. »Komm, lass uns anfangen zu arbeiten. Das lenkt ab.« Ich nickte und setzte mich mit meinem Kaffee an den Computer, um mich den Foto-Mails zu widmen. Die Arbeit ging mir schon viel leichter von der Hand als zu Beginn meiner Hotelkarriere. Selbst als Henriette kurze Zeit später von ihrem Frauchen angeliefert wurde, flüchtete ich nicht unter einem schnöden Vorwand in den Keller. Ich reagierte vollkommen souverän und suchte ganz einfach die Toilette auf.

Gegen Mitternacht checkte ich wie gewohnt die Überwachungskameras. Die meisten Hunde schliefen oder dösten, rund um das Gebäude herrschte friedliche Dunkelheit.

»Schau mal.« Ich deutete mit dem Zeigefinger auf die Kamera, die eigentlich den Eingangsbereich filmen sollte, heute jedoch auf ein Stück Parkplatz und die Straße gerichtet war. »Da hat sich etwas verstellt.«

Emma sah auf den Bildschirm und erhob sich. »Ich kümmere mich darum. Wir müssen ja wissen, wer vor unserer Tür herumlungert.« Sie verschwand im Keller und kam erst Minuten später mit einer Trittleiter im Arm wieder herangekeucht.

»Warte, ich mache das«, sagte ich und wollte ihr zu Hilfe eilen.

»Das schaffe ich schon. Du kannst aber in der Zwischenzeit gerne mal nachschauen, seit wann die Kamera schon verstellt ist.«

»Warum?«

»Es gab letztes Jahr in der Umgebung mehrere Einbruchsversuche. Nicht, dass irgendjemand absichtlich an dem Ding herumgefummelt hat.«

Während sich Emma draußen auf die Leiter schwang, überprüfte ich die Aufnahmen des Tages im Schnelldurchlauf. Offenbar war die Kamera schon seit Stunden falsch eingestellt. Ich sah Autos an- und abfahren, Kunden ein- und ausgehen – und dann entdeckte ich Neele. Ihr Anblick setzte mich stärker unter Strom als ein Elektroschocker. Ich hielt das Bild an, wollte den ernüchterndsten Moment des Tages, des Monats, des Jahres noch einmal mit aller Wucht auskosten.

»Soll ich besser weitergucken?«

Ich hatte Emma gar nicht kommen gehört.

»Geht schon.« Ich stützte meinen Kopf auf und schwieg.

»Keine Widerrede. Das übernehme ich«, sagte meine Kollegin. »Ein Vollbad in Selbstmitleid bringt gar nichts.«

»Lass mal.« Ich schüttelte traurig den Kopf. »Aber danke für das Angebot.« Wie einfühlsam Emma doch sein konnte. Dass sie mich heute weder mit der Peitsche zur Arbeit drängte noch als Prinzessin betitelte, rechnete ich ihr hoch an.

Wieder betätigte ich den Rücklaufknopf. In Marathongeschwindigkeit sah ich Neele über den Parkplatz gehen. Wie symbolisch. Sie bewegte sich so zackig zurück, als wollte sie Abschied von mir nehmen. Und zwar schnellstmöglich. Immer weiter entfernte sie sich von der Kamera, immer weniger Details von ihrem Gesicht, von ihrer Figur, von ihrer Person waren erkennbar. Gleich würde sie in ihrem Mini sitzen und rückwärts rollend den Bildschirm verlassen.

»Moment mal.« Ich stoppte die Aufnahme. »Was ist denn das für ein Wagen?« Ich zoomte das Auto, das am äußersten Rand des Parkplatzes hielt, näher heran. »Das ist nicht ihr Mini.«

Emma schaute mir über die Schulter.

»Oh nein.« Ich schluckte, hörte nur noch ein dumpfes Rauschen in meinem Kopf, und für einen kurzen Moment wurde mir schwarz vor Augen. Ein hochübler Verdacht hatte mich wie ein Schlag mit dem Baseballschläger getroffen.

»Hallo?« Emma tippte mir auf die Schulter. »Was ist?«

»Nichts. Ich brauche bloß …«, stöhnte ich, »ganz dringend was zu trinken. Am besten Schnaps.«

»Aber sonst ist alles klar?« Meine Kollegin fasste mir an die Stirn. Ich schüttelte den Kopf, versuchte verzweifelt, meine

Gedanken zu ordnen. Konnte das denn überhaupt sein? Sah ich vielleicht Gespenster? In Rekordgeschwindigkeit zogen die letzten Wochen noch einmal an meinem geistigen Auge vorüber. Nein … Ich klammerte mich mit beiden Händen an der Theke der Rezeption fest. Ruhe. Ich musste Ruhe bewahren. Erst einmal brauchte ich Gewissheit. Und zwar so schnell wie möglich!

»Gerd, du musst mir helfen!«, brüllte ich in mein Handy.

»Sag mal, weißt du eigentlich, wie spät es ist?« Mein Kumpel stöhnte.

»Es ist dringend!«

»Jetzt schrei doch nicht so. Was ist denn los?«

Ich verließ meinen Stützpunkt an der Rezeption und lief wie ein aufgescheuchtes Leuchtschaf in der Eingangshalle hin und her, während ich Gerd mein Anliegen entgegenschleuderte.

»Wieso in aller Welt kommst du denn mitten in der Nacht damit an? Ist das so wichtig?«

Ich blieb vor dem Springbrunnen stehen und griff mit der rechten Hand ins Wasser, um meine glühenden Handflächen zu kühlen. »Lebenswichtig!«

»Ich kümmere mich morgen darum.« Gerd klang ergeben.

»Morgen? Ich muss das jetzt wissen. Jetzt sofort!«

»Spinnst du? Ich breche bestimmt nicht nachts im Kölner Blatt ein! Morgen schaue ich im Archiv nach, ob es irgendwelche Aufnahmen von dem Wagen gibt.«

»Morgen früh. Als Allererstes!«

Ich schlappte zurück zur Rezeption und ließ mich auf einen Stuhl fallen. Von einer Sekunde zur anderen fühlte ich mich wie eine Gummiente, aus der langsam die Luft herausgelassen wurde. »Ich habe Henriette umquartiert«, sagte Emma und drückte mir einen Stapel DVDs in die Hand.

»Wozu?«

»Du musst dringend abschalten. So wie du drauf bist, kann ich dich hier unten sowieso nicht gebrauchen.« Sie nahm mich bei der Hand und zog mich Richtung Treppe. Ich ließ mich ziehen. Emmas Hand fühlte sich warm und weich an, fast wie das Innenfutter meiner Motorradhandschuhe. Ein angenehmes Gefühl.

Den Rest der Nacht verbrachte ich auf einem Hundepolster. In einem Raum voller Krönchen und Thrönchen. Ich sah mir einen Hundefilm nach dem anderen an, deckte mich mit einer Wolldecke im Knochendesign zu und tat mir unendlich leid. Am liebsten hätte ich Emma gefragt, ob sie mir Gesellschaft leisten wollte, aber ich tat es nicht. Da musste ich alleine durch.

Kapitel 30

Am nächsten Morgen fühlte ich mich wie gerädert. Wieder und wieder spukte der üble Verdacht in meinem Kopf umher – und doch war ich unfähig, zu handeln. Meine Gedanken kreisten wie betrunken, machten Bocksprünge, stoppten abrupt, rotierten weiter. Irgendwann ging einfach gar nichts mehr. Da ich sowieso nicht dazu in der Lage war, den verlorenen Nachtschlaf nachzuholen, schwang ich mich schließlich auf mein Motorrad. Meine matschtrübe Stimmung passte überhaupt nicht zu der strahlenden Sommersonne, die mir auf den Helm schien. Missmutig kurvte ich die Autobahn Richtung Südosten entlang bis nach Rösrath, zuckelte die Hoffnungsthaler Höhen hinauf und fand mich auf einmal in Lembach wieder, genau vor Kepplers Haus.

Neeles Mini parkte auf dem Gehweg. Ein Küchenfenster war offen. Sollte ich? Sollte ich nicht? Meine Zehen konnten sich nicht recht entscheiden, ob sie weiterhin apathisch in meinen Stiefeln vor sich hin dämmern oder in ein nervöses Angstgezappel verfallen sollten.

Ich überlegte. Die Ungewissheit würde mich auf Dauer zermürben, so viel war klar. Andererseits ... Wollte ich die Wahrheit wirklich wissen? Brauchte ich diesen finalen Vernichtungsschlag? Und was wäre überhaupt, wenn ich falschlag? Wenn es für alles eine ganz harmlose Erklärung gab? Vielleicht würde ich bei einem Gespräch mehr kaputt machen als klären. Womöglich würde mir Neele eine solche Unterstellung niemals verzeihen!

Irgendwann lichtete sich das Chaos in meinem Kopf und ein einziger, glasklarer Gedanke brach durch: Ich musste sie sehen. Jetzt sofort. Ich wusste zwar nicht, was ich ihr sagen und wie ich mich verhalten sollte, aber es musste sein. Also los. Ich stellte mein Motorrad ab und kroch auf die Haustür zu. Noch zwei Meter. Noch ein Meter. Das Klingeln meines Handys erschreckte mich so sehr, dass es mir vor lauter Zittern fast nicht gelang, den Anruf anzunehmen.

»Ja?« Ich presste das Mobiltelefon an mein Ohr. Nur mit Mühe konnte ich Gerds Worten folgen. Nachdem er geendet hatte, blieb ich wie angewurzelt vor Kepplers Haustür stehen.

»Danke.«

»Ist alles in Ordnung, Flori?«

»Ich melde mich.«

Mit letzter Kraft schlich ich zurück zu meinem Motorrad und stützte mich auf der Sitzfläche ab. Ich hatte also recht gehabt. Der finale Knock-out stand unmittelbar bevor. Und dennoch. Ein letzter Zweifel blieb.

Trübe ließ ich meinen Blick über Kepplers Haus wandern. Hier hatte alles angefangen. In meiner Wohnung. Das desaströse erste Treffen hatte ich noch so genau vor Augen, als hätte es erst gestern stattgefunden. Auch Neeles Einzug. Nur zu gut erinnerte ich mich daran, wie ich keuchend ihre Kartons die Treppen hinaufgeschleift hatte. Und wie sie mir ...

Ich richtete mich abrupt auf. Aber klar doch! Warum war ich eigentlich nicht gleich darauf gekommen? Da könnte ich sie finden, die Antwort auf meine Frage! Ich zückte mein Handy.

»Hast du Irinas Nummer noch?«

»Ich kann jetzt nicht. Lass uns später telefonieren«, brummte Mats.

»Ich muss wissen, wann sie das nächste Mal alleine bei Neele arbeitet.«

Mein Kumpel ächzte ähnlich begeistert wie Gerd bei meinem nächtlichen Anruf. »Du glaubst ja wohl nicht im Ernst, dass sie das ausgerechnet mir erzählt. Wir haben keinen Kontakt mehr!«

»Dann sage ihr halt, dass du sie treffen willst, dass du noch ein Geschenk für sie hast, was auch immer. Es ist wichtig!«

»Wozu? Willst du Neele ausrauben?«

»Hilfst du mir oder nicht?«

»Ja, ja. Mal sehen, was ich tun kann.«

»Es eilt, Mats. Ruf sie an. Jetzt!«

Am Dienstag fand ich mich pünktlich um zwei vor Kepplers Haus ein. Entspannt wie ein Spinnen-Phobiker im Angesicht des Weberknechtes. Ich hatte mir sogar von Gerd ein Glasröhrchen mit homöopathischen Kügelchen aufschwatzen lassen, die ich gegen meine grenzenlose Nervosität im Mund zergehen lassen sollte. Gestern noch hatte ich seinen Tipp belächelt, in diesem Moment war ich froh über jeden Rettungsanker. Ich griff in meine Jeansjacke, ließ fünf Globuli auf meine Hand rieseln und parkte sie unter meiner Zunge. Jetzt hieß es abwarten.

Am liebsten hätte ich mich in meinem Klappergolf unauffällig hinter einer Zeitung verschanzt, aber zum einen hatte ich keine abonniert und zum anderen kam mir diese Tarnung doch etwas zu angestaubt vor, um wirklich zu überzeugen. Endlich. Irina marschierte Richtung Eingang. Neeles Mini war nicht in Sicht. Auf leisen Turnschuhsohlen huschte ich hinter der Studentin her und schlüpfte gerade noch durch die Haustür, die sich leise knarzend schloss.

Im Keller roch es nach alten Mauern. An der Wand vor mir standen zwei Waschmaschinen, ein Trockner und ein Wäscheständer. Links daneben lagerten jede Menge Umzugskartons, ein Schlitten, Farbeimer und ein Rasenmäher. Jetzt brauchte ich vor allem eins: ganz viel Geduld. Ich ließ mich auf eine Umzugskiste fallen und schloss die Augen. Gerds Kügelchen schienen wider Erwarten zu wirken.

Eine halbe Stunde später hörte ich klappernde Schrittchen auf der Treppe. In Sekundenschnelle war ich hellwach. Das musste sie sein! Ich machte Licht, riss einen der herumstehenden Kartons auf und griff nach dem nächstbesten Gegenstand. Dass es sich dabei ausgerechnet um eine Porzellanpuppe handelte, merkte ich leider erst, als Irina schon im Raum stand.

»Ach, hallo«, sagte ich und versuchte, völlig natürlich auszusehen, während ich die Porzellanprinzessin im lachsfarbenen Satinkleid in die Kiste warf und den Deckel zuklappte.

»Challo, lange nicht mehr gesehen. Bist du nicht ausgezogen, oder?« Irina wirkte etwas irritiert.

»Ich suche gerade die letzten Sachen zusammen.« Wie zur Bestätigung klopfte ich auf den Karton. Meine Zehen bewegten sich langsam im Walzertakt. Links, rechts, rechts, links, rechts, rechts.

Irina räusperte sich. »Du weißt zufällig von Mats?«

»Mats?«

»Er wollte mir sprechen.«

»Keine Ahnung. Sorry.«

»Männer.« Irina stellte den Wäschekorb ab und begann, die schmutzigen Sachen in die Maschine zu stopfen. Die Zeit wurde allmählich knapp. Bevor meine Zehen noch zum Discofox übergingen, musste ich handeln.

»Sag mal, kannst du mich vielleicht kurz in Neeles Wohnung lassen? Ich war vorgestern bei ihr zu Besuch und habe meine Sonnenbrille vergessen.«

»Kein Problem.« Irina knallte das Bullauge der Waschmaschine zu und griff nach dem Waschpulver. »Tür ist offen.«

»Ach, prima. Danke.«

Ich schlenderte betont langsam aus dem Kellerraum, gab dann aber im Treppenhaus richtig Gas und japste wie ein gehetzter Hund bis in den zweiten Stock. Richtig, die Tür war angelehnt. Jetzt ging es um alles!

Ich jagte in Neeles Schlafzimmer und warf mich auf den

Teppich. Wo war er, der blassblaue Schuhkarton? Unter dem Bett häuften sich lediglich die Taschentücher und ein paar Staubflocken. Ich nieste, rappelte mich wieder hoch. In der Küche? Mein Blick schwirrte von der Fensterbank zur Arbeitsplatte über den Tisch bis zum Regal. Fehlanzeige.

Unten im Haus schlug eine Tür zu. Die Kellertür? Die Haustür? Beeilen. Ich musste mich beeilen. In Kugelblitzgeschwindigkeit graste ich das Wohnzimmer ab: den Tisch, den Teppich, die Schranklandschaft. Nichts.

Doch! Da! Blassblau stand er auf dem untersten Regalboden und muckste sich nicht.

Vom Treppenhaus her hörte ich Schritte. Eilige Schritte. Trippelnde Schritte. Sie kamen immer näher. Jetzt aber schnell! Die Glastür des Wohnzimmerschranks quietschte zum Glück nur leise. Die Wohnungstür dagegen fiel mit einem Klatschen ins Schloss. Verdammt. Gleich würde Irina hereinkommen, und die durfte mich unter keinen Umständen …

»Was machst du denn hier?«

Geistesgegenwärtig versteckte ich die Schachtel hinter meinem Rücken. »Hallo Neele.« Mir blieben fast die Worte in meinem vertrockneten Hals stecken. »Ich habe bloß etwas … Ich habe letztens meine Sonnenbrille hier …« Ich schluckte, obwohl sich in meinem Mund gar nichts Wässriges mehr zum Schlucken befand.

»Ach ja?« Neele runzelte die Stirn. »Und wie kommst du hier rein?«

»Irina.« Für vollständige Sätze fehlte mir eindeutig die Spucke. Hoffentlich fiel Neele nicht auf, dass meine Arme zitterten, als würde ich hinter meinem Rücken einen imaginären Presslufthammer bändigen.

»Sag mal, was hast du da?«

Ich erstarrte. Konnte auf einmal weder atmen noch denken oder gar antworten. Neele machte einen schnellen Schritt zur Seite und erspähte die Schachtel.

»Spinnst du? Das geht dich gar nichts an!« Sie streckte beide Hände nach dem Schuhkarton aus. Im letzten Moment schaffte ich es, mich wegzudrehen. »Was soll der Quatsch?« Neele stemmte die Arme in die Seiten. »Lass gefälligst meine Sachen in Ruhe!«

Ein akuter Adrenalinstoß durchfuhr meinen Körper. Ich raste mit meiner Beute in den Flur, knallte die Tür hinter mir zu und lehnte mich mit dem ganzen Gewicht dagegen. Die drei Einmachgummis, die den Schuhkarton verschlossen, waren hartnäckig. Extrem hartnäckig.

»Was soll der Scheiß? Lass mich raus!«, keifte Neele vom Wohnzimmer aus. Sie drückte die Klinke hinunter, polterte wieder und wieder gegen die Tür.

Ich zerrte weiter an den Gummis herum, immer fester, bekam endlich den ersten ab. »Na also«, keuchte ich und wollte mir gerade den nächsten vornehmen, als die Wohnzimmertür mit einem Krachen gegen meine Schulter donnerte. Neele musste sich mit Anlauf dagegengeworfen haben.

Ich schrie auf und ließ vor Schreck und Schmerz den Karton zu Boden fallen.

»Hau ab, Florian!«, zischte Neele und bückte sich in der gleichen Sekunde wie ich. Fast wären wir mit unseren Köpfen gegeneinandergekracht. Erbittert kämpften wir um die Kiste. Ich keuchte, Neele lief im Gesicht hochrot an, ich stemmte mich mit allen verfügbaren Kräften gegen ihren Widerstand. Und …

Flatsch!

Der Karton riss an der Unterseite auf wie die Titanic. Eine ganze Flut von Postkarten, Briefen und Fotos ergoss sich über den Boden. Dazwischen jede Menge getrockneter Rosenköpfe. Ein Plüsch-Schaf kugelte direkt vor meine Füße. Ein Plüsch-Schaf, das ein ziemlich kitschiges Herz in den Klauen hielt.

»Du Vollidiot!« Während sich Neele auf den Fliesenbelag

stürzte und alles zusammenraffte, was ihr in die Finger kam, bückte ich mich in aller Ruhe und griff nach dem nächstbesten Foto.

»Was fällt dir ein, in meiner Wohnung herumzuschnüffeln?« Neele tobte wie eine wütende Wildkatze um mich herum. »Hau endlich ab! Aber schnell!«

Ich antwortete nicht, betrachtete einfach nur die Aufnahme. Guido Thielen musste sie selbst gemacht haben, während er Neele im Arm hielt. Sein Arm dominierte die gesamte linke Hälfte des Fotos. Glücklich sah das Pärchen auf der Uferpromenade aus. Verliebt. Im Hintergrund leuchtete das azurblaue Meer.

»Mit ihm warst du also im Urlaub.«

»Das geht dich einen Dreck an!« Neele versuchte mir das Foto zu entreißen, doch ich ließ es nicht los.

»Das Bild kann Gerd sicher gut gebrauchen«, sagte ich ruhig. »Der sitzt nämlich zurzeit an einem Artikel über deinen Guido. Ich rufe ihn gleich mal an.«

»Das wirst du nicht tun!« Wie ein Racheengel baute sich Neele vor mir auf.

Ich zückte mein Handy. Nie hätte ich gedacht, dass ich so eiskalt sein konnte. Eiskalt. Leer. Und enttäuscht. Enttäuscht darüber, dass ich von Neele wochen- und monatelang hingehalten worden war. Sie hatte mir Hoffnungen gemacht. Sie hatte mit mir gespielt. Ein praktischer Zeitvertreib war ich für sie gewesen. Ein dummer Junge, der ihre Schränke aufbaute, sie zu irgendwelchen Veranstaltungen begleitete, zum Essen einlud und sie aufmunterte, wenn sie sich einsam fühlte, weil ihr verheirateter Liebhaber keine Zeit für sie hatte.

»Hör mal, Florian.« Neele packte mich am Arm. »Ich weiß, dass die ganze Sache blöd gelaufen ist. Aber so tragisch ist das nun auch alles nicht.«

»Ach?« Ich schüttelte ihre Hand ab und gab mich betont erstaunt, während ich weiter mit dem Handy herumspielte.

»Mal abgesehen davon ist das, was zwischen mir und Guido läuft, ganz allein unsere Sache!«

»Das sieht seine Frau sicher anders.« Ich hielt mein Telefon ans Ohr.

»Jetzt lass den Mist, was willst du denn von mir?«

Ich sah Neele gerade in die anthrazitgrauen Augen. »Hast du mir denn gar nichts zu sagen?«

»Wieso? Was denn noch?«, fragte sie spitz und grabschte wieder nach dem Foto in meiner Hand. Ich drehte mich abrupt um, steckte mein Handy weg und stiefelte auf die Wohnungstür zu. »Mach doch, was du willst, du Pfeife!«, brüllte mir Neele hinterher. »Wird sowieso Zeit, dass die Alte Bescheid weiß. Und vielen Dank auch!«

Die Tür schnappte mit einem leisen Klacken hinter mir ins Schloss. Ich schwankte die Treppe hinunter, hielt mich bei jeder Stufe am Geländer fest, starrte das Foto an, starrte durch das Foto hindurch, versenkte es schließlich mit letzter Kraft in meiner Jackentasche. Ich war am Ende. Aber ich hatte Klarheit. Endlich.

Kapitel 31

»Hau sie in die Pfanne, Gerd. Keine Gnade!« Mats sah unseren Kumpel von seinem Sofa aus mit Feldherrenmine an und zappte durch das Abendprogramm. Aktuell flimmerte eine Kochsendung vor sich hin. Auch wenn mich weder die gut im Futter stehende Köchin noch ihr Krustenbraten interessierten, glotzte ich brav auf den Bildschirm.

Die Treffen mit Mats und Gerd hatten mich in den letzten Tagen vor dem ganz großen Frust bewahrt. Nachdem ich eine Nacht lang damit verbracht hatte, mir ›Love hurts‹ von Incubus in Dauerschleife anzuhören, hatten meine Freunde ein ganzheitliches Therapieprogramm angeleiert. Mithilfe von Döner, Bier und Dokusoaps gelang es ihnen, mich allmählich wieder aufzurichten.

Schließlich war mein Kampfgeist erwacht. Neele hatte mich verarscht, benutzt, beschimpft und beleidigt. Das konnte ich so nicht stehen lassen. Einen Denkzettel wollte ich ihr verpassen! Den hatte sie sich redlich verdient. Als ob sich nie die Gelegenheit ergeben hätte, mit mir über unser Verhältnis zu sprechen – lächerlich! Die Frage war nur: Wie könnte ein geeigneter Denkzettel aussehen?

»Wenn das mit der Affäre in der Zeitung steht, trennt sich der Bürgermeister vielleicht wirklich von seiner Frau«, sagte ich zu Mats. »Dann hat Neele genau das erreicht, was sie wollte.«

»Zumindest wäre sein Ruf ruiniert.«

»Und was soll das bringen?« Gerd klang wenig begeistert.

»Genugtuung«, sagte Mats. »Das gute Gefühl, für einen Ausgleich gesorgt zu haben.«

»Neele muss kapieren, dass sie so nicht mit mir umspringen darf«, ergänzte ich. »Und sie soll sich mindestens genauso mies fühlen wie ich mich selbst.«

Mats zappte zu einer bauernlastigen Kuppel-Doku, bei der gerade eine zwanzigköpfige Schafherde über eine fast unnatürlich grüne Wiese getrieben wurde. »Wir könnten ein Schild auf ihren Mini kleben: Guido, ich liebe dich!«, überlegte er.

»Das ist doch Kinderkram. Nein. Es muss etwas sein, dass sie richtig trifft.«

»Auch wieder wahr.« Mein Kumpel schaltete zu einem Musiksender um. ›Cryin‹ von Aerosmith lief gerade. Wie passend. Liebeskummer war auch in den Neunzigern ein großes Thema gewesen. Nur würde ich mich weder mit einem Tattoo noch mit einem Piercing besser fühlen.

»Sagt mal, Leute?«, stöhnte Gerd. »Habt ihr eigentlich sonst keine Probleme?«

»Ich habe keine Probleme. Jetzt nicht mehr.« Ich starrte auf die blonde Protagonistin des Videos, die an einem Bungeeseil durch die Luft schnellte und einem Kerl den Mittelfinger zeigte.

»Na prima. Dann musst du dich ja auch an niemandem rächen.«

»Muss ich nicht. Brauche ich nicht. Will ich aber.«

Meine Schicht im Top Dog Deluxe begann erfreulich entspannend. Abgesehen von einem Late-Check-in, einem Mitternachtssnack und einer Schlaf-gut-Verwöhnmassage gab es absolut nichts zu tun, das sah selbst Emma ein. So blieb uns genügend Zeit für ein Schwätzchen auf der Terrasse. Wir streckten uns in unseren Liegestühlen aus, tranken Kaffee aus dem Espressokocher, den ich extra für uns angeschafft hatte, und starrten hinaus in die Nacht.

Wie auch Gerd hatte Emma für meine Rachegedanken wenig Verständnis. »Sei froh, dass du endlich weißt, woran du bist«, sagte sie. »Mit Neele wärst du sowieso nicht glücklich geworden.«

»Woher willst du das wissen? Du kennst sie doch gar nicht.«

»Aber ich kenne dich! Du brauchst eine Frau, die dich wirklich liebt. Und die ehrlich zu dir ist.«

Ich zuckte zusammen, da ich genau in dem Moment etwas Kaltes, Schleimiges an meiner Hand spürte. »Ach, Pauline, du bist es.« Die Hündin legte mir ihr schmieriges Plastikhähnchen in den Schoß und wedelte so auffordernd, dass ich ihrem Wunsch einfach nachkommen musste und es mit ganzer Kraft in die Dunkelheit hinausschleuderte. Dass in mir kein heimliches Wurftalent schlummerte, wusste ich seit der Grundschulzeit. Dass das Plastikhähnchen jedoch schon drei Meter weiter zu Boden plumpste, schien selbst Pauline peinlich zu finden. Barmherzig ignorierte sie meine Schlappe und stürzte davon, als hätte ich ihr Spielzeug raketengleich über den Zaun des Außengeländes katapultiert.

»Überfordere meinen Hund bloß nicht«, grinste Emma.

»Pauline! Hier vorne!« Beschämt rief ich nach der Rottweiler-Dame, doch sie hörte nicht auf mich.

Im Foyer läutete es.

»Komisch. Wir erwarten doch gar niemanden«, sagte ich.

»Ich gehe schon.« Emma erhob sich.

»Dann gehe ich beim nächsten Mal.« Als ich gerade mit spitzen Fingern Paulines Plastikhähnchen eingesammelt hatte, hörte ich es drinnen poltern.

»Oje, oje, oje. Frollein! Frollein!« Die Männerstimme klang ziemlich ölig und ziemlich betrunken. Ich erhob mich und stiefelte in die Eingangshalle. Ein Mittfünfziger, der genauso aussah, wie er sich anhörte, lag wie ein Riesenkäfer mitten im Foyer auf dem Rücken. Offenbar war er gegen die Steinumrandung unseres Springbrunnens gestoßen und einfach umgekippt. »Kann ich Ihnen helfen?« Emma stand neben ihm und schien ihrem skeptischen Blick nach noch nicht entschieden zu haben, ob sie ihm ihre Hand reichen oder ihn zur Tür hinauskehren sollte.

Wie ein Penner sah der Besucher trotz seines Alkoholpegels nicht aus. Im Gegenteil. Mit seinem Zwei-Knopf-Anzug, der Seidenkrawatte und dem Aktenköfferchen schien er eher aus einem wichtigen Meeting gekommen zu sein.

»Frollein«, sagte er. »Ich muss zu Henriette.«

»Henriette?«

»Mein Pudel.«

Henriettes bucklige Verwandtschaft? Die hatte mir gerade noch gefehlt! »Kommen Sie doch erst mal auf die Beine.« Ich reichte dem Besucher meine Hand und half ihm, sich hochzuwuchten. Da er nach einer ungesunden Mischung aus Anis und Lavendel roch, musste ich dabei mehr als flach atmen.

»Henriette. Ich hole Henriette jetzt ab.« Der Ölige schwankte so unbeholfen auf die Rezeption zu, als befände er sich auf einer wackeligen Hängebrücke. Emma überholte ihn auf halber Strecke, verzog sich hinter den Computer und begann auf der Tastatur herumzutippen. »Herr von Stein, richtig?«, fragte sie schließlich. »Richtig.« Der Ölige stützte sich mit beiden Händen auf der Glasplatte der Rezeption ab.

»Bedaure, aber Sie können Henriette leider nicht abholen.«

Herr von Stein atmete geräuschvoll ein und aus. »Ich habe alles dabei.« Er deutete auf seinen Aktenkoffer, den er auf dem Boden abgestellt hatte. »Ihren Burberry-Mantel, die Swarovski-Leine. Wir können sofort los.«

Emma sah ihn bedauernd an. »Im Computer wurde vermerkt, dass Henriette ausschließlich von Ihrer Frau gebracht und abgeholt werden darf. Ohne jegliche Ausnahme.«

»Waaas?« Der Ölige hieb mit beiden Fäusten auf die Rezeption, wobei er wieder ins Schwanken geriet. »Der werde ich es zeigen!«

»Herr von Stein«, sagte ich und knetete Paulines Plastikhähnchen mit beiden Händen, während ich ein paar Schritte auf ihn zuging. »Ich muss Sie jetzt bitten, das Hotel zu verlassen. Sie haben gehört, was meine Kollegin gesagt hat.«

Der Angesprochene ignorierte mich völlig. »Ich – werde – Henriette – mitnehmen. Jetzt! Sofort!« Er blies die Backen auf wie ein feister Breitmaulfrosch, stürzte hinter die Rezeption und drängte Emma vom Computer weg. »Welches Zimmer? Na los, sagen Sie schon!« Er stierte auf den Bildschirm. Planlos.

»Wenn Sie jetzt nicht sofort gehen, rufe ich die Polizei«, sagte ich scharf.

»Rufen Sie, wen Sie wollen.« Herr von Stein funkelte Emma an und kam ihrem Gesicht dabei bedrohlich nahe. »Sagen Sie mir die Zimmernummer!«

Emma verzog schmerzlich das Gesicht. Die Anis-Lavendel-Wolke musste ihr fast die Sinne rauben. Ich streckte die Brust heraus, spannte alle verfügbaren Muskelfasern an und hob Paulines Plastikhähnchen wie eine Lanze in die Luft. »Sie lassen sofort meine Kollegin in Ruhe!«

»Die Zimmernummer! Los!« Der Ölige schubste Emma unsanft zum Computer zurück. Das war zu viel. Wutschäumend packte ich ihn am Arm und wollte ihn von der Rezeption wegzerren. Trotz seines Zustandes war er kräftig. Erstaunlich kräftig. Viel zu kräftig! Wie ein Riesenaal wand er sich hin und her, riss sich immer wieder los. Ich ließ das Plastikhähnchen fallen und versuchte ihn mit vollem Körpereinsatz Richtung Ausgang zu drängen. Sein Hals lief rot an, ein ganzes Bataillon von Schweißperlen erschien auf seiner Stirn, aber er rührte sich nicht vom Fleck. Keuchend ließ ich von ihm ab.

»Herr von Stein. Wir haben unsere Vorschriften.« Emmas Nervosität war nicht zu überhören. »Bitte gehen Sie.«

»Scheiß auf Ihre Vorschriften! Scheiß auf die Gesetze!«, donnerte der Ölige. »Meine Frau hat mir die ewige Treue geschworen. Und was ist passiert?« Er sah mich aus geröteten Augen an, wirkte für eine Sekunde lang beinahe hilflos, trotz seiner Körpermasse zerbrechlich. »Alles hat sie mir genommen! Alles! Aber Henriette bekommt sie nicht! Also los!« Er packte Emma an den Schultern und schüttelte sie wie eine Puppe hin und her. Sie schrie empört auf – und mir platzte fast der Kragen meines Poloshirts. Niemand hatte das Recht, Emma anzufassen! Niemand hatte das Recht, sie herumzuschütteln!

»Jetzt ist aber Schluss!« Ich raste auf den Öligen zu, übersah leider in der Eile Paulines Plastikhähnchen – und flatschte der Länge nach auf den Fliesenboden. Wutentbrannt kam ich wieder auf die Beine, schleppte mich zu Pauline hinüber und packte sie am Halsband. »Raus hier oder ich hetze den Rottweiler auf Sie!« Die Hündin schien ihre Mission zu erahnen. Sie schlackerte bedrohlich mit den Lefzen und machte zwei Schritte nach vorne. Der Ölige starrte sie gläsern an.

»Uuuuh, jetzt habe ich aber Angst.« Mit ausgestreckten Armen schwankte er auf die Hündin zu. Pauline, die vermutlich einen neuen Spielpartner in ihm wähnte, hüpfte wie ein Fohlen auf der Stelle herum, wobei sie Herrn Stein bedrohlich nahe kam.

»Ich lasse jetzt los!«, drohte ich. Herr von Stein warf der immer noch hopsenden und am Halsband zerrenden Hündin einen skeptischen Blick zu. Allmählich schien er zu begreifen, dass er allein schon aus balancetechnischen Gründen derzeit keine Chance gegen sie hatte. »Ja, ja. Ist ja schon gut.« Er trollte sich Richtung Ausgang. Ich folgte ihm mit der Hündin am Halsband, bis die Glastür hinter ihm zuschnappte. Geschafft.

Emma wischte sich den Schweiß von der Stirn. »Vielen Dank, Herr Kollege.«

»Leichteste Übung.« Ich rieb mir mein schmerzendes Knie. »Und wie geht es dir? Alles in Ordnung?«

Emma sah aus, als wäre sie beim Spazierengehen von einem Jahrhundertsturm überrascht worden: erschöpft, zerzaust, unerwartet verletzlich. Ich unterdrückte den Impuls, sie in die Arme zu nehmen.

»Alles okay. Lass uns Pause machen.« Wir gingen auf die Terrasse und ließen uns auf zwei Liegestühle fallen. »Du hast das echt spitzenmäßig gemacht«, sagte Emma.

»Wir sollten besser Pauline danken.« Ich kraulte die Hündin am Hinterkopf. »Sie hat uns gerettet.«

Meine Kollegin nickte. »So ein widerlicher Kerl.«

»Und so voller Wut.« Ich starrte auf meine Turnschuhe, sah ihn noch einmal vor mir, wie er geschrien, gedroht und dennoch für den Bruchteil einer Sekunde seine Schwäche offenbart hatte. »Wenn er sich nicht so unmöglich aufgeführt hätte, würde er mir fast leidtun«, sagte ich und musste an meine eigene Situation denken. An meinen Frust. Meine Wut. Ich seufzte. »Beziehungsdramen sind irgendwie nicht mein Ding.«

»Kein Wunder. Du musst ja erst mal dein eigenes Beziehungsdrama in den Griff kriegen.«

Ich wiegte meinen Kopf hin und her, dachte schweigend nach. »So richtig viel gibt es gar nicht in den Griff zu kriegen«, sagte ich schließlich. »Das mit mir und Neele ist vorbei. Beziehungsweise hatte es niemals richtig angefangen.«

»Sieh es doch positiv. Immerhin müsst ihr euch nicht um gemeinsame Kinder oder Hunde kümmern.«

Das stimmte. Und wahrscheinlich hatte Emma auch mit ihrer anderen Theorie recht: Aus Neele und mir wäre sowieso kein glückliches Paar geworden. Vielleicht sollte ich mich doch besser schleunigst nach einer Frau umsehen, die wirklich zu mir passte. Seit ich Neele kannte, war ich mit Scheuklappen herumgelaufen und hatte die Marktlage komplett aus den Augen verloren. Vielleicht ein Fehler.

Zwei Stunden später – ich hatte inzwischen noch lange gegrübelt und kaum gearbeitet – klingelte es wieder. Emma und ich checkten gemeinsam die Überwachungskamera.

»Nicht der schon wieder!«, stöhnte ich.

Immerhin wirkte der Ölige nüchterner als bei unserem letzten Treffen. »Sie wünschen?«, fragte ich durch die Gegensprechanlage. »Entschuldigen Sie die erneute Störung, aber ich würde gerne Henriette besuchen. Nicht mitnehmen. Einfach nur besuchen. Ganz kurz.« Er sah zu Boden. Ähnlich hilflos wie in dem Moment, als er von seiner Frau gesprochen hatte. »Es tut mir leid, dass ich eben so aufbrausend war«, fügte er hinzu. »Mir geht es im Moment nicht besonders gut.« Ich warf Emma einen fragenden Blick zu. Sie nickte.

Herr von Stein begrüßte uns mit festem Händedruck und ließ sich anstandslos von mir zu Henriettes Suite bringen. Die Hündin wedelte ihm schon an der Tür mit feuchter Pudelnase entgegen. Emma und ich beobachteten die beiden über die Kamera. Herr von Stein saß auf dem blanken Fußboden und kraulte seiner Hündin minutenlang die Schlappohren. Ich konnte nicht erkennen, ob er dabei Tränen in den Augen hatte, aber ich sah das Lächeln, das ihm bei seinem Abschied auf den Lippen schwebte. Und endlich war ich mir sicher, was ich in Sachen Neele zu tun hatte.

Kapitel 32

»Meinst du, sie kommt auch?«, fragte Mats.

»Wer denn?«

»Neele.«

Ich schüttelte den Kopf, auch wenn mein Kumpel das am Telefon gar nicht sehen konnte. »Niemals. Ich habe seit Wochen nicht mit ihr gesprochen.«

»Gerd hat gesagt, dass sie dich mehrfach auf dem Handy angerufen hat.«

»Ich bin aber nicht drangegangen.«

»Warst du denn gar nicht neugierig?«

»Die Sache ist vorbei. Ich wollte keine Rache mehr, ich wollte sie vergessen. Und das habe ich auch ziemlich gut geschafft.«

»Du bist echt konsequent«, sagte Mats so brummig, dass ich mich einen Moment lang fragte, ob ich in seinen Augen besser mit einer zünftigen Beziehungsschlacht aufgewartet hätte. »Fühlst du dich denn fit für morgen?«

»Wie eine Rennsandale«, sagte ich. »Gerd und die Anwältin haben mich schließlich super vorbereitet.«

Das war zwar grundsätzlich richtig, aber trotz aller Vorbereitungen schlief ich in der Nacht vor dem Gerichtstermin schlecht. Ich fürchtete mich zwar nicht vor der Verhandlung, aber ich ärgerte mich. So ein Aufstand wegen nichts! Im Internet hatte ich längst nachgelesen, dass ähnliche Fälle überhaupt nicht vor Gericht ausgefochten wurden. Ich dagegen sah mich bei meinem Glück schon mit einem Turnschuh im Gefängnis stehen. Und alles nur wegen dieser harmlosen und völlig überflüssigen Schafsaktion! Und wegen Neele, mit der ich nichts mehr zu tun hatte! Und wegen Moosberg und Keppler, diesen verhinderten Ordnungshütern!

Immerhin hatte mein Exvermieter darauf verzichtet, die Anzeige wegen Hausfriedensbruch aufrechtzuerhalten, was hauptsächlich daran lag, dass das kleine Leuchtschaf in seinem Garten nicht mehr angestellt hatte, als das ohnehin verhasste Unkraut aufzufressen.

Dennoch – diese Verhandlung war ein Witz. Ein Witz, der trotz Gerds Protestgeschrei sogar im Kölner Blatt breitgetreten worden war und mir den Spitznamen »Lämmer-Leuchte« beschert hatte.

Am Morgen widmete ich mich in aller Ausführlichkeit meinem Styling. Wenn ich schon wegen einer Lappalie belangt wurde, wollte ich wenigstens souverän rüberkommen. Der cremefarbene Anzug, den ich mir von Gerd ausgeliehen hatte, wirkte mit seinen Seidenapplikationen am Revers vielleicht etwas zu festlich, außerdem saß die Hose im Gürtelbereich ein wenig zu eng, aber besser overdressed mit Druckstellen als ein ungepflegter Verlierer. Das Galahemd mit Kläppchenkragen passte ganz hervorragend zu dem Ensemble, hatte zumindest Gerd gesagt, der mein Outfit als völlig angemessen und weltmännisch klassifizierte. Um meine Garderobe zu schützen, verstaute ich das Sakko in einer Anzughülle und warf mir lediglich eine alte Jeansjacke über, bevor ich ins Auto stieg.

Zwanzig Minuten später tauchten die drei sternförmig angeordneten Gebäude des Gerichts vor mir auf. Vor lauter Frust überrannte ich fast eine der globusgroßen Zierkugeln, die vor dem Eingangsbereich im Weg lagen. Das Gericht selbst hatte ich mir anders vorgestellt. Größer, imposanter, auch einschüchternder. Anstelle von endlos langen Fluren mit hohen Decken, Mosaiken und Rundbögen empfingen mich braunrote Fliesen und ein Linoleumboden, der sicher auch meiner Großmutter gefallen hätte.

Den zweiten Stock fand ich ohne Probleme, Saal Nummer 225 blieb mir zunächst verborgen. Bei einem Abstecher zur Toilette tauschte ich schnell noch meine Jeansjacke gegen Gerds Sakko aus, und schon war ich bereit. Mehr zufällig fand ich dann endlich den richtigen Saal, vor dem schon einige mir unbekannte und einige mir nur zu gut bekannte Menschen warteten.

Keppler stand neben Moosberg und Bauer Leuckenthal direkt neben der Tür. Bauer Leukenthal, der Kläger, kratzte sich gerade ausdauernd an seiner fleischigen Nase. Mein Exvermieter hatte die Arme verschränkt, seinen Blick auf den Fußboden gerichtet, die Stirn in symmetrische Furchen gelegt. Moosberg schien seine gigantischen Augenbrauen extra für diesen Tag gegen den Strich gekämmt und mit Volumenspray in Form gebracht zu haben.

»Da isser«, raunte er Leukenthal so laut zu, dass ich es gerade noch hören konnte.

»Den sprüh isch ooch mal mit Farbe ein, wenn er abends aus der Kneipe fällt«, raunte der Bauer zurück. »Dann leuchtet er sechs Woche lang!«

Ich lehnte mich mit einem Stoßseufzer an die Wand.

»Chic, chic, Herr Kollege. So kenne ich dich ja gar nicht!« Emma deutete auf die Seidenapplikationen meines Anzugs.

»Ach, wie schön!« Endlich ein vertrautes Gesicht. »Hattest du gestern keinen Dienst?«

»Frag mal meine Augenringe«, sagte Emma und lehnte sich ebenfalls gegen die Wand. »Aber ich kann dich ja schlecht in dieser Richterhöhle alleine lassen.«

Ich warf meiner Kollegin einen dankbaren Blick zu. Eine Bärenbändigerin. Wie unpassend war meine erste Einschätzung gewesen! Diese hilfsbereite, mitfühlende, manchmal vielleicht ein wenig direkte, aber insgesamt unheimlich sympathische junge Frau war genau der Fels in der Gerichtsbrandung, der mir an diesem Tag gefehlt hatte.

»Hallo Florian.«

Ich fuhr herum. Neele! »Was machst du denn hier?«

»Warum gehst du nicht an dein Handy?«

»War im Urlaub«, log ich und fand die spontane Antwort selbst ganz gut.

»Ich muss mit dir reden.«

»Das wüsste ich aber.«

»Ich will dir etwas erklären.«

Aus den Augenwinkeln bemerkte ich, wie sich Emma ein paar Schritte zurückzog. »Nein, danke! Gespräche sind nicht so ganz mein Stil«, zischte ich. »Werde glücklich mit deinem Guido und lass mich in Frieden.« Neele lehnte sich gegen die Wand, fast genau an die Stelle, an der vor wenigen Sekunden Emma gestanden hatte. Sie wirkte auf einmal kraftlos. »Ich muss dir was sagen.« Sie schluckte, sprach nicht weiter. Ich verschränkte meine Arme vor der Brust und wartete ab. Neele räusperte sich schließlich. »Ich war dir gegenüber nicht offen. Und auch nicht ehrlich.« Sie hatte ihre Stimme immer weiter gesenkt, sodass ich sie kaum noch verstehen konnte. »Ich habe deine Hilfsbereitschaft ausgenutzt und in Kauf genommen, dass ich deine Gefühle verletze.«

»Hilfsbereitschaft. Aha.« Ich starrte den Gang hinunter. Neele stützte ihren Kopf mit der rechten Hand ab. »Es tut mir alles so leid. Das musst du mir glauben!«

»Sonst noch was?«

»Hör mal, für mich war die Situation echt nicht einfach.«

»Ach. Hat dir die Tapete in eurem Hotel etwa nicht gefallen?«

In Neeles Augen schimmerten Tränen. Eine bahnte sich schließlich ihren Weg über den Wangenknochen hinab, verfehlte ihren zitternden rechten Mundwinkel um einen Zentimeter und tropfte auf ihr T-Shirt. Ich zog sie ein paar Meter weiter um die Ecke. Dass Keppler, Moosberg und die anderen neugierigen Gerichtsbesucher sie so sahen, musste nun wirklich nicht sein.

»Ich war in einen verheirateten Mann verliebt«, flüsterte Neele. »Was hätte ich denn machen sollen?«

»Mir die Wahrheit sagen!«, rief ich überlaut. Und in dem Moment brachen Neeles Dämme. Riesige Tränen kullerten in Sturzbächen über ihre Wangen und hinterließen auf ihrem Weg schwarze Spuren von Wimperntusche. Sie stolperte den Flur entlang, blieb schließlich gebeugt stehen und stützte sich an einem Türrahmen ab. Ich folgte ihr, streichelte ihr unbeholfen über die Schulter. Minuten vergingen, ohne dass wir ein Wort sprachen. Irgendwann wurde Neeles Weinen leiser, das Zittern verebbte. Sie atmete tief durch und sah mich mit wässrigen Augen an.

»Die Sache mit mir und Guido ist vorbei. Er wird sich nie von seiner Frau trennen, weißt du? Niemals.« Sie putzte sich geräuschvoll die Nase. »Wegen ihm bin ich von Trier nach Lembach gezogen, habe meinen Job aufgegeben, meine Wohnung verkauft, meine Freunde zurückgelassen. Und alles war umsonst.« Wieder durchschüttelte sie ein Zittern. »Aber du, du warst immer für mich da, du hast mir zugehört, mich aufgemuntert, du warst so lieb zu mir. Deshalb habe ich mich immer wieder mit dir verabredet. Obwohl mir irgendwann klar geworden ist, dass von deiner Seite aus mehr da war.« Sie stockte. »Das war echt mies von mir. Und ziemlich egoistisch.«

Müde starrte ich auf die braunroten Fliesen. Ich hatte also recht gehabt. Lieb war ich gewesen. Lieb wie ein Schoßhündchen. Kilometerweit entfernt von der Beziehung, nach der ich mich gesehnt hatte. Und noch viele Kilometer weiter entfernt von einer Beziehung, die mir gutgetan hätte. Aber immerhin: Neele schien nachgedacht zu haben. Das war mehr, als ich nach unserem letzten Treffen erwartet hatte.

»Also wenn ich irgendetwas tun kann, um …«, begann sie und stockte wieder.

»Neele?«

»Ja?«

»Lass gut sein.«

»Was meinst du?«

»Du hast dich entschuldigt, ich nehme die Entschuldigung an, aber damit hat es sich jetzt auch.«

»Aha?« Sie fuhr sich durch die Locken. »Und das heißt …?«

Ich lächelte sie versöhnlich an. »Wenn du mal jemanden zum Reden brauchst, kannst du mich gerne anrufen. Aber ansonsten wünsche ich dir alles Gute für die Zukunft.«

Mit festen Schritten ging ich über den Gang zu meinem Warteplatz zurück und lehnte mich wieder gegen die Wand. Emma stellte sich neben mich und legte ihre Hand auf meine Schulter. Wortlos.

Ein paar Minuten später keuchten Mats, Gerd und Clara heran. Clara war eine ehemalige Studienkollegin von Gerd, die meine Verteidigung zu einem Spitzenpreis übernommen hatte. Die Anwältin wirkte auf den ersten und auch zweiten Blick sehr kompetent und erinnerte mich mit ihrem schwarzhaarigen Dutt an eine Ballerina. Ich nickte den dreien müde zu, während ich aus den Augenwinkeln eine Meute schwarzer Roben herannahen sah. Eine davon klimperte mit einem Schlüsselbund. »So, meine Damen und Herren. Immer herein in die gute Stube!«

Nicht zu fassen, diese Stimme kannte ich doch! Im Nu war meine Müdigkeit wie weggeblasen. Meine Zehen bebten, mein ganzer Körper bebte, ich hatte plötzlich das Gefühl, mit einem Presslufthammer in der Hand auf einer Rüttelplatte zu stehen. Frau Hippelmann, die Schreckgestalt aus meiner Zeit als Anzeigenberater, schien im Gegensatz zu mir kein Problem mit unserem Zusammentreffen zu haben. Sie nahm in ihrer maulwurfsfarbenen Robe am Richtertisch Platz, während sich die übrigen Verhandlungsteilnehmer zu ihren Plätzen begaben. Ein gefühltes Ou-kay schwebte durch den Raum, obwohl es noch nicht einmal ausgesprochen worden war. »Herr Ziesel, Sie sind zweiunddreißig Jahre alt und wohnen in Köln-Porz?«, fragte Frau Hippelmann nach dem Eingangsgeplänkel. Ich bejahte die Frage mit versteinertem Blick.

»Und Sie arbeiten als …?«

»Rezeptionist.«

»Wo genau?«

Als ob sie das nicht wüsste, diese Schnepfe. Das stand doch garantiert in ihren Unterlagen.

»Im Top Dog Deluxe.«

Im Publikum schnaufte jemand, ob aus Häme oder wegen einer verstopften Nase, konnte ich leider nicht heraushören.

»Sie wissen, warum Sie heute hier sind?« Ich zwang mich zur Ruhe und bejahte die Frage. »Sehr gut.« Frau Hippelmann lächelte natterngleich, wobei sie, wie mir schien, die Seidenapplikationen meines Anzugs ins Visier nahm.

Nach Verlesung der Anklageschrift richteten sich alle Augen auf mich. Nun durfte ich zu meinen Schandtaten Stellung nehmen. Und dann passierte es. Das unerwartete Treffen mit Neele, der bedrückend getäfelte Raum inklusive Frau Hippelmann, der Schnaufer im Publikum – das war einfach zu viel für mich. Alle Sätze, die ich mit Gerd und seiner Studienkollegin geprobt hatte, um mich so souverän wie möglich aus der Affäre zu ziehen, verschwanden grußlos im Nichts. Und jetzt? Warum hatte ich keine Souffleuse engagiert? Oder wenigstens einen Spickzettel geschrieben? Ich starrte auf den braun melierten Teppichboden und wusste nichts, nichts, gar nichts mehr.

Anstatt in Ruhe nachzudenken und abzuwarten, ob mir nicht wenigstens irgendein Stichwort einfiel, begann ich schließlich so schnell draufloszuplappern, dass der Gerichtsschreiber gehörig ins Schwitzen kam.

In planloser Reihenfolge schwafelte ich von der Leuchtfarbe, meinem Plan, Moosbergs Wagen, dem Wind und den unkooperativen Schafsköpfen. Der ganze Abend zog noch einmal in konfusen Bruchstücken an mir vorüber. Und während ich mir selbst beim Reden zuhörte, wurde mir trotz aller Verwirrung auf einmal eines klar: Die Aktion war nicht umsonst gewesen. Ich hatte heroisch gegen Finsternis, Sturm und Schafsköttel gekämpft. Ich hatte wirklich mein Bestes gegeben. Nur nicht für die richtige Frau.

»Vielen Dank für diesen, tja, erhellenden Bericht.« Frau Hippelmann kräuselte süffisant ihre Lippen und erteilte dem schmaläugigen Anwalt von Bauer Leukenthal das Wort. Der Ausbund an Humorlosigkeit rückte kampfesbereit seine Krawatte zurecht, die mit ihrem bräunlichen Fleckenmuster frappierend an das Fell einer Tüpfelhyäne erinnerte. »Kommen wir gleich einmal zum wichtigsten Punkt, der Schadenshöhe.« Seine Stimme knallte durch die Stille des Gerichtssaals wie ein Peitschenhieb.

»Ihre Forderungen sind indiskutabel.« Meine Anwältin strich so sanft über ihre Unterlagen, als müsste sie ein paar störende Krümel entfernen.

»Indiskutabel? Mein Mandant besitzt absolute Spitzenschafe, die im Schnitt neun Kilogramm Wolle liefern. Sechs seiner Tiere sind von dem Farbangriff betroffen.«

»Der Börsenpreis für Merinowolle liegt aktuell bei 4,82 Euro pro Kilogramm«, merkte Clara an. »Und wenn man bedenkt, dass die Farbpartikel höchstens ein Drittel des jeweiligen Haarkleides in Mitleidenschaft gezogen haben, sprechen wir noch von maximal 18 Kilogramm Wollgewicht oder umgerechnet 86,76 Euro.«

»Ich runde auf neunzig auf!«, warf ich großzügig in den Raum und fing mir einen bösen Blick von Frau Hippelmann ein.

»Die Weiterverarbeitung der Schurerträge durch die Ehefrau meines Mandanten schafft einen Mehrwert, der weit über dem Marktpreis für Rohwolle liegt«, bellte die Tüpfelhyäne zurück.

»Aber bloß, wenn sie daraus kratzige Decken strickt und zu überteuerten Preisen dem Waldorfkindergarten anbietet«, gab ich zu bedenken. Frau Hippelmann kräuselte wieder ihre Lippen. »Herr Ziesel, wenn Sie noch einmal die Verhandlung stören, werde ich ein Ordnungsgeld verhängen, ou-kay?« Reumütig sah ich zu Boden und schwieg.

»Damit wir uns nicht falsch verstehen: Wir sprechen hier summa summarum von mindestens 2880 Euro.« Die schmaläugige Tüpfelhyäne rieb sich zufrieden die Hände, als wäre ich bereits zu einer lebenslänglichen Freiheitsstrafe verurteilt worden.

»Und dat is beste Qualität«, bekräftigte Bauer Leukenthal. »Die Wolle kratzt nicht, beißt nicht und kräuselt sich, dat et eine Freude ist.«

Interessant. Dass ausgerechnet der Kräuselfaktor von Wollwaren für das Prädikat »besonders wertvoll« verantwortlich sein sollte, war mir neu.

»Und zu meinem Zaun will ich auch noch wat sagen.« Bauer Leukenthal rieb sich wieder seine Fleischnase. »Dat sind Sechskant-Bindestangen aus Fichtenholz. Die waren auch nit ganz billig!«

Mit viel gutem Willen ließe sich Frau Hippelmanns Blick noch gerade so als missgestimmt bezeichnen. Die Tüpfelhyäne beugte sich zu seinem Mandanten hinüber und raunte ihm etwas zu. Ich fühlte mich unwohl in meiner cremefarbenen Hose. Ein beklemmendes Gefühl, wenn einem so die Luft abgeschnürt wurde. Wie lange würde diese alberne Veranstaltung wohl noch dauern? Hätte ich doch wenigstens etwas zu knabbern dabei!

Sie dauerte noch viel länger, als befürchtet. Wieder und wieder diskutierten die beiden Anwälte die Höhe des entstandenen Schadens, nahmen das Gutachten von der Vereinigung Deutscher Landesschafzuchtverbände auseinander und stritten sich darüber, ob der von Bauer Leukenthal beauftragte Cousin bei der Reparatur des Weidezauns wirklich einen realistischen Preis veranschlagt hatte.

Gegen zwölf Uhr waren sich die beiden Parteien immer noch nicht einig, und so wurde die Verhandlung für eine einstündige Mittagspause unterbrochen.

»Clara, tu mir den Gefallen und setz diesem Elend ein Ende«, raunte ich meiner Anwältin beim Rausgehen zu.

Sie klemmte sich eine entflohene Strähne aus ihrem Dutt hinter die Ohren. »Du hast kein Geld zu verschenken. Und ich hau dich hier so gut wie möglich raus.«

»Clara regelt das. Vertrau ihr.« Gerd klopfte mir auf die Schulter. Seine Hand, das merkte ich sogar durch den Stoff des Galahemdes hindurch, war so heiß, als hätte er gerade einen Hochofen umarmt.

»Bist du irgendwie gestresst?«, fragte ich und lehnte mich vor dem Gerichtssaal gegen die Wand.

»Ein bisschen.« Gerds Mimosenblick sprach Bände. Obwohl er neben einem geöffneten Kippfenster stand, glänzte die Sorgenfalte auf seiner Stirn vor Schweiß. Kein Wunder, dass er sein Jurastudium wegen eines drohenden Burn-outs abgebrochen hatte. »Ich glaube, diese Atmosphäre hier macht mich nervös«, stöhnte er und lehnte sich neben der geöffneten Saaltür an die Wand. »Hätte ich nur an meine Globuli gedacht.«

Einen Moment lang wusste ich nicht, wovon Gerd sprach, doch dann fielen mir seine Zauberkügelchen wieder ein.

»Ach, weißt du was?« Ich deutete auf meine Jeansjacke, die ich mit in die Pause genommen hatte, weil ich sie lässiger fand als das Sakko. »Ein paar von den Dingern müsste ich sogar noch hier drin haben. Von meinem Besuch bei Irina und Neele.«

Mein Kumpel sah mich hoffnungsfroh an. »Das wäre ja genial.«

Ich kramte in meinen Jackentaschen. Unglaublich, wie viel Zeug ich mal wieder mit mir herumschleppte! Vom Kaugummi bis zum Taschenmesser war alles dabei. Das Glasröhrchen mit Gerds Kügelchen ertastete ich in der hinterletzten Ecke. Als ich es herausziehen wollte, kamen mir die gesammelten Schätze entgegen und plumpsten zu Boden. Wie ärgerlich!

Gerd bückte sich, um mir beim Aufheben zu helfen. Clara ebenfalls. Sie griff nach diversem Kleinkram und legte ihn in meine Hand. Und auf einmal sah ich es. Das Foto. Das Foto! Ich hatte es völlig vergessen!

»Danke, nett von dir«, sagte ich zu Clara und wollte die Sachen unauffällig wieder in meiner Jacke verschwinden lassen – doch zu spät. »Warum schleppst du ein Foto vom Thielen mit dir herum?« Clara blickte mich irritiert an.

»Keine Ahnung, wo das herkommt«, grummelte ich. Meine Anwältin zwinkerte mir zu. »Du stehst doch nicht etwa heimlich auf den Bürgermeister, oder?«

»Er nicht …«, murmelte Mats.

»Zeig noch mal.« Clara wollte das Foto zurückerobern, doch ich ließ es schnellstmöglich in meiner Hosentasche verschwinden. »War das neben ihm seine Tochter?«, fragte Clara.

»Auf die Frage hätte seine Frau wohl eine eindeutige Antwort.« Mats gluckste in sich hinein.

»Brüll doch einfach noch lauter«, giftete ich. »Vielleicht hat ja irgendjemand noch nicht mitbekommen, dass der Thielen eine Affäre hat!«

»Echt jetzt? Der geht fremd?« Clara starrte mit offenem Mund in die Runde. Eine Strähne ihrer Ballettfrisur wehte wie zartes Schilfgras in der Zugluft des Kippfensters.

»Jetzt haltet doch alle mal die Klappe«, zischte Gerd. »Was der Thielen mit Neele treibt, geht niemanden etwas an!«

»Mit Neele? Bürgermeister Thielen hat eine Affäre mit Neele? Wegen der du die Aktion mit den Schafen gemacht hast?« Clara sah mich an, als hätte ich mich soeben in allen Anklagepunkten für schuldig erklärt und um die Höchststrafe gebeten.

Klack.

Die Tür des Gerichtssaals schnappte ins Schloss. Frau Hippelmann schwebte auf leisen Sohlen an uns vorbei.

Kapitel 33

Wir saßen zu fünft um einen klapprigen Plastiktisch herum und verschlangen unser mexikanisches Mittagessen. »Meinst du, sie hat etwas mitbekommen?«, fragte Gerd, der trotz seiner Globuli nicht wesentlich entspannter wirkte. Mats schob sich eine Handvoll Nachos in den Mund. »Und wenn schon.«

»Frau Hippelmann liebt es, anderen eins reinzuwürgen.« Ich kaute an meinen Tortilla-Chips herum, als hätte ich es mit ausgelutschten Mandarinenstücken zu tun. »Wenn sie etwas mitbekommen hat, wird sie es sicher nicht für sich behalten.«

»Was wäre denn so schlimm daran?«, fragte Emma.

»Ich finde, die sollen selbst entscheiden, wann sie wo was öffentlich machen«, sagte Gerd.

»So ganz auf dem Laufenden seid ihr übrigens nicht.« Ich zögerte. Sollte ich vor versammelter Mannschaft erzählen, was Neele mir soeben offenbart hatte?

»Wieso?«, fragte Clara prompt.

»Thielen wird seine Frau nicht verlassen. Die Sache mit Neele ist gegessen.«

Einen Moment lang sprach keiner ein Wort.

»Na und?«, sagte Mats schließlich, während er krümelmonstergleich kleinste Nacho-Teilchen auf seinen Pullover hinunterrieseln ließ, »ich fände es trotzdem gut, wenn die Sache rauskäme. Geschieht ihnen doch recht.«

»Und dir kann es völlig egal sein, ob Frau Hippelmann etwas mitbekommen hat«, meinte Emma zu mir gewandt. Ihre Augen schimmerten wieder in feinstem British Racing Green.

Ich lutschte nachdenklich an einer Peperoni. Sie hatte recht. Es konnte mir egal sein. Und es war mir auch egal. Mir ging nämlich etwas viel Wichtigeres im Kopf herum.

Nach der Mittagspause fanden wir uns alle wieder auf unseren Plätzen ein. Im Gerichtssaal herrschte andächtige Ruhe, die jedoch ein schnelles Ende fand, als die Tüpfelhyäne das Wort ergriff. Offenbar hatte der Anwalt in der Mittagspause sein Herz für Tiere entdeckt und sich in den Kopf gesetzt, die Konsequenzen meiner Tat im Hinblick auf die physische und psychische Gesundheit der Schafherde aufzuarbeiten.

»Stress macht nicht nur uns Menschen krank!«, dozierte er mit erhobenem Zeigefinger und klang fast so, als hätten die Schafe ohne betreute Gesprächskreise keine Chance mehr auf eine glückliche Zukunft.

»Wie ich bei eigenen Recherchen festgestellt habe, wird die betroffene Herde täglich von freilaufenden Hunden in Aufruhr gebracht.« Clara, der ich von Archimedes' Streifzügen berichtet hatte, streifte Keppler mit einem Seitenblick. »Sollten tatsächlich stressbedingte Krankheitssymptome bei einzelnen Tieren auftreten, müsste dieser Punkt zwingend miteinbezogen werden.«

Die Tüpfelhyäne ließ sich nicht beirren und prangerte als Nächstes die gesundheitliche Belastung durch das Leuchtspray an. Zum Glück waren wir auch darauf bestens vorbereitet.

»Bei der verwendeten Farbe handelt es sich um ein absolut unbedenkliches Produkt, das auch als Körperfarbe Verwendung findet. Das entsprechende Gutachten können Sie gerne einsehen.« Clara lehnte sich auf ihrem Stuhl zurück und sah die Tüpfelhyäne milde an. Eine Pause entstand. Ich überlegte, ob eine Veranschaulichung à la »Das Zeug können Sie sich sogar aufs Frühstücksbrötchen schmieren!« angebracht wäre, entschied mich jedoch dagegen.

Frau Hippelmann räusperte sich. »Meine Damen und Herren, wir haben nun alle Argumente gehört.« Täuschte ich mich oder klang die Richterin tatsächlich etwas genervt? Ob sie die ganze Veranstaltung auch so absurd fand wie ich? Wenn ja, hätten wir tatsächlich eine Gemeinsamkeit!

Zum Glück neigte sich die Verhandlung jetzt dem Ende zu. Die Tüpfelhyäne und Clara hielten ihre Plädoyers, dann wandte sich Frau Hippelmann an mich. »Herr Ziesel, wir kommen nun zum Schluss, ou-kay? Sie haben das letzte Wort.«

Ich rutschte auf meinem Stuhl hin und her. Eigentlich hatte ich nicht die geringste Lust, noch irgendeine Silbe zu dieser leidigen Aktion zu sagen. Andererseits gab es tatsächlich einen Punkt, den ich gerne klären würde. Einen extrem wichtigen Punkt sogar. Ich fragte mich bloß, ob Ort und Zeitpunkt wirklich günstig waren.

»Herr Ziesel.« Frau Hippelmann trommelte mit ihrem rechten Daumen auf dem Richtertisch herum. »Wenn Sie uns noch irgendetwas mitzuteilen haben, dann ist jetzt die Gelegenheit.«

»Na gut.« Ich räusperte mich. »Eine Sache habe ich tatsächlich noch zu sagen.« Mit einem Mal war ich so aufgeregt, dass selbst meine Zehen ihren Dienst versagten und wie gelähmt auf ihren Plätzen verharrten. »Ich bereue nicht, was ich getan habe.« Auf den hinteren Rängen wurde leise gemurmelt. Ich setzte mich aufrecht hin und holte tief Luft. »Ich bereue, dass ich die Schafe nicht vor das richtige Fenster getrieben habe.«

»Was soll das heißen: nicht vor das richtige Fenster?« Frau Hippelmann verschränkte ihre Hände ineinander und sah mich unerwartet freundlich an. »Ich habe mich mit der Aktion um eine Frau bemüht, die es nicht wert war«, sagte ich laut. »Sie war nicht die Richtige für mich. Das weiß ich jetzt.« Ich stockte. Atmete tief durch. »Aber es gibt eine Frau, die es wert gewesen wäre. Eine Frau, die von Anfang an zu mir gehalten hat, die mir immer geholfen hat. Eine liebenswerte, herzliche und vor allem ehrliche Frau.« Ich drehte mich um und deutete auf Emma, die mit hochroten Wangen in ihrem Stuhl versank. »Emma Schrapp. Vor ihr Fenster hätte ich die Schafe treiben sollen!«

Mats und Gerd sprangen von ihren Sitzen auf und applaudierten wie die Wahnsinnigen. Frau Hippelmann kräuselte zitronig ihre Lippen, dann lächelte sie kaum erkennbar. »Das war alles, Herr Ziesel?« Als ich nickte, schlug sie den vor ihr liegenden Hefter zu. »Vielen Dank. Wir ziehen uns jetzt zur Beratung zurück.« Sie stand auf und packte ihre Sachen zusammen. Die Mehrheit der Anwesenden folgte ihrem Beispiel. Ich drehte mich zu Emma um. Ihr Platz war leer.

»Das muss gefeiert werden!« Mats galoppierte triumphierend durch das Treppenhaus. Ich raste ihm hinterher, nahm drei Stufen auf einmal, überholte ihn auf halber Strecke.

»Sollen wir in den Rostigen Bert?«, rief mir mein Kumpel hinterher. Die letzte Treppe. Ich keuchte. Noch vier Stufen bis zum Erdgeschoss.

»Erst muss ich Emma finden!«, brüllte ich Mats über die Schulter hinweg zu und wäre dabei fast in Frau Hippelmann geprallt, die vor mir Richtung Ausgang schritt. Im letzten Moment konnte ich stoppen.

»Nur die Ruhe, Herr Ziesel.« Die Richterin klang belustigt.

»Entschuldigung.« Ich kam mir auf einmal vor wie ein Viertklässler, der auf dem Schulhof von seiner Direktorin zurechtgewiesen wird. Frau Hippelmann sah mich einen Moment lang nachdenklich an. »Und vielen Dank übrigens für das Urteil«, fügte ich hinzu. Zweihundert Euro Schadensersatz. Nie hätte ich gedacht, dass ausgerechnet meine Anzeigen-Feindin so menschlich handeln würde.

»Ich habe Recht gesprochen. Dafür brauchen Sie sich nicht zu bedanken.« Frau Hippelmann sah mich so freundlich an, dass ich sie fast nicht wiedererkannte. »Übrigens sind Sie der erste Angeklagte in meiner Laufbahn, der das letzte Wort für eine Liebeserklärung genutzt hat.«

Ich schluckte. Emma! Wenn ich nur wüsste, was sie jetzt dachte. Hoffentlich fand sie mein Outing nicht vollkommen peinlich! Hoffentlich hatte ich nicht schon wieder versagt! Warum musste eigentlich jede Frau, der ich meine Gefühle offenbarte, erst einmal das Weite suchen?! Ich blickte mich suchend um.

»Wenn Sie mir eine private Frage erlauben.« Frau Hippelmann hatte ein fast schelmisches Leuchten in den Augen. »Gibt es eigentlich einen speziellen Grund für Ihren Sinneswandel? Immerhin wurden Sie heute wegen einer Liebesbotschaft verurteilt, die ursprünglich einer ganz anderen Frau galt.«

Ich dachte kurz nach, sah durch die gläserne Drehtür zu meinen Freunden hinaus. »Ja, es gibt einen speziellen Grund.« Draußen brach gerade die Sonne durch die Wolken. »Aber der tut nichts zur Sache.«

»Herr Ziesel?« Frau Hippelmann reichte mir die Hand und sah mir direkt in die Augen. Hinter ihr schlenderte ein Rudel Roben vorbei. »Hoffentlich haben Sie bei dieser Frau mehr Glück. Sie haben es verdient.«

Kapitel 34

Wo war denn bloß schon wieder mein Motorradschlüssel? Weit konnte er nicht sein, denn meine neue Wohnung, besser gesagt mein Zimmer mit Küchenzeile, wartete nicht nur mit einer heimeligen Atmosphäre, sondern auch mit den Ausmaßen eines Schließfachs auf. Problematisch war allerdings, dass die zwanzig Quadratmeter mit Dachschrägen und niedriger Holzdecke bis auf den letzten verfügbaren Zentimeter mit Pappkartons vollgestellt waren. Seit sechs Wochen schon. Irgendwann würde ich bestimmt zum Auspacken kommen.

Zum Glück wohnte ich jetzt so zentral, dass die Zeit für meine Schlüsselsuche nicht besonders ins Gewicht fiel. Bis zum Top Dog Deluxe brauchte ich höchstens zehn Minuten. Als ich gerade den Wohnzimmertisch absuchte, klingelte das Telefon.

»Hallo, Schätzchen.«

»Hallo, Muttchen.«

»Nenn mich nicht Muttchen, ich bin keine alte Frau.«

»Dann nenn du mich nicht Schätzchen. Ich bin kein kleiner Junge mehr.«

Sie seufzte. »Wie geht es dir denn mittlerweile, so allein in der Großstadt?«

»Bestens. Ich weiß eigentlich gar nicht, wie ich es so lange in Lembach aushalten konnte.«

»Soll ich nicht doch noch einmal mit dem lieben Herrn Keppler sprechen? Vielleicht kann ich ihn ja überzeugen, dich wieder bei ihm einziehen zu lassen. Immerhin hast du für deinen Blödsinn bezahlt.«

»Bloß nicht!«, rief ich lauter als beabsichtigt. Ich senkte meine Stimme. »Mir geht es gut, Muttchen. Wirklich.«

»Und was macht die Arbeit?«

»Läuft.« Einigermaßen zumindest. Mir fehlte bloß noch eine vernünftige Ausrede, um meine erste Fortbildung, ein Seminar über Hunde-Shiatsu, sausen zu lassen – aber das ging meine Mutter nichts an.

»Und zu Hause?« Muttchens blumige Umschreibungen.

»Auch alles bestens«, sagte ich, da ich meine leider völlig verworrene Gefühlslage bestimmt nicht mit meiner Mutter durchleuchten wollte. In Wahrheit lag bei mir aktuell einiges im Argen. Zeit wollte Emma. Nachdenken müsse sie. Mögen würde sie mich. Sehr sogar. Was hieß denn das im Klartext? Was hieß das für uns? Es fiel mir Tag für Tag schwerer, mich bei der Arbeit wie ein ganz normaler Mensch zu verhalten, denn innerlich fühlte ich mich eher wie ein von zehn manischen Zehen getriebener Zitteraal.

Ich sah auf die Uhr. »Muttchen, ich muss jetzt zur Arbeit. Lass uns nächste Woche telefonieren«, rief ich in den Hörer, bevor meine Mutter mal wieder ihre groß- und schwiegermütterlichen Bedürfnisse anmelden konnte.

»Natürlich. Und viel Spaß im Urlaub. Fahr vorsichtig!«

»Aber immer, Muttchen.«

Meine lang ersehnte Frankreichtour, sie stand unmittelbar bevor. Ein letzter Abend im Top Dog Deluxe, dann würde ich auf der Route du soleil Richtung Süden düsen. Die Auszeit brauchte ich einfach, auch wenn es natürlich einige Menschen gab, die ich auf meiner Reise sehr vermissen würde.

An diesem Abend erwartete mich Emma mit einem pinken Seidentuch in der Hand an der Rezeption.

»Hat Frau Kimmlinger eine neue Kleiderordnung angeordnet?«, fragte ich und legte mir das edle Teil neckisch um die

Schultern, um meine aufblühende Nervosität zu verschleiern.

»Falsch.«

»Ach so, das ist ein Geschenk?« Ich legte eine Hand in die Hüfte und drehte mich um die eigene Achse. »Ich will dir nicht zu nahetreten, aber Pink ist so gar nicht meine Farbe.«

»Ich habe eine kleine Überraschung für dich geplant, bevor es ab in den Urlaub geht.«

»Was denn?«

»Augen zu!« Emma nahm mir das Seidentuch ab, wickelte es mir um den Kopf und ergriff wortlos meine Hand. Als sich unsere Finger berührten, zuckte ich zusammen. Die Terrassentür quietschte beim Öffnen. Draußen war es immer noch angenehm warm. Der Kies knirschte unter unseren Füßen. Zwei, vielleicht drei Minuten lang wanderten wir über das Außengelände des Hundehotels. Ich spürte Emmas Hand in meiner und konnte keinen klaren Gedanken mehr fassen. Ganz langsam schlich sich ein für den Ort und die Uhrzeit ungewöhnlicher Geruch in meine Nase. War das Holzkohle? Ich glaubte, ein Flackern durch die Augenbinde hindurch zu erkennen. Von irgendwoher erklang Bob Marley.

»Augen wieder auf!« Emma nahm mir das Tuch ab. Ich zwinkerte ein paarmal, dann sah ich mich um und schüttelte staunend den Kopf. »Das gibt's ja gar nicht!« Meine Kollegin sah mich mit einem strahlenden Lächeln an. »Habe ich zu viel versprochen?«

Am Ufer des Badesees steckte ein ganzes Bataillon von Wachsfackeln, deren Licht sich im dunklen Wasser spiegelte. Sechs Liegestühle warteten im Sand des Hundestrandes auf ihren Einsatz.

»Da seid ihr ja.« Gerd schaute von dem Kugelgrill auf, mit dessen Glut er gerade noch beschäftigt gewesen war. Als sei es das Normalste der Welt, kam Mats auf mich zu geschlendert und drückte mir einen Cocktail in die Hand.

»Emma meinte, ein kleiner Vorgeschmack auf den Urlaub würde dir guttun.«

Ich drehte mich zu meiner Kollegin um. »Wenn du mir jetzt noch eine Badehose und eine Luftmatratze bringst, kann ich für nichts mehr garantieren.«

Gerds mittlerweile hochschwangere Freundin Britta zog grinsend eine Blumenkette aus ihrem Rucksack hervor. »Und was ist hiermit?« Sie legte mir den orange-gelben Halsschmuck um.

»Ihr seid echt verrückt.« Ich versuchte mich in ein paar improvisierten Hula-Bewegungen.

»Getanzt wird später. Jetzt grillen wir erst mal.« Emma berührte fast unmerklich meinen Arm.

»Und wenn Kunden kommen? Wir müssen doch arbeiten!«

»Beatrix und Johannes haben unsere Schicht übernommen.«

»Du bist der Wahnsinn.«

»Und wir haben sogar extra eine Ladung Tofu für dich organisiert!«, rief Mats.

»Ihr seid echt Knallköpfe.« Ich grinste. Andererseits ... Warum eigentlich nicht? So schlimm schmeckte das Zeug nun auch wieder nicht. Außerdem machte ich mir um mein Alpha-Ego längst keine Sorgen mehr. Es gab Wichtigeres im Leben.

»Ist nicht euer Ernst mit dem Tofu, oder?« Meine Kollegin runzelte die Stirn. »Ich habe doch gesagt, ihr sollt etwas Anständiges kaufen!«

Gerd und Mats sahen sich bedeutungsvoll an. Dann packten sie aus einer Kühltasche eine Packung Würstchen und sechs Steaks aus.

Wir stießen mit unseren Cocktails an und nahmen auf den Liegen Platz, während sich ganz langsam ein verführerischer Duft nach frischem Grillgut auf dem Hundestrand verbreitete.

»Wie lange dauert es noch?«, fragte Emma kurze Zeit

später. Ich musste grinsen. Die Frage kam mir bekannt vor. »Etwa drei Minuten. Wenn du schön brav wartest, kriegst du zum Nachtisch auch Gummibärchen.«

Emma fing an zu lachen. »Vielen Dank, Papa. Ich halte durch.«

Ich wusste es. Mats konnte sich seine tragischen Falten getrost aus dem Gesicht massieren und seine Feldnotizen ins nächstbeste Grillfeuer werfen. Es gab Frauen, die meine Späßchen lustig fanden. Zumindest eine. Und das reichte.

Ich betrachtete die Würstchen auf dem Rost und musste schlucken, da der Geruch einfach zu verlockend war. Emma döste weiter auf ihrer Liege. Als die drei Minuten um waren, griff ich nach dem Grillbesteck und servierte ihr einen Teller mit dem optisch ansprechendsten Brötchen und einer besonders formschönen Wurst. Mats versorgte den Rest der Truppe. Heißhungrig stürzten wir uns auf unsere Mahlzeit.

»Ein Gast fehlt übrigens noch«, sagte Emma, nachdem wir die erste Runde vertilgt hatten. »Ein Ehrengast.«

»Ach ja?«

»Ich hole sie jetzt ab.«

Ich kratzte mich am Kinn. Wen in aller Welt hatte Emma denn noch zu unserer Feier eingeladen? Eine Kollegin? Unsere Chefin? Neele? Ich vermisste niemanden.

Während sich Emma auf den Weg zum Hotel machte, kümmerte sich Mats um Getränkenachschub. Minuten später hörte ich Schritte auf dem Kiesweg. Stapfende Schritte. Das musste Emma sein. Kaum hörbare Trippelschrittchen begleiteten sie. Ich drehte mich um.

»Pauline!« An die Rottweiler-Dame hatte ich gar nicht mehr gedacht. »Du bist natürlich herzlich zu unserer Strandparty eingeladen!«

Pauline trug ein sonnengelb eingewickeltes Päckchen im Maul und wedelte in ganz großem Stil. »Was schleppst du denn mit dir herum?«, fragte ich.

»Leg ab, Pauline! Das ist für Florian«, sagte Emma. Die Hündin gehorchte aufs Wort und ließ das Päckchen auf den Sandboden plumpsen. Lächelnd kraulte ich die Schlappohren unseres Ehrengastes und griff nach dem Geschenk.

Ein Plastikhähnchen. Formschön wie Paulines Kopfkissen, nur ohne Schleim und Knabberspuren. Die Quietsche funktionierte hervorragend. Ich hielt das Federvieh wie eine Trophäe in die Höhe. »Danke, Pauline, du bist ein Schatz! Ein Urlaub ohne Plastikhähnchen wäre doch nur halb so schön.« Die Hündin warf sich wedelnd vor mir in den Sand und begann, die Spitzen meiner Turnschuhe abzulutschen. »Siehst du. Es gibt doch noch Mädels, die dir zu Füßen liegen«, sagte Gerd.

»Und nicht nur eins«, flüsterte Emma so leise, dass nur ich es hören konnte.

Dann sah ich es erst. Mitten auf dem Bauch des Plastikhähnchens. Es war winzig. Ungefähr so klein wie ein Cent-Stück. Die rechte Hälfte wirkte etwas schief, aber das störte nicht. Das Herz war erkennbar. Und es leuchtete in der Dunkelheit.

Dankstelle

Ein ganz besonderes Dankeschön geht an Karoline Adler, das dtv-Team und meine Lektorin Maike Kleihauer, die sich selbst im weihnachtlichen Rehrücken-Stress viel Zeit für den ›Liebesköter‹ genommen hat. Außerdem möchte ich mich bei der Literaturagentin Julia Abrahams bedanken, die das Manuskript an dtv vermittelt hat. Der Fotografin Linda Blatzek danke ich, weil sie meinen Terrier für das Buchcover fotografiert hat, ohne sich an den Hundehaaren und Futterkrümeln in ihrem Studio zu stören. Ein Riesendank gilt meinem Mann Andreas, einem Grill-Experten und begnadeten Testleser mit viel Geduld und tollen Ideen. Darüber hinaus danke ich meinen Kindern fürs (temporäre) Durchschlafen und meinen Eltern dafür, dass ihnen bereits meine ersten Schreibversuche im Schwungheft gefallen haben. Den Trierer Bioläden danke ich, weil sie Tofu-Würstchen im Programm haben, die viel besser schmecken, als Florian Ziesel ahnt.

Und zu guter Letzt: Danke, Maggie, dass du so ein tolles Vorbild für Boston Terrier Lilly warst. Und was die Glubschaugen angeht – nichts für ungut! Du siehst echt spitze aus!